十三階の仇《ユダ》

吉川英梨

双葉文庫

目次

十三階の仇《ユダ》

プロローグ

《週刊毎朝二〇二〇年年末合併号より抜粋》

【用語解説：十三階事件】

令和二年七月二十六日、衆議院第二議員会館において天方美月《あまがたみつき》議員に届いた宅配便が爆発し、当人が全治三か月の重傷を負った事件。爆弾を製造、届けたのは警視庁公安部公安一課所属の鵜飼真奈《うかいまな》巡査と判明。〝天方美月は十三階の工作員家族に危害を加えようとしていたので先制攻撃を仕掛けた〟と言い残し投身自殺している。これにより、以前より存在を噂されていた『十三階』と呼ばれる警察庁直轄の諜報組織の存在が公のものとなり、その非合法活動の他、関係者の連続不審死や行方不明事案も明るみに出て世間を騒然とさせた。矢面に立たされた警察庁長官は引責辞任、新たに就任した新長官は『十三階の解体』を公言し、事態の収拾を図った。

現在、十三階が担っていた諜報作業は内閣情報調査室に新たに設置された『内外情報調査部』に引き継がれている。内閣情報調査室は捜査権を持たないため、所属部員は警察庁所属となっているが、将来的にこの内外情報調査部が内閣府から独立し新たな諜報組織とすることを目指す法改正を天方議員は提案している。テロで欠損した左手の人指し指と親指、ケロイド状になった手の甲を堂々と晒《さら》し、こう熱弁する。

「今後、非合法な諜報活動は一切禁止とし、透明性のある健全な諜報組織として、内外情報調査部は国民のみなさんの安心安全を守ります」

なお、十三階最後のトップといわれた警察庁警備局警備企画課の理事官は更迭、在外公館の参事官として国外に追放状態だ。事実上のナンバー2である秘書官、実力者といわれた警視庁公安一課の女性工作員A（この二人は夫婦という説あり）は、鵜飼巡査のテロ活動を支援したとして懲戒免職、現在は海外に雲隠れし行方が分かっていない。他、非合法な諜報活動を行っていた工作員やそれを支えていた分析官は職を解かれ、何人かは退職し、何人かは僻地の所轄署に飛ばされているという話だ。非合法活動の嫌疑が晴れた十三階工作員は新設された内外情報調査部に招集され、新たなる体制を整えている。

十三階事件はこれで幕引きかと思われた二〇二〇年末、十三階関係者の中で行方不明とされていた情報提供者のHさんの遺骨が東京都新島村の砂浜で発見され、射殺死体であることが判明した。

『十三階事件』は新たなる局面を迎えている。二〇二一年もその余波は続きそうだ。

《十三階の女、独白》

私が殺されたときの状況をお話しします。

そこは処刑場にふさわしい、荒涼とした土地でした。その地は建国以来、ラ・ビオレンシア——暴力の時代と呼ばれる歴史があり、絶えず血と暴力と憎悪が蔓延していました。私はサバンナの地平線のかなたに昇る太陽に目を焼かれ、視界が白く遮《さえぎ》られています。地面に跪《ひざまず》かされ、石ころが膝に食いこみ、目の前には女の生首が転がっていました。

「謝れ！」

私を後ろ手に拘束し、ここまで連れてきた男が叫びました。尊敬する上官であり、愛する夫、愛する我が息子の父親でもある人です。

「お前はなんてことをしてくれたんだ！」

彼は涙ぐんでいるような声でした。私の後ろ髪を掴み、目の前に転がる女の生首に顔を向けさせようとします。

「お前がしたことは、十三階の歴史を汚すただの裏切り行為だ。誰もこんなことは望んでいなかった！」

女の首はサバンナの風雨に晒され、髪も白茶けて見えました。野生動物が顔の肉を食べたのでしょう。左の頰骨が露出していました。半分ガイコツの顔は怒っているのか笑っているのか——。

「簡単じゃなかったの」

私は命乞いしました。

「慎《しん》太《た》朗《ろう》のためだったの……！」

息子の名を呼んだ途端、涙があふれました。一歳八カ月、かわいいさかりです。小さな両手をぎゅっと握って歩く姿は得意げでかわいらしく、パパが大好きで、肩車をしてもらうと大喜びするんです。

ひたっ、と冷たい銃口が私の額に当てられました。

「お前はもう十三階にはいられない」

「殺さないで。お腹に赤ちゃんがいるの。二人目、あなたの子なのよ……」

「赤ん坊を産んでまた幸せになることが許されると思っているのか。なんで裏切った！」

「裏切ったのはあんたじゃないか！」

私は耐えられず叫び返しました。

「天方美月と手を組んで……！」

「黙れ！」

夫の両目から涙が流れていました。顎を伝って乾いた大地に落ちてすうっと吸い込まれる音が聞き取れるほど、処刑場は静かでした。

「愛していたのに……」

夫の指が引き金にかかっていました。

あの手で諜報員として育てられ、愛され、そして殺されるんだなと私は悟りました。力みすぎてなかなか引き金を引けない夫の人差し指の関節の皺を、ひとつ、ふたつ、みっつ、と数えてよっつ目にいかぬうちに、真っ黒い銃口の先にオレンジ色の花がぱあっと咲いて、私は死にました。

第一章　顎のない女

古池慎一《こいけしんいち》は野鳥の声で目が覚めた。キークワクワクワッと毎晩のように啼《な》くその鳥の名前を古池は知らないし、姿を見たこともない。東京の喧騒から遠く離れた南国にいると感じさせる、解放感があった。

古池はいま、インド領アンダマン・ニコバル諸島最大の都市、ポート・ブレアに住んでいる。インド本土より、ミャンマーやインドネシアに近い、ベンガル湾の東の隅に浮かぶ島だ。

暗闇の中で古池はベッドの隣を探った。

妻の律子《りつこ》がいない。

シーツに歪んだ皺を残し、冷え切っていた。

古池は暗闇に目をこらし室内を見る。ぴぃ〜と変な声がベビーベッドの方からする。あと二週間で一歳の誕生日を迎える慎太朗が、両手をバンザイにして小さないびきをかいていた。寝苦しいのかひとつ咳をしたあと「ふえ〜ん」と始まった。しくしくと泣く。

古池はブランケットを剝《は》ぎ、大理石の床に裸足の足をつける。ベビーベッドの慎太朗を抱き上げた。もぞもぞと落ち着かず、母親の乳を求めている。古池はキッチンに行き慎太朗を左腕に抱いてあやしながら、湯を沸かす。

「ふえ～ん。ぶぅ……」

歯が生えてかゆいようで、泣いているのにブーと唇を鳴らす。鼻も相変わらずぴぃぴぃ鳴る。

「お前の顔は楽器のようだな」

古池はミルクを作り、人肌の温度まで冷やした。哺乳瓶を顔の前に持っていくと慎太朗は両手で上手につかみ自力で飲み始めた。

「さて。母ちゃんはどこ行った」

古池は慎太朗を横抱きにして、玄関を降りる。サンダルに足を入れ、地下の倉庫に続く階段を下りていく。

古池と律子が暮らす一軒家は海辺から少し離れた高台の高級住宅街にある。5LDKに地下倉庫つきという物件だった。

階段の途中、慎太朗の手から哺乳瓶が滑り落ちた。火がついたように慎太朗が泣く。

「シーッ、あの女がまた来ているのッ」

倉庫の暗闇から、妻の声がした。ずんずんと律子が近づいてくる。片乳をブラジャーから出し、古池の腕から乱暴に慎太朗を抱き取った。前の住人が置いていった古タイヤの上に腰掛け、授乳する。明かり取りの窓から差し込む月明りだけの地下室で、残像のように見える妻が、しきりに窓の方に顎を振っている。古池は天窓から外の様子を窺った。敷地内の空きスペースに停めた自家用車……黒いプジョーのタイヤが眼前にある。上を見ると満月だった。夜空は明るく、人の気配はない。

「ね？　プジョーのボンネットに腰掛けてこっちを見張っているでしょう？」

「顎のない女か？」

「そう、また私たちを監視している！」

古池は古タイヤに座る妻を見据えた。白い乳房だけが浮かび上がり、表情がわからない。

「俺が見張ってる。お前は慎太朗を寝かしつけて来い」

古池はそれっぽく天窓の外に睨みをきかせる。律子は慎太朗を抱え、階段を上がっていった。

扉が閉まる音を聞き、古池はため息をつく。前の住民が置いていった、脚が壊れたアルミのテーブルと、やけに趣のある木製の椅子があった。妻子に副流煙を吸わせたくないので、煙草《たばこ》はいつもここで吸う。

律子をどうしたものか。

明け方、夢遊病者のようにふらりとベッドを離れていることに気が付いたのは、ここで一緒に暮らし始めて一か月経った今年二〇二〇年の十一月のことだった。

「一緒に来て、顎のない女が来ている」

律子は自宅の庭に出て、慎太朗が遊ぶ木製のブランコを指した。あそこにいる、こっちを見ていると言うのだが、古池には見えない。律子は絵を描いた。特徴的な鷲鼻の中央にほくろがある若い女の姿が浮かぶ。

鵜飼真奈だ。

十三階の新人作業員で、律子が育てていたのに、殺してしまった。自殺に偽装したのは古池だ。横須賀にある猿島という無人島の断崖絶壁から落として死体を損傷させ、扼殺痕《やくさっこん》が見えなくなるように、喉《のど》を岩で潰した。喉が潰れているのに顎が砕けていないのは不自然なので、顎を破壊して、海に捨てたのだ。

古池は煙草をくわえたまま、天窓を見上げた。確かに鵜飼真奈はそこにいて、古池に見えていないだけかもしれない。いくらでも恨んで出てくるほど、古池と律子のことを憎んでいたはずだ。鵜飼真奈は五年前に発生した北陸新幹線爆破テロ事件の被害者だった。母を亡くし、自身も重傷を負った。あの爆破テロは古池が司令塔を務めていた作戦で律子が失敗して引き起こされたものだった。真奈は十三階の作業員になってよく働いていた。律子の失敗を知りながらも理解を示し、母親のように慕っているように見えた。

実際は違った。

『十三階事件』の黒幕にそそのかされ、爆弾を作って天方美月に送りつけてしまった。律子や慎太朗を守るためと騙され、十三階崩壊のきっかけを作ってしまい、激怒した律子に殺されてしまった。

激怒したくらいでは普通、人を殺さない。律子は口封じのために殺したらしかった。慎太朗の出生までに特異な事情があったので、古池と律子は慎太朗を死んだと偽っていた。律子はなにを血迷ったのか、絶対に口外するべきではなかった息子の居場所を、真奈に教えてしまっていた。真奈が『十三階事件』の黒幕と密通していたのを知り、口封じせざるを得なかったのだろう。

地下室の扉が開く音がした。律子が降りて来る。手に古池のスマホを持っていた。眩《まぶ》しく光りを放ち、振動している。

「電話」

見知らぬ番号だが、+81という国番号で、日本からとわかる。ポート・ブレアは明け方になろうかというころだ。日本との時差が三・五時間ある。あちらはもう朝の八時、官公庁が動き出す時刻だった。

律子が引き返し、扉が完全に閉まる音を再び待って、古池は無言で電話に出た。

「古池。私だ」

栗山真治《くりやましんじ》の声だった。かつての上官——十三階の三代前の理事官だった。いまは内閣情報調査室に出向中で〝健全な〟諜報組織を作らされている。国民にも全世界にも、もちろん敵国にもスケスケの丸見え状態で、『内外情報調査部』の指導部長という立場を負わされている。

彼は、古池や律子の味方だ。

「手続きが諸々整ったようだ。辛い判断だったが、これからもお前たちのためにできる限りのことはする」

古池は煙草に逃げ場を求めたが、箱の中身は空っぽだった。

「わかりました。いつですか？」

「今日中にも担当捜査員がそっちに飛ぶという話だ。いまのアジトは安全なところだろう？場所は――」

「言えませんが、逃げも隠れもしません」

「わかっている。俺も知らない方がいいだろう。場所を指定してくれ」

インド東部の都市チェンナイにある最高級ホテルの名を告げ、古池は電話を切った。

左目に光を感じ、顔を上げる。大きな満月が地平線へ降りてきている。天窓に光の触手を伸ばし、古池を包み込む。古池はしばし、月を見る。そこに〈ウサギ〉を見た。

月にうさぎがいるという伝承は、インドから中国を経て日本に伝わったと聞いた。古池は二年前からその〈ウサギ〉と戦っている。

天方美月。

まだ二十七歳のひよっこ国会議員だ。父親は天方信哉《しんや》前総理大臣、母親は元女優だった。父親は保守で超タカ派の宰相だったのに、美月は辺野古基地問題で揺らぐ沖縄の地盤から無所属で立候補、普天間飛行場の辺野古移設工事中止の公約を掲げて当選した。親子喧嘩の発端は、美月が左巻きの国会議員の男に身も心も洗脳されたことだ。律子が二人の間に入って仲を引き裂くことで、美月が左派テロリスト認定される前にその沼から救い出してやった。

だが天方美月は今度、『十三階事件』の黒幕である男にそそのかされた。九頭身のモデル体型にハイヒールという美しい姿と、その血筋による国民的人気を背に、『正義』『清廉潔白』を主張して〝非合法活動を繰り返し爆弾を送りつけてきた〟十三階を潰した。

今年の七月二十六日に突如警察に走った激震と混乱から、五か月。あの時、古池は黒幕の素性と動機、弱点を探る作業を十三階の作業員たちに命令し、防衛態勢をとっていた。その矢先、直属の上司で十三階を統べる理事官——現場では校長と呼ばれる警視正——が警視に降格の上、南米コロンビアの在外公館に出向させられた。

混乱の中で現場作業員から「作業用の車両が全て撤去されている」と連絡を受け、翌日には十三階の主軸である警視庁公安部公安一課三係三班、通称黒江《くろえ》班の作業員と分析官二人の異動が発表された。三人とも小笠原署だの八丈島署だのの離島への島流しで、一人は受け入れられず辞職した。

その週のうちに〝天方議員の事務所に爆弾を仕掛けたのは警視庁公安部のスパイで、『十三階』という秘匿組織が非合法活動の末にやったことだ〟と左派の新聞がすっぱ抜いた。警察庁長官が国会答弁で針の筵に座らされ辞任した。古池や律子は計画を練ったと疑われ、身動きが取れなくなった。

内閣情報調査室で天方美月側の動きを全て知る立場にあった栗山は、表向き十三階の解体を指示しつつも、古池に逃げ道を作ってくれた。まずは全国の都道府県警で息をひそめながら活動してきた十三階作業員のリストから「一部使えないやつだけを内調に差し出し、使えるやつは温存しておけ」と指示した。紙で残っていた過去の極秘作戦の詳細や指示書を二十八時間ぶっ続けでシュレッダーにかけて天方美月に渡らぬようにした。

シュレッダー作業が終わるか終わらないかのうちに、警察庁の新長官が国会で十三階の解体を国民に約束した。古池と律子に懲戒免職処分が発表され、しかも殺人容疑で逮捕されるかもしれないと栗山が示唆したので、古池はまず先に律子だけを海外に逃がした。

古池は最後まで十三階に残り、挽回できる道を探り続けた。二十七歳で刑事となり警視庁公安部に異動してから、古池はずっと『十三階』という警察庁直轄の、国内一実力のある諜報組織の中で生きてきた。失敗もあったが、それを上回る数のテロを未然に防いできたという自負がある。

それが、あれよあれよという間に上官を失い、予算を奪われ、部下を飛ばされ、工作に必要な車両や機器も全て取り上げられた。身ぐるみを剥《は》がされていくような屈辱の中、これまでの実績だけでなく作業員が地を這《は》う努力でかき集めてきた『インテリジェンス』をこの手で破棄しなくてはならない。生きたまま手足をもがれ皮膚を剥がされるようだった。

敗北を受け入れた瞬間、今度は家族を守らねばならないという焦燥に駆られ、古池は慌てて律子の後を追い日本を脱出した。

古池の敗走で、十三階は完全に消滅した。

いつの間にやら夜が明けていた。

古池は地下倉庫から一階に上がり、バスルームをのぞく。寝ぼけ眼の律子が、おはようという目で鏡越しに古池を見た。明け方のことを何も覚えていない様子だった。

「どこで寝てたの？」

「倉庫で見張ってたんだ。顎のない女が来ていたから」

律子は変な顔をしただけだった。

「黒江」

再び歯ブラシで歯を泡立てながら、「なあに」と律子は答える。

「今晩、逮捕だ」

小刻みに動いていた律子の手が止まる。律子は口をゆすぎ、タオルで拭きながら呟いた。

「忙しい一日になるわね」

古池の敗走と『内外情報調査部』の発足で、『十三階事件』は幕引きかと思われたが、天方美月とその黒幕は古池や律子を殺人罪で起訴する道をしつこく探っていた。

やり玉にあげられたのは、四つの事案だった。元校長だった寺尾《てらお》美昭《よしあき》の河口湖でのけん銃自殺事件、儀間《ぎま》祐樹《ゆうき》という左巻き国会議員——美月の元恋人でもあった——の御岳山《みたけさん》での焼身自殺、鵜飼真奈の猿島の投身自殺。そして、古池の情報提供者だった広井《ひろい》愛花《あいか》という女の行方不明事件。先の三件は全員、律子が殺した。〈掃除班〉と呼ばれる、現場に非合法活動の痕跡を一切残さず掃除する作業員たちや古池が、自殺偽装して片付けた。広井愛花は諸事情あって古池が射殺し、伊豆七島の新島の白ママ断崖という立入禁止の砂浜に掘った深さ三メートルの穴に埋めた。

どんな奇跡が起こったのか知らないが、二週間前、新島警察署が広井愛花の白骨死体を発見した。遺骨の発見に至るまでの経緯は公表されていない。十三階事件の混乱の中で関係者が古池を陥れるために新島警察署にタレ込んだとしか思えなかった。

再び十三階事件の報道が過熱した。

このままでは全ての事件がやり玉にあげられることになる。警察はそもそも一度自殺と決着をつけた事件を再捜査したがらない。警察の捜査能力に疑問符が付けられるからだ。律子を逮捕させるわけにはいかなかった。愛する妻であり、我が息子の母親だ。広井愛花の死体遺棄事件、この一件のみを立件することで十三階事件に幕を下ろしてもらうように古池は栗山に交渉してもらい、それが今日いよいよ成立したというわけだ。


朝食後、古池は慎太朗を肩車して、隣家を訪ねた。この一帯はインドの富裕層向けの別荘地として二〇〇〇年代初頭に開発された。似たような構えの家が並ぶ。斉川大樹《さいかわだいき》という男が、三年前から住んでいる。十三階の元作業員だ。テロを起こす危険性がある新興宗教団体に教祖として送り込まれていたが、全ての任務を終えて退職し、ポート・ブレアで隠居生活を送っていた。十三階事件の間、慎太朗の面倒を見てくれた。

斉川に逮捕の報告をし、古池は律子が作ったサンドイッチを持って住宅地の坂を下りた。

プライベートビーチがある。古池は右胸に拷問で負った大きく抉《えぐ》れた傷があり、腹部には斬られた痕が残っている。他に人がいなかったので、古池はハーフパンツに着替えた。慎太朗に小さな水着を着せてやり、一緒に波打ち際で遊んだ。ワニの浮き輪を膨らませてやり、息子を乗せた。胸まで波につかるほど深い場所へ行くと、息子は怖がって古池の首にまとわりついてきた。

波打ち際に戻ると、律子がランチを持って到着していた。夫婦で慎太朗の砂遊びに付き合う。サンドイッチを食べ、慎太朗のほっぺについたマヨネーズを取ってやる。慎太朗は海に入りたがった。古池は指を引っ張られながら、律子に訊く。

「お前は入らないの？」

「水着を持ってないもの」

「そういえば、お前の水着姿を見たことがないな」

「今夜、買う？　とびきりセクシーなやつ」

「その貧乳じゃ波でポロンと出てしまうぞ」

まじむかつく、と笑った律子の腕を引き、強引に波打ち際に連れいく。古池は慎太朗を右腕に抱き、「濡れちゃうからー」と騒ぐ律子を左腕で持ち上げて海に落としてやった。律子は頭からずぶ濡れになったがゲラゲラと笑い、慎太朗もキャッキャと笑う。「よおし次は母ちゃんな」と古池はワニの浮き輪に律子を乗せ、息子を肩車して、水平線へ傾き始めた太陽に向かって突き進んだ。

飛行機の時間が夕方に迫っていた。空港で息子と涙の別れはごめんだったので、隣人の斉川に慎太朗を預け、それとなく、「またな」と息子の頭をくしゃっと撫で出発した。律子のへたくそな運転で空港に向かい、飛行機に乗った。

二時間かけてベンガル湾を越えると、インド本土が見えてきた。チェンナイで三本の指に入る宮殿のような構えのホテル、ITCグランドチョーラのセカンドクラスのスイートを取った。律子は、マハラジャの宮殿みたいな金ぴかの部屋ではしゃぎ、キングサイズのベッドに飛び込んだ。古池はそのまま律子の上に覆いかぶさった。

スニーカーマニアの律子は、これから部活動に行くかのような色気のないごついナイキのスニーカーを履いていた。非売品で二次流通価格は何十万円とかするらしいが、そんなものはさっさと脱がせて放り投げ、あっという間にお互い一糸まとわぬ姿になった。律子はシーツにこぼれるほど濡れていて、裸になって一分と経たぬうちに古池を深い密林の奥へと飲み込んだ。一分でも一秒でも長くこの感触を味わっていたいと思ったが律子が回数を求めてきたのでまずはそのまま一度目、彼女の中で果てた。互いの性器を舐《な》め合わせたまま手足をほどけないほどに絡ませ合う。いまあるだけのものをちょうだいと律子は囁《ささや》く。

「しんちゃんには、兄弟が必要でしょ」

「そうだな。俺もそう思う」

「私にも必要なの。一人目の育児と二人目の妊娠、出産があれば、悲しんでいる暇がないくらい忙しくなるでしょう？」

律子は古池の下腹部を撫でた。

「空っぽになるまで私の中に残していって」

古池はたまらなくなって、彼女の密林の奥で萎《しぼ》んでいたものがまた硬く膨張していくのを感じる。ここを立ち去る前に、古池は彼女に全てを捧げていかねばならなかった。四十五歳、齢を重ねた体だ。次会ったとき彼女を抱けるかどうかわからぬほどに衰えているかもしれないし、鉄格子の中にいる間に他の男に寝取られる可能性もある。途端に下半身が二十代前半の盛りのついた雄のごとく猛り狂った。紳士らしく一度ペニスを抜いて、妻の、息子の母親の、世界でひとりしかいない『女』の全身をくまなく唇と舌で愛撫していく。背骨に舌を滑らせ唇で腰を吸いながら指は絶えず妻の割れ目を撫で続け、どんどん熟《う》れてとろけていくその果実を十分に吸いつくしてから挿入した。子宮口が古池のペニスの先にぶつかる。何度か突いたら律子はあっという間にイッてしまい、腰を淫《みだ》らに痙攣させながら切なげに喘《あえ》いだ。静かに押し引きを繰り返したまま彼女の上半身に覆いかぶさり胸の谷間にじっとり浮かんだ汗を舌で寄せ集め乳房をつかむ。律子は少し痛がった。乳首の先にじんわりと白濁した液体が浮かぶ。いまここは息子の独占部位だったことを思い出して手を引いた。小さな体をくるっと反転させて二つの小さな肉の丘を両手でつかみ上げ、割れ目を開き、肛門を鼻先でくすぐりながら存分にまた割れ目を舐めまわし指と舌でいじくり続ける。律子は枕の中に顔を埋めたまま叫び、二度目の頂点に昇りつめた。

「一緒にきて」

律子は顔を埋めたまま手を伸ばしてきた。古池はその手を取り指をしっかりと絡めて後ろから挿入した。

「一緒にいくよ」

古池は激しく押し引きを繰り返しながら律子のひだの内側で熱く熟れたつぼみを指で刺激した。もう少し愛し合いたかったのに、律子の膣の中の不随意運動が凄まじく、古池もあっという間に射精してしまう。最後の一滴まで愛する妻に捧げる。

肩で息をしたまま、ぐったりと古池に身を任せて動かなくなった律子のお腹に手をやり、温めるようにして撫でた。かつて慎太朗が入っていたその袋が古池の放出したものを一滴残らず吸収しようと収縮し硬くなっているのがわかる。

「できたぞ、これは」

律子はブッと噴き出して、大笑いした。

午後九時すぎ、ホテルにあるレストランでコース料理のディナーを取った。どこにも日本警察の姿はなく、逮捕される気配がない。あまり深刻に考えても仕方ないし、自ら逮捕されに捜査員を探すのもバカバカしいので、最後の一秒まで、妻と二人きりの時間を楽しむことにした。律子はがぶがぶとワインを飲み、昔話をしたがった。とても幸せそうな顔で、それは慎太朗に授乳しているとき、寝起きに慎太朗の寝顔を見て顔をほころばせたときの母親としての幸福とは決定的に違う、誰かに極上に愛されている女だけが醸し出せる類の表情だった。

古池はあまりしゃべらず、食べず、飲まず、ただよくしゃべる律子の顔をうっとりと見つめた。たぶんこのあと突然断絶してしまうから、やけに美しく見えるのだろう。例えば古池が律子と初めて母校の大学のキャンパスで出会ったあの日、警視庁公安部なぞにリクルートせず、ただの男と女として関係を始め、結婚して、律子に妻という役割だけを求め、だらだらずるずると続く結婚生活を送っていたら埋もれてしまう類の、激烈な幸福感だった。

「私が公安一課のあなたの班に配属になった初日のこと、覚えている？」

「いや、全く」

覚えていたが、知らんぷりする。

「私は前日から緊張して眠れなかったのに」

〝四月一日付で公安一課三係三班に配属されました、黒江律子巡査部長ですッ〟と緊張で声を裏返しながら彼女が頭を下げた日のことを、古池は昨日のことのように覚えている。華奢で表情もふにゃふにゃで頼りなかったが、本当に自分の背中を追いかけてきたんだな、と誇らしい気持ちだった。

「私、初日の仕事が終わった夜にね――話したことなかったけど」

律子が身を乗り出し、古池の耳元でなにかを囁こうとした。彼女の熱っぽかった視線が古池の背後にズレ、一瞬で緊迫する。唇と瞳の震えが、その時が訪れたことを告げていた。律子が古池の手をつかみ、立ち上がろうと腰を浮かせる。

たとえ無計画であっても、律子の咄嗟《とっさ》の判断と知己に頼れば、古池は容易に警視庁の刑事をまくことができるだろう。だがそれでは、世間をいつまでもにぎわせている『十三階事件』に終止符を打てない。

十三階は陰の組織だ。

存在していたことを報じられ、してきたことを国民に知られてしまうなど、組織が消滅したいまであっても、許されざることであり、一刻も早くこの組織の存在を日本国民に忘れてもらうべきだった。これ以上、十三階事件が注目されると、日本の諜報機関の危うさを全世界に喧伝することになり、国家の危機管理体制はますます脅かされてしまう。

古池が逮捕されることが、最善の終止符なのだ。

律子もわかっている。すぐに腰を下ろし、目に一杯涙を浮かべ、古池の背後にいるであろう捜査員と古池の顔を、せわしなく見比べている。

「黒江。話の続きを聞かせてくれ。初めてお前が俺の班に来た日の夜、どうしたんだ？」

律子は古池の手にしがみついてきた。古池は静かに指を絡ませて握り返す。律子は真っ赤になった目からボロボロと大粒の涙を流しながら言う。

「あの日の夜、あなたも班の人も全員帰って……私はあなたのデスクに座って、引き出しを開けたの」

反対の手で律子の涙を拭ってやりながら、古池も奥歯を嚙みしめて、別れの苦しみに耐える。

「なんで開けたんだ」

「私のボールペンと、同じものを使っていたから……」

背後から、男の革靴が鳴らす仰々《ぎようぎよう》しい足音が聞こえてきた。日本の地方公務員が履く安っぽい革靴が、インド最高級ホテルの絨毯を無遠慮に踏み鳴らし、美しい夜を台無しにする。

「あなたのボールペンと、私のボールペンを、取り換えたの」

古池は噴き出してしまった。いまどきの小学生でもそんなことはしないだろう。

「俺は次の日からお前のボールペンを使っていたのか？」

「ええ。私はあなたのボールペンを大事に使っていたの。でもあなたは私のボールペンを三日で失くしたのよ」

視界が男たちの群れでいっぱいになる。黒や濃紺のスーツを着た九人の捜査員だった。ずいぶん大人数で来たものだ。

律子が手を握ったまま、急いで、言う。

「そんなあなたと、結婚できたなんて」

古池の答えを許さず、声が降り注いだ。

「古池慎一か」

「そうですが」

逮捕状が読み上げられた。間違いないかと問われたので、「黙秘します」と答えた。

レストランは騒然とした。古池が連れ去られて嵐が去ったあと、律子だけが羞恥と絶望の中に取り残され、逃げるようにホテルの部屋へ帰るのだろう。そのシーツにくっきりと二人が愛し合った跡が残っている。律子がそこでのたうち回って苦しむ姿が容易に想像できたが、律子は律子で、手錠をかけられて留置場の煎餅布団で木の蓋が付いた便所のそばで眠らなくてはならない夫の行く末を心配しているに違いなかった。

古池は両手首に手錠をかけられた。

最後、律子に愛を囁く。

「ボールペン、探しておくよ」


スマホのカレンダーの日付が二〇二一年の六月を指しているのを確認し、ああ、古池慎一が逮捕されてから半年以上たったのか、と改めて思う。

神奈川県警の公安刑事で元十三階作業員の柏原圭司《かしわばらけいじ》は、霞が関の桜田通りの路肩に路上駐車している。六月に入って西日本は既に梅雨入りしたが、東京はいまだに晴れの日が続く。警視庁本部庁舎を囲む欅《けやき》の木の緑も濃く茂る。

古池の逮捕を受け、世間は十三階事件を忘れつつあった。最近は南米コロンビアで邦人の誘拐事件があり、新聞もテレビもネットもそれ一色だ。

柏原は耳に押し込んだイヤホンから流れる雑音にいら立ち、ポンコツ盗聴器め、と耳にぐいぐい押し込む。

〝古池さん、私はあなたに深く同情しているんですよ〟

柏原はやり手検事の声をしっかりメモする。今日は古池に飴ちゃんをやる日のようだ。

現在、東京地検の検事室で、古池の広井愛花に対する殺人及び死体遺棄事件の取調べが行われている。今日中に起訴、不起訴の判断がされる予定だ。柏原はインドのどこかに潜伏している律子と、内閣情報調査室にいる栗山の助けを借りて、検事の執務室を秘聴している。

機密費を使用できた十三階はもうない。

警察庁の地下駐車場と新橋庁舎に三十五台あった作業車は全国の警察本部の誘拐・立てこもり事件取り扱い部署に引き取られ、残る五台は内外情報調査部が所有している。内外情報調査部が発足してからもうすぐ一年になるというのに、健全で合法的な活動しかできない彼らは、秘聴・秘撮が許されない。数百人規模の公安捜査員を動員する大規模オペレーションをする能力もなく、貴重な五台も無用の長物だ。

〝もし古池さんがあの時に広井愛花を射殺しなかったならば、第七セクトによる総理大臣を狙ったテロを防げなかった可能性はあるのでしょうか？　また——〟

電話の音で検事の声が途切れた。もしもしの応答あと、奇妙な沈黙が入る。〝中断？　どういうことですか〟と検事の興奮する声が耳に届いたとき、柏原は数十メートル先の赤レンガ庁舎の法務省から出てきた九頭身美女に目が釘付けになった。

天方美月。

なぜここにいる。

古池の処分が決まる日に法務省から秘書も連れずに出てきた。そのまま、古池の古巣である警視庁本部に入っていった。

柏原のスマホがメールを受信する。古池を取り調べる検事執務室でお茶くみをしている、協力者の女からだった。

『取調べも処分言い渡しも一旦中止。理由不明。鶴の一声があったみたい』

柏原は急遽、協力者の女と落ちあうことにした。警視庁でも神奈川県警管内でもない、千葉県浦安市で女と待ち合わせするが、どうも状況がきなくさい。尾行点検を念入りにし、待ち合わせ場所も三回変える。警視庁本部に入っていった天方美月も気になる。警視庁本部にいる知り合いに片っ端から尋ねた。美月は、国会議員対応にやってきた警視庁幹部を引き連れ、公安一課フロアの古池の自席があった周辺で、ボールペンを探していたという。

意味がわからない。

スマホで協力者の女や警視庁の人間と緊密に連絡を取り合っている間、小四になる長男からもひっきりなしにメールが入っていた。

『三人目の赤ちゃん生まれてほしい！　僕とちぃちゃんとママの三人で育てるから。パパはなんにもしなくていいから。お願い』

世話好きの長男はもう一人弟か妹をずっと前から欲しがっていて、今年四十になる妻も三人目を欲していた。夫婦そろって四十代では自然に妊娠できる可能性は低くなるし、そもそもセックスレスも三年目、いまさら子供たちの母親とどんなセックスをしていいのかわからないし、そもそもいまはそれどころではない。

最終的に定食屋で女と落ち合った。この協力者は柏原が三十代のころから飼いならしている、横浜市内に住むシングルマザーだ。昨年から検察に潜り込ませている。

十六時、定食屋がいちばんすいている時間だ。遠くのテーブルで作業着姿の男二人が無言で丼ものをかき込んでいるのみだ。壁掛けテレビは油と埃にまみれ、都心に新たにオープンしたパンケーキ屋の特集をしていた。

「なぜ突然、取調べが中断されたんだ。再開はいつからだ？」

女はビールと出し巻き卵、枝豆を頼み「こっちが聞きたいわ」と早口に言う。

「秘聴器を設置したのがバレたのかと思って、冷や冷やよ」

「〈ウサギ〉はいたか？」

「は？　議員先生が検事室になんか来るはずないじゃない。地検にいたの？」

「いや。法務省だ。お隣の赤レンガ庁舎から出てきて、まっすぐ警視庁公安部公安一課へ向かったらしい」

「古池さんの古巣でしょ。なにをしに」

「古池さんのボールペンを探しに」

「はあ？　ボールペン？　ボールペンが理由で処分保留になったの？」

「そんなわけがないだろう」

テレビがニュース速報に切り替わった。

「ＶＴＲの途中ですが、たったいまコロンビア邦人女性誘拐事件について速報が入りましたので、お伝えいたします。五月二十日未明、コロンビアの首都ボゴタ近郊で、ＮＧＯ職員として現地で活動中だった及川優月《おいかわゆづき》さん、二十八歳が誘拐され、親族と日本政府が三億円の身代金を要求されていた事件ですが……」

定食屋の空気がピンと張りつめる。

「及川優月さんと思われるアジア人女性の死体が発見されたという情報が入り、現在、現地警察と在コロンビア日本国大使館が身元の確認を急いでいるということです」

映像が切り替わった。外務省前だ。正面玄関を、マスコミのフラッシュを浴びながら、背中を丸めた中年の女性が歩く。両脇を外務省職員に支えられながらの姿は悲痛だった。

及川優月の母親、及川恵子《けいこ》だ。

ＮＧＯが提供した及川優月の笑顔の写真も大写しになる。日本の過疎地で農業を手伝っている画像で、大根の葉っぱを泥だらけの軍手で引っ張っている。農業にそぐわない濃いメイクをしていた。大根を抜いたり南米で活動するより、都心のパンケーキ屋巡りでもしている方が似合いそうだ。

日本国民はこの十日間、彼女の行く末を心配して報道番組もワイドショーもこのネタばかりだった。母親が連日マスコミの前に出て「娘を助けてください」と訴えていたからだ。優月がまだ二歳の時に夫の浮気と借金が理由で離婚、女手ひとつで必死に優月を育てきた。ひとつの卵を母子で分け合うほどに貧しい日々で、優月が貧困孤児支援の国際ＮＧＯ職員として働き始めたあとも貯金をする余裕もなく、身代金はとても払えない。なんとか日本政府のみなさんお願いしますと訴え続けた。

日本政府がテロリストやゲリラとは交渉しないという従来の立場を踏襲すると、母親は街頭に立って募金活動を始めた。心ない通行人に「あんな危険な国に行くのが悪い、他人の金を当てにするな」と罵声を浴びせられながらも頭を下げ続けた。

お冷を注いでいた女性店員は死亡のニュースを聞くやグラスを落とし、三角巾を被った定食屋のおかみと主人らしき割烹着姿の男も厨房から出てきて、テレビの報道を見る。作業着の男たちまでもが、涙をためる。

及川優月の誘拐から十日。連日の報道と母親の行動から、貧しくもけなげで、社会正義に溢れていた及川優月は、理想的な日本女性像そのものになっていた。彼女はもはや、『日本国民の娘』だったのだ。

柏原にも娘がいる。同情しこみ上げる悲しみもあるが……。柏原と付き合いが長い目の前の女が、鋭く指摘する。

「コロンビアって、女校長が飛ばされた先ね」

十三階最後の校長は藤本乃里子《ふじもとのりこ》という警察官僚だった。現場の工作員たちに非合法活動を指揮していた責任を負い、一階級降格させられ、地球の反対側の南米大陸に飛ばされた。

「在コロンビア日本大使館の、参事官だ」

「古池さんの処遇も先延ばしになっちゃったしね」

「そして〈ウサギ〉が古池のボールペン探しだと」

柏原は大笑いした。なにがどうなっているのかさっぱりわからない。

佐倉隆二《さくらりゅうじ》は、及川優月の死体発見の一報を、首相官邸にある自身の執務室——内閣官房副長官室の電話で知らされた。

「は？　ドローンが遺体を見つけた？」

相手は毎熊功《まいぐまいさお》というかつての後輩だ。現役の警察官僚で、内閣情報調査室に出向し、新たに発足した健全な諜報組織『内外情報調査部』の部長を務めている。十三階でいうならばかつての校長である藤本乃里子と同じ立場の、日本の諜報組織を統《す》べる存在だ。

苗字の通り熊のような大男だが警察官僚にしては鈍臭いところがある。佐賀県警本部長としてぼーっとしていたところを永田町に引っ張ってきた。

「なぜドローンが見つけられたんだ。コロンビアは日本の国土の三倍の広さだぞ。あてずっぽうに飛ばして見つかるものではないだろう」

十日前の五月二十日、及川優月という日本人女性が南米コロンビアで突如、誘拐された。外務省の邦人テロ対策室が対応に出たが、内閣情報調査室の毎熊も非公式のルートでコロンビア政府軍や現地警察と緊密にやり取りしていた。未だどの組織が及川優月を誘拐したのか、わかっていない。密林を拠点にするゲリラの宿営地などは政府軍の無人偵察機やドローンを飛ばせば動向がわかり、手がかりがつかめるかと思ったのだが——。

まさかドローンが宿営地ではなく、いきなり死体となった被害者を見つけてしまうとは。

「日本大使館に匿名の情報が寄せられていたようです。指示された地点にドローンを飛ばすよう政府軍に打診したところ、発見したようで」

「匿名――」

考える暇を与えてくれず、キャッチホンが鳴る。東京地検の知人からだった。

「おい、どういうことだ」

初っ端《しょっぱな》から地検の友人は喧嘩を売っている。

「なんの話だ、手短に。いま大変忙しい」

「古池慎一の取調べだ」

佐倉は腕時計を見た。もうすぐ起訴か不起訴かの判断が出るころだとは思っていたが、古池は黙秘を貫きとおしている。今日になってぺらぺらしゃべり出すとは思えず、起訴は確実と思われたが――。

「処分言い渡しが中止になったぞ」

地検の知人の言葉に、佐倉は呆然とする。

「取調べの再開は未定だと。どうなってる」

「知らない。どういうことなんだ」

「お前が知らないのか？　てっきり官邸の圧力かと」

「苦労して逮捕に漕ぎつけた。検察に圧力をかけるなんてありえない」

「だが法務大臣命令と聞いた。更に突っ込んで教えてやる。直前まで法務大臣執務室に天方美月議員が出入りしていたそうだぞ」

佐倉は電話を叩き切った。


佐倉は『十三階事件』の黒幕だ。十三階と天方美月の対立をおぜん立てし、十三階を消滅させた。手始めに、セックスレスに悩んでいた十三階の校長、藤本乃里子と寝て、十三階の情報を抜き取った。警察官になったばかりだった鵜飼真奈という北陸新幹線爆破テロ事件の被害者を洗脳し、十三階に送り込んだ。天方美月のコントロールが一番簡単だった。佐倉は美月の初恋の相手だったからだ。

罠にはまった十三階の面々が、佐倉の仕込んだ嘘の情報に翻弄され、破滅の道を突き進んでいくさまは見ていて面白くて仕方なかった。

去年は楽しい一年だった。

特に古池の敗走は痛快のひとことだった。新島警察署に広井愛花の死体遺棄場所をタレ込んだのは十三階関係者だろう。身内のタレ込みとは笑える。結局は、十三階内部にも古池がしてきたことに反発する勢力があったということだ。

心残りは、黒江律子だ。

出国の形跡がないので、インドにとどまっていることはわかっている。古池の逮捕直前までチェンナイの最高級ホテルに宿泊していた。古池の逮捕と同時に内外情報調査部に追跡を指示していたのだが、北部都市ムンバイの最も治安が悪いといわれる中央マーケットで忽然と姿を消してしまった。息子の慎太朗がどこにいるのかも判明していない。

十三階の女――。

女が一番、怖いのだ。


コロンビア邦人女性誘拐事件の対策本部は、首相官邸四階の大会議室に置かれている。入口に積まれた素焼きの石には炎の痕がオレンジ色に残り、無機質な会議室に彩りを与えるが、いまは血に見える。

正面モニターの『内閣府』の文字とロゴを背景に座っているのは、官房長官だ。現在はかつてその席にいた前官房長官が、出来レースの民自党総裁選の末、総理大臣に収まっている。国民の人気を一身に背負う天方美月が、それ相応の知識と経験と年齢を重ねてそこに座するまでの〝つなぎの一人〟とまことしやかに囁かれている。国民も政治家も超高齢化し、また女性進出が先進国最下位という現状で、初の女性内閣総理大臣を国民は心待ちにしている。いまのところの候補は天方美月しかいない。しかも戦後最年少を大きく更新する若さでその座に就くことになるだろう。世界的にも日本の評価があがる。国民は熱狂し、民自党政権は盤石な態勢が続く。

美月もいま、この対策本部に座している。去年の八月に民自党入りして以来、美月は新人議員が経験すべき政務官の席をすっ飛ばして、外務副大臣に収まった。これに国民からの反発は殆《ほとん》どなかった。むしろみな早く天方美月が総理大臣になるのを待っている。若く美しく、しかし非業なテロによって左手の親指と人差し指の第二関節から上を欠損し、傷痕が残る左手の甲を振り上げ、国民を鼓舞し率いる姿を見たいのだ。度胸もある。血筋もよい。だが経験も知識も足りないから「外務副大臣なら外交のお勉強にちょうどよい」と内外共に理解してくれているようだ。

美月の隣には、外務大臣の番長牧子《ばんちょうまきこ》がいる。五期目のベテラン政治家で、御年六十七歳だ。たるみはじめた瞼に青いラメを乗せ、贅肉がついた腹回りを晒し、モデル体型の天方美月と並ぶ様はひどい公開処刑だった。

他、政府関係者からは首相補佐官である新田明保《にったあきやす》が顔を連ねていた。彼は去年まで佐倉の現在の肩書である内閣官房副長官を務めていた。官房副長官室には機密費がたっぷり詰まった金庫があるから、金庫番ともいわれる。その金庫番だった新田は元警察官僚であり、十三階とも密接に繋がっていた。十三階事件で新田は慌てて金庫番を辞して現総理大臣にすり寄った。首相補佐官となり、火の粉を浴びずに済んだ。

新田の横には、栗山真治がいる。十三階の校長だった。当初は十三階潰しに反駁《はんばく》していたが、美月が扇動した十三階への国民の反発に抗えず、粛々と十三階の解体を進め、いまは内外情報調査部員の育成を担っている。

他、警視庁公安部外事課長、外務省の中南米局長、防衛省の諜報部門といわれる情報本部の部長、誘拐事件捜査のエキスパートである警視庁刑事部捜査一課特殊犯捜査係の係長も席についた。

「始めろ」

官房長官の合図で、この対策本部を仕切る外務省邦人テロ対策室長が立ち上がる。毎熊も書類をかき集めるようにして後ろに控え、政治家から疑問が出れば即座に応えられる態勢を整えている。

佐倉は官房長官の左手の上席に腰掛けた。官房長官右隣は番長牧子、その横は美月なので、佐倉と美月は向かい合う形になった。

古池の処分保留に、美月が絡んでいるようだ。佐倉の意に反した行動をすることは許さない。おしおきをしてやらねばならないが、さてどの手段がきくか。

「まずは映像から」

邦人テロ対策室長は「ご覚悟を」と付け加え、ドローンが捉えた及川優月と思しき女性の死体画像をモニターに映し出した。

コロンビアは赤道直下の国だが、標高が高い地域が多くさほど暑くはない。ブラジルとの国境地帯は熱帯雨林、いわゆるアマゾンのジャングルで、北のパナマと接している地域は湿地帯、カリブ海に面した地域は楽園のように温暖な気候だ。国の中央に連なるアンデス山脈の中腹にある首都ボゴタは高山性の気候、太平洋側はサバンナが続く。

いまモニターが写しているのは、歪んだダイヤの形をしているコロンビアの南西部にあたる、太平洋からも近い地域だ。エクアドルの国境とも近く、アンデス山脈が三つに分岐する地点にある都市パストから西へ百キロほど行ったところだ。ラ・バルサという地域らしい。この辺り一帯はサバンナだ。乾燥した山吹色の大地に緑の気配が薄い灌木が散発的に生えている。どことなく生気が抜けたような雰囲気だ。カメラが、大の字になった人のようなものにズームしていく。会議室に集った政治家や官僚の間に強い動揺が広がる。佐倉も絶句だ。

「覚悟どころか……」

新田もそれ以上の言葉を継げず、黙り込む。美月は奥歯を噛みしめ、目を逸《そ》らしてしまった。一度も目を逸らさずにモニターの拡大画像、鮮明化していくその死体を凝視していたのは、番長牧子だけだった。

「斬首されているじゃない」

首から上がない。頭は腹の上にあった。

「しかも、下半身になにも着けていないわね」

両手両足を広げて仰臥《ぎようが》するその死体は、下半身を露出していた。画像の鮮明化が続くほどに、陰毛の黒さが際立つ。八十度くらいに開かれた脚には黒い下着が絡みつく。右手の先にズタズタに引き裂かれたジーンズが落ちていた。

「凌辱されたようね」

番長牧子がため息交じりに言った。毎熊が遠慮がちに意見する。

「それは遺体を回収し、レイプ検査を施してからではないと断言できませんが……」

冷静に見えた番長牧子が突然キレた。

「いま、死後の姿をこのようにモニターで詳細に映し出されていること自体が女にとっては凌辱だろう！」

よく通る声で番長牧子は拳を振り下ろした。

「誰がこんな結末にした⁉　この状況をどう日本国民に説明する！　いまや及川優月は国民の娘と呼ばれるほどに愛され、同情される存在になっているのだぞ！」

番長牧子が真横にいる美月をのぞきこんだ。

「あなた、彼女と同い年だったわね？　名前もよく似ているわ。美しい月と、優しい月」

美月の喉が上下する。親の七光りならぬ十四光で民自党入りし、飛び級で要職に就いた美月を、番長牧子はあからさまに嫌っている。自分を差し置いて女性初の日本国総理大臣の筆頭候補になったからだろう。

「あなた、自分の身にこんなことが起こったらどう思う？　世界の貧しい子供たちのためにNGOで働き、コロンビアで子供たちの世話をしていたら謎の組織に誘拐されて、日本政府は金を出し渋り、貧しい母親は被害者の自己責任論という非難を受けながらも政府高官に土下座して回って街頭で募金に立ったのよ。それなのに解放の道筋がつかずレイプされ、首を切られ死体まで晒されて！」

新田が話を逸らした。

「いま政府ができることは迅速にこの遺体を回収してやることだ。レイプと斬首の事実をマスコミには絶対に流すな。野党に攻撃される。対策本部を支援している内外情報調査部が批判を浴びるぞ。党内や官僚からも十三階より役立たずだと大バッシングが起きかねない」

毎熊がぎょっとしたように顔を上げる。やはりそこをつかれたかと佐倉は嘆息する。内外情報調査部の責任論だけは回避すべきだった。去年の秋に十三階の後釜として発足後、一発目の大きな事案がこの邦人誘拐事件だ。いまや政府関係筋だけでなく、国民の隅々までもが、十三階という諜報組織に代わるものとして内外情報調査部の存在を知っている。悪い意味で外務省よりも目立ってしまっているし、いまやマスコミの政治部記者は外務省高官ではなく、新たなる諜報組織のドンである毎熊を追い回している始末だ。本来なら外務省への責任論が出てくるはずが、このままでは、内外情報調査部に責任をかぶせる空気になりそうだった。

佐倉は前に出てやる。

「いますべきことはこの先に発生しうるリスクを回避することです。まずは迅速に遺体を回収し本国で荼毘に付してやり、そして現政権に批判が行かぬようにマスコミをコントロールすることで……」

番長牧子が真っ向から嚙みつく。

「責任論が先でしょう。失敗した部署にこの先のリスクヘッジを引き受けさせるなんてとんでもないわ。責任の所在を明らかにし、退陣いただいて、新たに実力のある者、部署をこの対策本部に入れるべき」

十三階があったらね－と、番長牧子はとうとう言った。美月が挑む。

「十三階ならこの誘拐事案を迅速に解決できたかもしれないという根拠はなんですか？　過

去、このような海外での邦人誘拐事案に十三階が暗躍したという話を聞いたことがありませんが」

新田が噴き出した。すぐに「失礼」と言い直し、子供に言い聞かせるように教えた。

「失礼ながら、天方議員は未だに諜報機関のあるべき姿をわかっていません。十三階はどれだけ活躍してもその活動実績が表に出ることはありません」

栗山が続ける。

「かつてイスラム原理主義者による邦人誘拐事件が相次いだ時期がありましたが、そのたびに十三階の中東担当者が裏で原理主義勢力の指導者と接触して解放を試みたり、現地で別個の人脈を築いていたCIAやモサドに協力を仰いだりしておりました。突入部隊のバックアップのための資金を我が国の機密費から十三階を通じて出したということも何度もあります。国民に発表していないだけなのです」

「なぜ発表しないのです？」

「お嬢様、外交のお勉強と並行して、急ぎ、インテリジェンスの勉強もなさってください。我が国は島国とはいえ、周辺国との軋轢《あつれき》があるのはご存じでしょう。国防の観点からしても、例えば自衛隊の装備が駄々漏れになるのが非常にまずいということはわかりますね？」

番長牧子が、ここは政治入門塾なのかとため息をつく。美月は番長の嫌味を無視して、栗山の話に耳を傾けている。

「国の実力をときに誇示することも大事ですが、同時にそれは手の内を明かすことにもなりえます。陰で動く部隊の存在やその力を表に出すことは、そのまま、国の屋台骨、骨格を示すことにほかならず、その骨を抜かれたときに国家に何が起こるのかということをよく考えていただきたい」

暗に——お前はその骨格を抜いてしまったのだと責めているようだった。番長牧子がとどめを刺す。

「あなたがしたのよ、日本国を、ビニールカーテン国家に。そしていま証明されたじゃない、たった一人の邦人女性も救出できなかったと」

佐倉は助け舟を出す。

「お言葉ですが、この対策本部の中心は外務省ですよね。内外情報調査部に全責任をおっかぶせるのは——」

「やだわ〜。十三階の人間はそんなセリフ、口が裂けても言わなかったでしょうね」

「そもそも過去のイスラム原理主義者による誘拐事案でも殺害されてしまった人質はいました。十三階がいたとしても、救えぬときは救えぬ。今回はましてや、誘拐した犯行グループがゲリラなのか麻薬カルテルなのかなにもわかっていない状況で、身代金要求の電話もメールも母親の番号に履歴が残っているのみです。及川優月さんが滞在していたホテルの部屋の惨状から拉致誘拐は確定的ですが、国家として身代金交渉を進めることは不可能に近かった」

「そうね。あなた、それを夕方の記者会見で官房長官に言わせたらいいわ」

上席の官房長官が苦々しく佐倉を睨む。

美月が突然、立ち上がった。

「私、いますぐ及川優月さんの母親を連れてコロンビアに赴きます。現地で遺体回収を手伝い、彼女をまずは日本に連れて帰る。そして手厚く荼毘に付してやるのが先です」

官房長官が納得したような声を上げる。

「それはインパクトがある。こんな僻地まで外務副大臣が行くとなれば……」

番長牧子が高らかに笑い遮る。

「いつものハイヒールで、野を越え山を越え、サバンナに向かうというの！ 手付かずの自然、大地が、ハイヒールで穴ぼこだらけになるじゃない。私が行くわ」

番長牧子がしゃしゃり出た。男たちは内心がっかりだろう。

「外務副大臣が行くよりも外務大臣が直接遺体を迎えにいった方がインパクトがあるでしょう？ コロンビア政府の対応も格段によくなり、より丁重に及川優月さんをお迎えに上がることができますわ」

番長牧子は美月の左手首を掴み上げた。高々と、指が欠損しケロイドが残る醜い左手を、会議室上に掲げて見せた。

「若く美しくけなげな女性はなにかのシンボルになりやすいもの。あなたがあの小さな爆弾テロで十三階を消滅させてみせたようにね」

美月は腕を引き抜き、これで会議が終わりと確認するやいの一番に立ち上がる。尻を振りながら十センチハイヒールを絨毯に食い込ませ、会議室を出て行った。

佐倉は慌てて追う。

美月はまっすぐ廊下を突き進む。右手の吹き抜けに、一階の箱庭の竹林のてっぺんが見える。その笹が揺れるほど美月は早足だ。やっと追いついた佐倉は美月に耳打ちした。

「この後、法務省に参りましょう。古池の取調べがストップした件についはご存じですね」

美月が立ち止まる。

「なにかしましたか、お嬢様」

「なにかしたのは私じゃない。父よ」

天方信哉。がんの再発を理由に去年の夏に退陣し議員辞職したが、病室にいて死を待つ身であってもいまだに政界に強い影響力を持っている。全く、早く死んでほしい。

「先週、余命二か月と宣告を受けたの。息も切れ切れに法務大臣へ電話をしたのよ。古池慎一を裁判にかけてはならないと。私を安らかに死なせたいと思うのなら、不起訴相当が望ましいと」

「お言葉ですが、愚かな判断です」

「父のことを愚かだと言うの？」

「いま起こっている現実を見てください。十三階のかつてのトップがいる地球の裏側の国で邦人誘拐事件が起こり、実に十三階に都合がいい結末になったんですよ。このタイミングで古池を不起訴にするような動きは不自然すぎます」

「それなら私、古池に確かめてくる」

「は?」

「コロンビアの邦人誘拐事件に関わっているのか。あなたは十三階の残党が関わっていて、古池が未だに指示を出しているとでも言いたいんでしょ? 現地に飛ぶことを大臣に禁じられたのよ、古池に訊くしかないじゃない!」

「お嬢様、おやめください。議員自ら東京拘置所の被疑者に面会は、これ以上——」

「これ以上?」

美月が挑発的に佐倉をのぞきこんでくる。

「知っているのね。私が東京拘置所に通っていることを。監視でもしているの」

佐倉は覚悟を決めて、いさめる。

「非常によろしくないことです」

去年暮れの古池の逮捕以降、月に一回だったのが、ここのところは一週間に一度の頻度で、美月は古池のもとに通っている。

二人は去年、美月の指が吹き飛んだ爆弾騒ぎの日に初めて出会った。その清冽だったはずの出会いを演出したのは、佐倉だ。

犯人に仕立て上げるために古池を美月の事務所に行かせたのだが、うまく逮捕に結びつかなかった上、別の問題を引き起こしてしまった。

美月が、古池に恋心を抱くようになってしまったのだ。

指が吹き飛び、動転した美月をその場で応急措置したのは古池だ。ブラウスが破れて胸元が丸出しの美月にジャケットをかぶせ、お姫様抱っこで救急車に乗せた。美月には冷静沈着に処置をほどこしたヒーローに見えたことだろう。抱きかかえられたときに頰にあたった古池の胸の感触まで覚えているらしかった。あいつは胸に凄絶な拷問を受けた痕が残っている。そんな男はこの日本にはそういない。その抉れた感触をワイシャツ越しに感じ、美月は一瞬で恋に落ちたようだ。

佐倉は改めて古池の下へ足しげく通うことをやめるよう忠告した。美月は佐倉の腕を振り払う。

「対立を続けた先に生み出されるものはなに？　いまはコロンビア事件解決に向けて国内が一致団結するときのはず！」

出た。この愚かな女は『融和』という言葉が大好きなのだ。

「個人的な興味や感情から彼に面会しているわけじゃない。『北風と太陽』の話は知っているでしょう？　これまで彼には北風を浴びせ続けてきた。逮捕・送検にまで漕ぎつけたいま、太陽で温かく照らして心を温めてやって、真相を話すように説得するべき」

いまがチャンスだとも美月は言う。

「古池はひとり塀の中、こわーい十三階の女は行方不明でしょう」

美月は佐倉の横をすり抜け、秘書を引き連れてエレベーターの箱に乗った。

十三階の女が姿を消しているからこそ怖いんですよ、お嬢様……。佐倉が重要な忠告をする間もなく、扉は閉まってしまった。

天方美月は秘書の運転で東京拘置所に入った。面会受付時間ギリギリの十五時五十分に間に合ったが、差し入れの受付時間は過ぎていた。

灰色の壁に囲まれた面会室に入る。アクリル板の向こうの扉が開いたところだった。刑務官に連れられ、手錠をかけられた古池の姿がちらりと見えた。月二回の散髪を受けたばかりなのか、先週の面会時よりも襟足がきれいに刈り上げられていた。もともと公務員らしく頭髪は短かったので、いかにも塀の中に入れられましたという感じはない。水色のワイシャツと茶色のスラックス姿だ。拘置所から貸与されるスリッパをつっかけている。美月を見ても表情がない。手錠を外してもらうと、ふてぶてしく椅子に座った。

「ボールペンは見つかったか?」

第一声がこれだった。美月は首を横に振る。

「公安一課フロアにまで行って確かめたのよ。でもデスクのレイアウト自体が変わっていて……」

古池は取調べで黙秘しているし、雑談にも応じないが、足しげく面会を重ねた美月には少しずつ心を開いている。行方知れずになっている妻子のことをひどく心配していた。

別れの直前に妻がボールペンの話をしていたことがなにかの暗号かもしれないと考え、そのボールペンを見つけたら黙秘をやめて証言をすると約束してくれたのだ。

古池はなぜか目を丸くした。

「議員自ら公安一課フロアへ行かれたのですか？」

第一声は偉そうな口調だったのに、慇懃《いんぎん》な言葉遣いになった。

「そうよ。デスクの下に膝をついてくまなく探したけれど、なかった」

古池は呆気に取られた顔のまま、大口をあけて笑い出した。

「ちょっと……！　なんなのよ」

「天方議員。私が公安一課にいたのは二年前ですよ。去年の夏まで私の執務室は中央合同庁舎2号館の警察庁にあった」

「そんなこと知っているわ」

「妻が私の部下になった八年前のことです。その時なくしたボールペンが、いまさら見つかるはずがないでしょう」

今度は美月が呆気に取られる番だった。

「それならなぜ私に探せと命令したの！」

古池はため息をつく。

「天方議員。人の言葉を額面通りに受け取ってはなりません」

「つまり？　私にボールペンを探せと言ったのは？　奥さんの居所を探したいからではないの？」

「俺に惚れても無駄だぞ」

「は?」

「俺は妻だけを心の底から愛している。お前のようなつまらぬ女に興味はない。そう言いたかった」

美月は怒りのあまり立ち上がり、アクリル板を叩いていた。

「ひどい侮辱ね! しかも自己満足にまみれた妙ちくりんな勘違いまでして!」

「タラバガニの缶詰の差し入れは?」

突然上目遣いに、乞われる。静岡市清水区興津《おきつ》という海辺の町で生まれ育った古池は、海産物が恋しいのだろう。

「今日は対策会議が長引いて、差し入れ受付時間に間に合わなかったの。池田屋さんはもう閉まってて」

東京拘置所は売店に売っている物なら、被疑者に食べ物を差し入れすることができる。

「コロンビアの邦人誘拐事件の対策会議か。なにか誘拐事件に進展が?」

拘置所で新聞を読めるので、塀の中にいても古池は事件を知っている様子だった。

「死体が発見されたのよ」

古池は無言だ。表情も目も揺れることがないので、なにを考えているのかさっぱりわからない。

「人気のない、サバンナのど真ん中で。レイプされ、斬首されていた」

「残念なことです。ご本人や家族にとっても。そしてあなたが作った内閣情報調査部においても。出だしでつまずいたことになりますよ」

美月はちょっと考えたあと、尋ねる。

「あなたが対策本部にいたら、どう対処していた？」

「さあ。私は詳細を知りませんからここで話しようがありません」

「誘拐から十日、犯行グループの名前すらわかっていないのよ」

古池の表情が初めて動いた。

「犯行グループすらわかっていない、つまりはその拠点や宿営地すらわからないで、どうして死体を発見できたんですか」

「政府軍のドローンが見つけたの。在コロンビア日本大使館に匿名のタレコミがあったと」

古池は腕を組み、「匿名」と意味ありげに言いながらパイプ椅子にもたれかかった。

「そういえば現地の日本大使館には十三階のかつてのドンがいるわね。もしかしてあなたが残党が関わっている？　司令塔はあなた？　塀の中から手紙を使って残党に指示を……」

「天方議員。私はあなたが思い描くようなダークヒーローではありませんよ」

「私はあなたに対してそんな評価を下したことはないけど」

そうでしたね、と古池はちょっと笑った。

「私はこれ以上の日本のインテリジェンス界隈の混乱を世界に晒さぬために、覚悟を決めてここに入った。私が黒幕と疑うということは、私が日本国を守るスパイとして見せたつもりの最後の矜持《きょうじ》を踏みにじるもので、なによりの侮辱だ」

断固とした口調に、美月は戸惑う。改めて目を見て、真摯《しんし》に伝えた。

「ごめんなさい。言いすぎたわ」

古池は黙って美月を見据えているが、どこか呆れたような顔でもある。椅子がぎいっと鳴り、古池が身を乗り出してきた。アクリル板に触れながら「天方議員」と呼びかける。

「ボールペンの件はこちらも失礼しました。もうあのような言い方はしません」

急に下手《したて》に出てきたので、美月は困惑してしまう。古池は甘えるように懇願した。

「次は必ず、タラバガニの缶詰を。塀の中は気が滅入る。故郷を思い出すことがなによりの慰めになります」

「わかったわ。絶対差し入れる。他に欲しいものは？　困っていることがあったらなんでも言って」

古池はなぜかブッと噴き出した。

「なに。なにがおかしいの？」

古池はもう終わりだと言わんばかりに立ち上がり、立ち合いの刑務官に両腕を差し出した。

その手首に再び手錠がかけられる。

「ねえ！　いまの笑い、どういう意味なの！」

「恋につける薬はない」

やけに色っぽい流し目で美月を見下ろす。美月はアクリル板を拳で叩いた。

「だからそのひどい侮蔑をやめなさい。私はあなたみたいな嘘つきで高慢ちきで上から目線の偉そうな男に惚れたことなんかこれっぽっちも……」

あまりに強く押したつもりはなかったのに、はめ込まれたアクリル板が壁からがくんと外れて斜めに傾げてしまった。刑務官が慌てて支え、応援を呼んでいる。器物破損だ、と古池は大笑いして、面会室を出ていった。


藤本乃里子はコロンビア最大のエル・ドラド国際空港のファーストクラスラウンジにいた。そろそろ時間かと、ビロード張りのソファから立ち上がる。

カルティエの腕時計が深夜〇時を回ろうとしている。日本政府専用機の着陸予定時刻まであと十分、滑走路に出てお出迎えの準備だ。すかさず一等書記官の小園《こぞの》が前に立ち、扉を開けてくれた。

在コロンビア日本大使館の一等書記官として勤務する外交官の小園はまだ二十代後半だ。乃里子のことを、〝地球の裏側に追放された気の毒な女性警察官僚〟ではなく、〝日本国スパイを統べていた血も涙もない女〟と見ていて、えらく腰の引けた態度を取る。乃里子のプライドを慰めてくれる存在だった。

小園はさっきから小言が止まらない。

「急な来訪ということもあったのでしょうが、SPの数が少なすぎます。しかも大臣のダミーすら準備していなかったなんて……。警備態勢が穴だらけです」

「心配しすぎだ。ここで誘拐ビジネスが跋扈《ばっこ》していた二〇〇〇年代とはわけが違う。毎日のように誰かを誘拐していたＦＡＲＣは武装解除して正式な政党になった。ＥＬＮなんか風前の灯だろ」

ＦＡＲＣとＥＬＮ、この二つの左派ゲリラ組織がかつてコロンビアを内戦状態に陥らせていた。国内外の要人から一般人までを次々と誘拐して身代金をせしめ、組織を巨大化させていった。ＦＡＲＣについては国土の三分の一を掌握するほどだったのだ。ＦＡＲＣを潰すために戦ったのは政府軍だけではない。元軍人や警察官が組織したパラミリターレスという右派組織も台頭していた。コロンビア国内は左右入り乱れ血みどろの争いを繰り広げていた。

しかし二〇一〇年代に和平交渉が始まり、停戦合意をして以降、治安は劇的に回復した。左派ゲリラがほぼ消滅したことで、パラミリターレスも衰えた。

「しかし気になるのはＳ－26の動きです」

Ｓ－26とはＦＡＲＣの元ゲリラたちが再結成した新左派ゲリラ組織だ。

ＦＡＲＣの日本名はコロンビア革命軍だが、Ｓ－26はSeptember 26th、つまり『9月26日』という意味だ。ＦＡＲＣが和平合意文書に署名した二〇一六年九月二十六日を『人民の死の日』として、テロ組織の名前にした。

武装解除し、再教育や政府の支援を受けて一般社会に溶け込もうとしたＦＡＲＣの元ゲリラたちは、幼いころからジャングルで野営を繰り返しながら銃器を持って自給自足で戦ってきた。バスの乗り方もお金の使い方も知らない。その一挙手一投足ですぐに元ゲリラとバレてしまい、差別を受けたり暴行を受けたり、殺害されてしまう事例すらある。不当な差別に怒り狂った元ゲリラたちが多数合流しているらしい。政府は正確な人数を把握していないが、せいぜい四、五十人のゲリラの集団ではないかということだ。

このS‐26が去年、日系企業のコロンビア支社長を誘拐し、五億円をせしめるという事件を起こした。日系企業が当局に内緒で五億円払ったことですぐにカタがついた。日系企業もゲリラに資金を与えたとなると株価に影響するので、未だだんまりを決め込んでいる。当然、日本では一切報道されていない。

「やはり私は身代金は払うべきでなく交渉すべきだったと未だに思います。あれでS‐26は味を占めたに違いありません。いつまた邦人が狙われるかも知れない。そして事実、そうなったじゃないですか」

及川優月の件を言っているのだろう。乃里子も昨日、ドローンが捉えた死体画像を見て忸《じく》怩《じ》たる思いだった。

「決めつけるのは時期尚早だ。まだ犯行グループの素性がつかめていないんだ。S‐26ならすぐにそうと名乗りそうなものを」

「いずれにせよ、外務大臣がたった三人のSPでコロンビア国内を動き回るのはよしとしません。なにかあってからでは遅い。しかも藤本参事官自らダミーになるなんて……」

この南米コロンビアで、番長牧子と同じ背が高いアジア人女性で事情のわかる女は乃里子しかいない。小園は同情的だが、乃里子は笑い飛ばした。

「いい暇つぶしになるよ。さあ来た――」

日の丸を背負った政府専用機が薄暗闇から現れ、着陸した。雨季が終わったばかりでまだ気候はじめじめとしている。降ったりやんだりの雨で地面が濡れて光る中、乃里子は大使の後ろに立つ。やがてやってきた航空機にタラップが取り付けられ、番長牧子が被害者の母親の肩を抱き、姿を現した。日本とコロンビア双方のマスコミのフラッシュが集中する。母親は号泣していて、ハンカチで目元を押さえいまにもくずおれそうだ。厳粛ながら思いやり溢れる表情を番長牧子は見せて、タラップを降りていく。マスコミ対策として嘘っぽいが、報道番組の枠で報じられると、不思議と感動的になるものだ。政府が被害者に対して精一杯の誠意を見せていると国民は感じるだろう。被害者の尊厳を傷つけるとして、凌辱された可能性があること、斬首されていることは記者発表されていない。

番長牧子は形式的に向けられたマイクに向かってリップサービスをした。

「このような蛮行が邦人女性に対して行われたことは遺憾どころの騒ぎではありません。わたくしがこの地に降り立った以上、厳しく、コロンビア政府並びに警察の対応に問題がなかったか追及し、優月さんのご遺体を髪の毛一本あますことなく見つけ、共に日本に帰る所存でございます」

到着早々にコロンビア政府や警察を名指し批判する。日本政府への批判をかわしたい狙いがあるらしい。番長牧子が足を止めてしゃべっている間、及川優月の母親はすぐさま大使に手を引かれハイヤーに乗せられていった。

乃里子と番長牧子はファーストクラスラウンジに入り、名刺交換した。番長牧子は乃里子の名刺を団扇《うちわ》代わりに煽《あお》ぎながら、マスコミのカメラにどう映ったのか、確認に余念がない。現在日本は六月四日金曜日、昼間のワイドショーの時間だ。生中継しているチャンネルもある。

「ああそれにしても腰が痛いわ。給油地のLAで一日くらい休むか観光くらいさせてくれたって良かったんじゃないのぉ？」

秘書に毒づく。秘書は、在コロンビア大使が一分一秒でも早く到着するように要請をしてきたのだと、こちらに責任を押しつけてきた。乃里子はいまごろ優月の母親をいたわっているであろう大使に代わり、弁明した。

「遺体は腐敗し始めており、サバンナの野生動物に食い荒らされる可能性がありますので、一刻も早く遺体回収チームを出発させる必要がありまして」

番長牧子はのけぞって見せた。

「うそでしょ、遺体回収チーム、まだ出発させていないの⁉」

乃里子は呆気に取られる。

「本国より、遺体回収チームの先頭に立つのは番長外務大臣だと連絡が……」

「そんなわけないでしょう。私、今年でもう六十七なのよ？　サバンナの真ん中なんでしょう？　ジープで何時間かかるの？」

「ジープのみでは行けません。首都ボゴタより飛行機で近郊の町パストへ行き、そこから車両で五時間かけて二つ山を越え……」

現地警察が回収に行こうとしていたのだが、番長牧子自らが回収に行くと聞いていたので、一旦出発を待たせているのだ。

「だから私は言ったのよね、美月ちゃんが行った方がいいって。だけどね、あの子がヤダって言うのよ、ハイヒールが汚れるからって。嫌な女よね～！」

深夜二時、小園の運転で、エル・ドラド国際空港から五つ星ランクのホテル、ソネスタホテルボゴタに向けて出発する。いつもは助手席に座る乃里子だが、番長のダミーなので後部座席にいる。ベージュのジャケットのカラーから立ち上るシャネルの五番の匂いに吐きそうになっていた。乃里子はダミーなので、香水くさい番長の衣類を着用している。

「――ああ。煙草が吸いたいわ」

「恐れながら、参事官。番長大臣は煙草を吸われません」

「ホテルまで何分だっけ？　道中吐かずに済むかしら」

ナビを確認する。英語表示で、ホテルまで三十五分とある。ため息をついた。

「藤本参事官。一分だけで構いません、耳を塞いでいただけませんか」

小園は車の運転中に愚痴を叫ぶことで仕事の鬱憤《うっぷん》を晴らすことがままある。前参事官は引き継ぎのときに「彼と車に乗ると面白いよ」と笑っていた。乃里子が軽く耳を塞いでやると、始まった。

「くっそ、番長だかなんだか知らねえが被害者のこと考えたことあんのか、厚塗りクソババアめ！」

乃里子は笑いをこらえるのに必死だった。

「次の選挙で落ちちまえ、クソ、クソ、クソ！」

乃里子は顔を上げ「以上？」と聞く。「まだまだ」というので、乃里子はにやけながら再び、耳に両手を当てた。バックミラーに異様な眩しさを感じてハッとする。

「だいたいな、日本政府――」

「待て、避けろ！」

ジープが後方から突っ込んできた。どおんという音と衝撃が全身をつんざき、ネオンが激烈に揺れた。車がぐるぐると高速スピンするたびバス停が近づいてくる。乃里子は咄嗟に頭を守り体を丸めた。バス停に衝突した途端、車は横転した。乃里子は後部座席の床に頭をつけ、でんぐり返しの途中で一時停止したみたいな状態になった。割れた窓からにょきにょきと自動小銃の銃口が生えてきた。

「S‐26、S‐26！」

組織名を連呼する男の怒号が聞こえる。銃口が乃里子に狙いを定めていた。

「アーユーハポネスフォーリンミニスタ？」

どうやら犯罪者がダミーに引っかかってくれたようだ。ダミーの乃里子はノーと言えず、そのまま車から引きずり出され、誘拐された。

第二章　交渉人

藤本乃里子が誘拐された。

首相官邸四階の大会議室に置かれたコロンビア邦人女性誘拐事件の対策本部は、静まり返っていた。佐倉もまた、言葉がない。

正面の大スクリーンには、在コロンビア日本大使館に送りつけられた正式な犯行声明文と身代金要求額が書かれている。

「一千億ペソというのは、日本円で？」

官房長官の問いに佐倉が素早く答える。

「現在のレートで約三十億円です」

官房長官は鼻で笑った。

「まあ、一円だろうが三十億だろうが、日本政府はテロリストとは交渉しない。払いもしないがな」

犯行声明を出したS－26という組織について、外務省の邦人テロ対策室長が説明する。

「かつてコロンビアを二分していた左派ゲリラ組織FARCの残党の一派です。二〇一六年の和平合意で武装解除した連中ではあるのですが、一般社会になじめず、二年前に再び銃器を持ちました。ジャングルを拠点に、かつてと似たようなゲリラ戦法を展開しています」

栗山が太い眉毛を中央に寄せ、尋ねる。

「日系企業のコロンビア支社長の誘拐事件が去年ありましたね。企業側が五億円払った。これを引き起こしたのと同じ組織ですか？」

「はい。その通りです」

新田が呑気にぼやく。

「今回は三十億、大きく出たものだな。外務大臣ではないとわかっているのだよな。文書にノリコ・フジモトカウンセラーと記されている」

「ええ。拉致現場に居合わせた小園一等書記官によりますと、明らかにダミーに引っ掛かり、外務大臣と間違えて誘拐していったとのことです。次の車でやってくる本物の外務大臣に指一本触れさせないため、あえて藤本参事官も本物のふりをしたということです」

顔が全く違うので本人ではないとすぐにバレたのだろう。S-26側はお粗末という他ないが、乃里子だって立派な政府高官だ。

「それなりに政府から金をぶんどれると踏んで三十億要求してきたというわけだな」

佐倉は手元の書類をくしゃっと潰した。

「呑気に金額の吟味や取り違え誘拐について話している場合ではありません。先の及川優月誘拐事件の交渉が失敗に終わり、その遺体回収もままならぬうちに第二の邦人誘拐事件が起こった。しかも今回はただの在留邦人じゃない、政府高官だ！　日本政府の危機管理は一体どうなっているのかと内外から強烈な批判が殺到する事態です」

興奮しすぎて声が裏返った。佐倉は咳払いし続ける。

「そもそも、及川優月を誘拐した犯行グループの特定はどうなっているんです。こちらはS-26ではないのですか？」

「S-26側は及川優月の件についてはうんともすんとも言ってきておりません」

内外情報調査部長の毎熊が、答えた。

「うんとかすんとか言ってくるのを待っていないで、さっさとこちらから交渉を持ちかけるべきでは？」

そのことで――テロ対策室長が手を挙げる。

「S-26から大使館あてに先ほど届いたファックスによりますと、身代金の交渉人として、シンイチ・コイケ氏を指名したいとあります」

なに……？

佐倉は素早く関係者の反応を見回した。新田はたまげた様子で顔を上げ、栗山は眉間の皺がゆっくりと深くなった。

「シンイチ・コイケだと？　十三階の古池慎一のことか」

美月の大きな目がパッと魅惑的に輝いた。

佐倉は、おもしろい、と言ってのけた。見えない敵を挑発している気分だ。

「十三階のトップだった元校長が誘拐されたと思ったら、次にこの誘拐事件の舞台に引っぱり出されるのが当時のナンバー2の古池慎一被疑者とはね。一体これはなんの茶番でしょう。これは、十三階の残党が復権を狙って起こした事案なのでは？」

新田は鼻で笑った。

「それはいくらなんでも陰謀論が過ぎる。映画かドラマの見過ぎだ、佐倉君」

栗山が割り込んできた。

「発端は、及川優月誘拐殺人事件です。あれの救出に失敗していなければ、外務大臣が現地に赴くこともなかったし、藤本参事官が誘拐されることもなかった。一連の事件が十三階残党の陰謀であると断言するのならば、なんの罪もない一市民である若い女性をどこかの残虐なゲリラに売り、レイプさせ、斬首させたということになる。十三階はそんな残虐な集団ではない！」

栗山は珍しく感情剝《む》き出しで言った。官房長官も頷《うなず》く。

「物理的に不可能だ。十三階に予算をつける者はもういない。人員もいない、道具もない。官房機密費は君の執務室の金庫の中だ。どうやってS－26と接触し、邦人を誘拐させるんだ？　藤本君の身代金が払われれば金は入るかもしれないが、及川優月の件はどう考えても不可解だ。あんなことをしたところでS－26側にはなんの利点もない」

美月が発言する。

「交渉人に古池氏を指定しているのは藤本参事官本人ではないですか？」

佐倉を一瞥したあと、続ける。

「一警察官から十三階のナンバー2に上り詰めた男です。数多《あまた》のテロを防いできた。彼が交渉人になれば有利と考えるはずです」

佐倉は絶句した。新田も栗山も不愉快そうだ。佐倉は彼女を叱った。

「天方議員。いまのセリフは聞き捨てなりません。あなたは十三階を潰した張本人だ。そして古池を塀の中に押し込めた張本人でしょう！　いまの発言は彼らがしてきた非合法活動を許容しているも同然で――」

「今後とも非合法活動は許しません。しかしここまで不可解な連続誘拐事件が起こったいま、この事案に対処できる人材が、外務省や内外情報調査部にいるとも思えません」

テロ対策室長は屈辱に顔を赤くし、名指しされたも同然の毎熊は真っ青になっている。美月がフォローするように付け足す。

「私は二つの組織を否定しているのではありません。そもそも邦人テロ対策室に限っては、このような複雑怪奇な連続誘拐事件を捜査する能力はありませんから、やはりこの件はテロ対策のプロフェッショナルとなったはずの内外情報調査部が前面に立つべきなのです」

だが内外情報調査部は発足してまだ一年、十三階のノウハウを学ぶ暇も、引き継ぎもできる状況になく、日本の諜報活動の最前線に立つことになった。

「そもそも十三階が重要書類を全て破棄してしまったのだから、いきなり十三階に代わる活躍ができないのは当然です。内外情報調査部は警視庁公安部との連携も思うように進んでいませんし、まだまだ育成が必要な組織です。あと十年は使い物にならないかと」

場がいっきにざわついたのを、美月がよく通る美しい声で制した。

「だからこそ……！」

保守派の軽蔑の眼差しを一手に受けても、美月は動じずに続ける。

「内外情報調査部の育成も含め、古池慎一氏に交渉人を引き受けてもらうべきです。彼らはその手腕を学ぶべきですし、古池氏も新たなる諜報組織の誕生に手を貸すべきなのです。これ以上の本国諜報機関の混乱は日本国の弱点を全世界に知らしめているも同然。すぐさま対立をやめ、新旧が手を組んで融和を図るときなのです！」

圧巻のスピーチだった。佐倉は仕込んでいない。

古池の入れ知恵か？

面会記録は全て目を通している。こんな話をしていた記録はどこにもなかった。

なるほど、おつむが悪いなりに、美月は学んでいるというわけか。彼女の大好きな平和とか融和とか平等とかの名のもとに。

「いいんじゃないか」という声が方々から聞こえてきた。最後は官房長官が決断した。

「それでいこう。となると、古池を一旦保釈させるか」

「断る」

美月は目を丸くしてアクリル板越しに男を見返した。古池は今日も全くの無表情だ。白いワイシャツに紺色のスラックス姿で、拘置所の犯罪者とは思えないくらい清潔感がある。塀の中に入れられても、日本国の安寧のために動いている――そのプライドを持ち続けているからこそのたたずまいなのだ。

「断るとはどういうこと？　あちらは交渉人にあなたを指名しているのよ」

「交渉人に指名しているのはS－26ではなく、藤本乃里子本人だろう。あの女の指示で動くのはもうたくさんだ。俺にあの女を助ける義理もない」

美月は呆気に取られた。

「連続して起こった以上、及川優月さんの事件と同一犯という可能性もある。藤本参事官は凌辱され、斬首される可能性だってあるのに――」

「これは十三階の流儀だ。テロリストと交渉はしない。敵に落ちた駒は見捨てる」

古池はかつて敵の手に落ち拷問で死にかけた経験がある。説得力があった。

「そもそも十三階消滅のきっかけを作ったのはあの女だ。あんたと同様、佐倉隆二に操られて情報をアレコレ流してしまった」

この話は面会を始めた初日から、何度も聞かされたことだった。あなたは佐倉に操られているのだ、鵜飼真奈もそうだった、と古池は繰り返した。美月が古池の愛息の命を狙っていると佐倉にそそのかされ、真奈は爆弾を送ったというのだ。

美月は断じて、古池の息子を襲おうと思ったことはないし、そもそも生存していることを知らなかった。

佐倉は藤本乃里子と寝ていたとも古池は言う。「あんたも寝たんだろう」と指摘してきた。初めて言われたときは激怒して否定し、面会時間を切り上げて立ち去ったほどだ。美月は男と寝たいから政治をしているのではない。

「私が佐倉さんと共に動いていたのは――」

「初恋の相手だったんだろう？」

「それは認めるわ、でも中学校時代の話よ」

「で。寝たんだろう？」

「あなたはすぐ男女を寝かせたがる」

何が面白いのか、古池は肩で笑う。

「自分がすぐに女と寝るからでしょう。テロ情報を得るためならどんな女とでも――」

「当たり前だ。それで救われる命があるのなら、いくらでも寝る。あんたはしないのか？」

「は？　私は女よ」

「男も女も関係ない。目の前にテロ情報がある、セックスをすれば情報が手に入り、無辜《むこ》の国民の命が救われる。それでもあんたは寝ないのか？　クリーンを売りにした政治家だからそんな穢らわしいことはしないというわけか。草の根活動家というのはその程度の覚悟しかないのか」

美月は圧倒され返す言葉もない。

「俺はする。妻もした。あんたは国民を守るために、なにをするんだ。政治家だろう。クリーンであること、全てがあけすけの状態でルールを厳守することが国民の命よりも大事、そう判断したから十三階を潰したんだろう？」

「国民の命と法の遵守を両てんびんにかけないで！　そんな究極の選択の場に――」

美月は居合わせたことがない。だが、古池とその妻は違うのだろう。常にテロとの戦いの最前線にいたのだ。美月はもう一度頼む。

「とにかく、交渉人を引き受けてほしい」

「いいえ。交渉人は引き受けられない」

「もう保釈の手続きが進んでいるわ」

「保釈は大いに結構。どこに出奔したか知れない妻子を捜しに行けますから」

「妻子捜しのために保釈をするんじゃないわ、藤本乃里子参事官の救出を――」

古池はデスクに拳を振り下ろした。

「何度も言う、あの女がコロンビアでどうなろうと知ったこっちゃない。十三階消滅の原因を作った女だ！」

刑務官が慌てて立ちあがった。古池が構わず喚《わめ》き散らす。

「暇つぶしにあんたの面会要求にこたえてきたが、これで最後にしてくれ」

「そんな――」

「言っただろう？　佐倉にほだされて十三階消滅の原因を作った女は三人いる。藤本乃里子、鵜飼真奈、そしてお前、天方美月だ……！」

アクリル板を挟んでいても、古池に真正面から指をさされ、美月は眩暈《めまい》がする。

「あんたが十三階を潰してくれたおかげで日本国の諜報機関が負った傷は計り知れない、もう二度と来るな！」

古池は踵《きびす》を返し、勝手に出て行こうとした。刑務官に肩を引かれる。古池は怒りのため息をつき、両手首を突き出した。

「古池さん」

アクリル板に手をつき、美月は必死に呼ぶ。古池は手錠をかけられ、面会室から無言で出ていこうとした。美月は最後のカードを切るよりほかなかった。

虎の尾を踏む大惨事になりかねないカードだった。だが、いずれは古池に伝えなくてはならないものだった。

「佐倉の秘密。知りたくない？」

古池は足を止めた。無表情が多い彼には珍しい般若のようなしかめっ面で、美月を振り返る。初めてこんなにまっすぐ見つめられ、美月は少し、怖くなる。

「彼はストラディバリウスを所持している」

古池は手錠をかけられたまま、面会室の椅子に戻ってきた。美月はほっとしたが、別の緊張で心臓が口から出そうになっていた。

「どういうことですか。ストラディバリウスは時価で億はくだらないバイオリンの名器だ」

古池が冷静に反応した。

「いまは世界に五百強しかない。最近では十二億の値がついたこともあるわ」

名家の出身でもなく、プロの音楽家でもなく、富豪でもない佐倉が、なぜストラディバリウスを所持しているのか――。

「所持は間違いないんですか？」

「間違いない。あの音色。高校時代、ベルリンに短期留学していたとき、毎日のように生音を聞いてきたもの。長音に甘くとろけるような聞き心地があるの」

音色だけでストラディバリウスと決めつけたことを笑われると思っていたが、古池は熱心に耳を傾けてくる。

「佐倉は官房副長官になったとはいえ、公職の身。港区の八千万円のタワーマンションのローンを三十五年かけて払っていて、群馬の実家の親も年金暮らしよ。そんな彼がなぜ時価数億円のストラディバリウスを手に入れられたのか」

しかも、と美月は身を乗り出す。

「ストラディバリウスを所持していることを、周囲に秘密にしている」

美月が音色を聞いたのは偶然だった。佐倉が使う南青山の音楽スタジオでのことだ。

「私、もうバイオリンは弾けないから、バイオリン教室の子供たちに寄付したらどうかと佐倉に言われて……」

久しぶりに佐倉の精緻なバイオリンの音色を聞きたくもあり、美月は約束の時間よりも一時間早く、スタジオに入った。防音扉のガラス越しに佐倉の姿を確認し扉を少し開けたところで、漏れてきた音色に、鳥肌が立った。あまりの美しさに涙すら出そうになった。

「中に入り、どうしてストラディバリウスを弾いているのかと尋ねようとしたときの、佐倉の慌てっぷりが……」

「彼は認めていないんですか。それがストラディバリウスだと」

「ええ。質問すら受け付けない様子で、隠すようにバイオリンを片付けてしまった。約束の時間より早く来たこともひどく怒ってた」

「よくわかりました。天方議員」

古池は手錠をかけられたまま、身を乗り出す。

「それは正確には、いつのことですか」

「二か月前の四月十日のことよ」

「もっと早く教えていただきたかった」

「言おう言おうと思っていたけれど、佐倉に疑心暗鬼を抱いているということをあなたに表明することの……なんというか」

「わかりました。いま佐倉との関係は？　セックスしているのかいないのかとか、もうそういった無粋なことは聞きません」

冗談だったようだが、美月は全く笑えず、正確に答える。

「距離ができてしまっているわ。対策本部でも意見が対立することが増えてきた」

「それはいけません」

「なぜ」

「佐倉には裏がある。あなたが佐倉を疑っていると表明してしまうことで、佐倉の警戒心が強くなり、調査のハードルが上がります」

「調査？」

「したいんですよね、ストラディバリウスをどのようにして手に入れたのか」

「そうだけど……」

「天方議員。あなたが十三階を潰したのは、我々の非合法活動があなたの正義感や政治信条と相容れなかったからですよね」

「勿論そうよ。それはいうまでも……」

「では、佐倉はどうしてだと思いますか」

美月は考えたことがなかった。美月と同じ動機だと思っていたからだ。

「いいですか。佐倉の策略によって鵜飼真奈は爆弾を作り、あなたに届け、あなたは左手の指を二本も失って永遠にバイオリンを弾けなくなってしまった。だが手に入れたものがありますね」

美月は何度も頷く。

「対立していた与党にすんなり入れたわ」

「そして大っ嫌いだった十三階を消滅できた。さあ、佐倉が裏で糸を引いていた理由はなんですか。彼は見たところなにも手に入れていない」

「……」

「あなたと同じ正義感からのはずがありません。佐倉が仕掛けたことは犯罪であり、非合法活動そのものだからです。非合法活動が嫌だから非合法活動をしている組織を非合法活動の末に消滅させる。本末転倒です」

確かに古池の言う通りだった。

「佐倉には、正義を貫きたかったあなたとは全く種類の違う動機があったはずなんです」

鍵を握るのはストラディバリウスだ。

「その出どころをそれとなく探れますか？　ストラディバリウスにはひとつひとつに名前がありましたね」

それを突き止めてこいと古池は言う。

「真正面から尋ねてはいけません。相手に悟られます。そして佐倉と対立してはなりません。彼の味方のそぶりで、警戒をさせないようにしてください」

美月はどう振る舞うか具体的に想像しようとして、眩暈を覚える。

「無理だわ。私にはそんな難しいことはできない」

古池は眉をハの字にし、「でしょうね」としみじみと美月を眺めた。妙に優しげな顔だった。会話の内容を記録している刑務官の背中を見て、古池がため息をつく。

「面会記録の詳細も、佐倉は把握しているはずです。まずはあれを握りつぶさないと」

ぎょっとした顔で、刑務官が振り返る。美月は構わず、「どうすれば」と古池に尋ねた。

「あなたには無理だ」

「でも、この会話が佐倉に漏れたら――」

「八丈島警察署に、南野和孝《みなみのかずたか》という優秀な作業員がいます」

公安一課三係三班で、古池や律子に次ぐ非合法活動を行っていた若い作業員だ。

「それから、小笠原署には柳田保文《やなぎだやすふみ》という優秀な分析官が」

「退職した三部晃《さんべあきら》元巡査部長は？　彼もかつてあなたが動かしていた班の――」

「話が早くて助かります、天方議員」

「彼らを呼び戻し、復職させればいいのね」

「ええ。あなたはストラディバリウスの名前を聞き出すだけで結構。後のことは彼らに任せてください」

「でもどういう名目で、追放した彼らを……」

「簡単なことです」

古池は胸を張って立ち上がった。

「誘拐された藤本乃里子参事官を救うため、私が交渉人をやるんですよ。かつて手足となって働いてくれた腹心の部下を必要とするに決まっているじゃないですか」

美月は思わずアクリル板にしがみついた。

「引き受けてくれるのね？　交渉人！」

古池は、いずれ破棄される面会記録を必死に書いている刑務官に、命令口調で言った。

「それは書くだけ無駄だぞ。面会は終わりだ。保釈の準備を。とっとと連れていけ」

古池は半年ぶりにポート・ブレアの空港に降り立った。乗り継ぎのチェンナイでも相変わらずカレーくさい国だなと思ったが、この海辺の観光地ポート・ブレアでも、潮の匂いよりスパイスの匂いがする。

到着ロビーに入ったところで、こちらに突っ走ってきた妻を抱きしめる。こんなに早く律子の匂いを存分にかげるとは思ってもみなかった。胸に込み上げるものがあるが、その痩《や》せた体を全身に感じて心配になる。小さな顔を両手でつつみ顔を覗き込む。

「元気だったか。また痩せたんじゃないか」

「淋しくて痩せちゃったの。最後にあんな夜を過ごしたせいだわ」

インド人や観光の外国人が周囲にいたが気にせずに唇を貪《むさぼ》り合う。インド人が「ハネムーン！」と古池と律子を冷やかしてくる。身をしっかりと寄せ合い駐車場へ向かう。早く息子の顔を見たかった。律子のぺったんこのお腹を触る。

「二人目は？」

律子は悲しげに首を横に振った。古池は快活に笑って慰めた。

「大丈夫。今回の滞在でまた仕込めるさ」

あら、と律子は肩を揺らして笑っている。

「内外情報調査部の見張りは？」

「ここに連れてくるわけがないだろう」

保釈後すぐに古池は美月が準備した汐留《しおどめ》のホテルに連れていかれ、内外情報調査部の人間から事件資料を渡されて説明を受けたが、途中トイレに行くと偽ってホテルを抜け出し十三階の残党である神奈川県警の柏原と合流した。彼の手助けで、作業員時代に使っていた偽造パスポートを使って成田空港から香港へ飛んだ。かつての部下である三部や柳田、南野にもすぐ動きだすよう指示を出した。

保釈を率先した美月の顔に泥を塗るのはまずいので、香港に到着してすぐに電話は入れている。家族と接触を持つために一日身を隠しただけであり、必ず戻ると泣きまねをしたら「一日だけよ」と念を押された。彼女も、古池を捜す内外情報調査部も、古池がまだ国内にいると勘違いしていた。なんとも低能で呑気な連中だった。

空港の駐車場にいつものプジョーがあった。「嬉しすぎて手が震える」と律子が早速柱にぶつけそうになったので、古池が運転を代わった。

約束通り、半年前と同じ家で律子は生活を続けていた。古池が「居場所がわからない」とか「ボールペンに居場所の暗号が」とか美月に嘘をついたのは、佐倉の目を欺き律子や慎太朗を守るためだった。

慎太朗は自宅前のポーチで砂遊びをしていた。斉川がブランコで読書をしている。車が戻ってきたのを見て慎太朗が立ち上がる。降りてきたのがママではなく古池で、慎太朗はぎょっとした様子だ。もう父親を忘れてしまったらしく、斉川の後ろに隠れる。

「こらっ、パパだぞ」

古池が強引に抱き上げると、慎太朗は混乱したようでギャーっと泣き、助手席から降りた律子を見て「ママーっ」と叫ぶ。古池はそのまま慎太朗を小脇にかかえて「そら飛行機だぞ、ブーン」と走ってポーチを駆け上がり玄関を突き抜ける。慎太朗は結局おもしろかったのか、笑い出した。一階のリビングの奥にある慎太朗のおもちゃ部屋にそのまま突っ込んでいき、丸い大きなクッションの上に慎太朗をすとんと仰向けに置いた。Tシャツの裾《すそ》を上げてそのお腹に顔を擦り付け伸びかけの髭《ひげ》でくすぐってやる。濃密なすべすべの肌にいちいち感動する。

慎太朗は父親を思い出したのか、おもしろいおじさんが来たと思ったのか、キャッキャと笑って興奮すると、今度は古池の手を引いて、おもちゃ箱を引っ張り出してきた。慎太朗は卒乳している。哺乳瓶ではなく、ハンドルとストローのついたコップを使っていた。母親にミルクを入れてくれと頼む。そのコップをそのまま古池に差し出す。どうやら歓迎しているらしかった。改めて息子の顔をまじまじとみつめる。生まれたとき律子によく似ていた顔の輪郭は少し変わっていて、男の子らしいがっしりとした骨格になっていた。目、鼻、口はそもそも古池にそっくりだったので、結局息子はなにもかも父親似だった。両目は一重で切れ長なのだが、うっすらと二重になりそうな線が出現していた。近々、自分のようにその日の睡眠時間によって瞼の線の数が変わってくるのだろう。

律子は昼食の準備を始めた。妻がキッチンに立つ音を聞きながら息子とおもちゃで遊ぶ幸福が胸に迫る。息子のおもちゃ箱の中にカラフルなけん銃を見つけた。銃口に丸いスポンジがついていて、糸で繋がっていた。飛距離は十五センチしかない。

「こんなんじゃ仕留められないぞ」

古池は糸を切った。窓辺に恐竜のおもちゃを並べる。息子の背後にしゃがみ、撃ち方、狙い方を教えてやった。

「いきなり狙撃練習なの」

律子がじゃがいもの皮を剝きながら、笑っている。とても幸せそうな顔だった。

遠慮がちに、斉川が自宅に入ってきた。

古池は慌てて立ちあがる。固く、かつての盟友と握手をする。

「すまない、ろくに礼も言わず。半年間、家族の面倒をありがとう。助かった」

「いえ。僕はたまに慎太朗君の遊び相手をする程度で」

「変わりはなかったか？」

あえて小声で尋ねる。斉川の表情が一瞬強張った。無理に作った笑顔で言う。

「黒江さんにはやはり古池さんが必要です。絶対に」

律子がなにかやらかしたなと思い至る。

「保釈ということですが、藤本元校長の誘拐事案が終わるまでですか」

「恐らくな。だがこのチャンスを逃さない。これを機に佐倉のしっぽをつかみ政権から追い出して、必ず十三階を復活させる」

幸いなことにまだ起訴不起訴の判断前だ。交渉人として実績を残しつつ美月を完璧に取り込み、なんとか不起訴処分に持っていきたい。斉川は「今日はまずご家族で」と自宅を出ていった。

「パパー！」

慎太朗に呼ばれる。やけに感動しながら、慎太朗を肩車して近所の浜辺を歩いたあと、昼食のころに自宅に戻り、慎太朗を膝にのせて家族三人で食事を摂る。拘置所でカレーが出ることはあってもインド料理は出ないので、恋しく思っていた。律子は古池の好物のロッティを焼き、よくスパイスの効いたチキンロリポップを出した。チャーンビールを瓶ごと呷《あお》ったとき、日本のインテリジェンスから完全に離れてここで家族三人で永住してしまいたい欲求にかられる。

慎太朗は食い荒らす。「もうしんちゃんたら」と妻は何度言っただろう。彼女はやんちゃな男児の母親として、ゆっくり座っていられないようだったが、たまに息子を抱く古池の横顔を眺め、涙ぐんだ。

もっと感動させてやるぞと、古池は慎太朗を子供部屋で昼寝させた十四時過ぎ、妻を寝室に誘った。

「静かにね。チェンナイの夜みたいな激しいのは駄目よ」

クスクス笑う妻の服を夫婦の寝室で脱がしていく。日が寝室の窓に差し込み、律子の釣り鐘型の小さな乳房にはえる産毛を黄金色に照らしている。上半身裸になった妻の腰に手を回し、ソフトタッチで唇を重ね、正面から乳房をわしづかみにする。授乳を終えずいぶん小さくなっていた。慎太朗がもう吸っていないのなら、また古池だけのものになったのだ。切ないような嬉しさがせりあがり、古池は律子の背中に手を回して存分に乳首に吸い付き、舌で転がし、もう片方の手でぺちゃっとした胸を好きなだけもみしだいた。律子は内太腿を震わせながらよがる。古池が股の間に手を忍ばせるともうぐっしょりと濡れている。古池もガチガチだ。これは一分ももたないと思い、古池は仕事の話をする。

「〈スターチス〉のことなんだが」

佐倉の符牒だ。満開に咲き誇り短命に散ってしまう桜と違い、スターチスというのは根や茎が腐っても色を変えず鮮やかに咲き続ける不気味な花だ。律子はうっとりした表情のまま「やめてよ」という。

「いまその男の話をしないで。カラカラに乾いちゃうわ」

「シーツが汚れずに済むだろ」

古池はストラディバリウスの話をした。律子は佐倉が南青山のスタジオを使っているということに引っ掛かっていた。

「スタジオアクセル赤坂じゃないの？」

「いや違う。ブルーポール南青山だ」

律子は半裸のまま立ち上がり、棚の引き出しを探った。二重底になっている。取り出したファイルを捲《めく》る。

「去年の八月に南野君が佐倉をアドレス作業した時の記録よ」

古池は書類を取る。作業を二週間続けたところで南野は島流しが決まり調査は途中で終わっていた。確かに去年の八月、佐倉は週に三回はスタジオアクセル赤坂の個人用スタジオを借りて、バイオリンを弾いている。いつも一人だった。

「そもそもスタジオを借りていること自体に引っ掛かっていたのよね」

律子がファイルの該当ページを開き、示す。佐倉が二十九歳の時に購入した港区白金台のタワーマンションの間取り図だった。

「2LDK、五十五平米なんだけど、リビングの横にある窓のない四畳半、防音完備の部屋らしいの」

「防音の部屋が自宅にあるのに、どうしてわざわざ赤坂や南青山に出向いているんだ」

「そこになにかあるんでしょうね。誰かと接触している可能性もある」

すっかりセックスをする気が失せた。

「そもそも、ストラディバリウスを所有していると、どうしてわかったの？　あなた塀の中にいたのよね」

「天方美月だ。彼女が音色で気付いた」

律子はとても嫌な顔をした。

「あの子——ずいぶんあなたにご執心のようだけど」

「なんのことだ」

「足しげく拘置所に通ってタラバガニの缶詰まで差し入れしていたじゃない。探し物を命令して公安一課の床を這いつくばらせたんでしょう」

「誰から聞いた」

「誰からでもいいでしょ」

律子は律子で東京に情報提供者を多数抱えている。温存した十三階元作業員を動かしているのだろう。

「彼女は実に単純で従順だ。国民の中で最も人気が高い政治家でもある。うまくコントロールできれば彼女は十三階復活の立役者になってくれる」

使い甲斐があると言いたかったのだが、律子は眉を吊り上げて怒った。

「なにを馬鹿なことを。あの女は十三階を潰した張本人なのに……！」

「佐倉に操られていただけだ」

「だから許すというの？」

「許す、許さないの話じゃないだろう。使えるか、使えないか。それだけだ」

「とにかくあの女はやめて。嫌いなの」

律子はプンと背を向け、下着に足を入れた。

「おい、これからだろ」

後ろから抱きしめ、下着を脱がした。

「本当に、あの女だけは嫌なの」

珍しく余裕をなくし懇願する律子に、古池はまた欲情してしまう。とうとう彼女の中に忍びこみ、半年分の愛情をぶちまけた。


翌日以降、スパイ夫婦のアジトとは思えないほど、続々と訪問客がやってきた。最初に到着したのは三部晃だった。元鑑識課員で、古池や律子をバックアップしてきた分析官だ。定年まであと五年、島流しを拒み退職した。自宅でゴロゴロしていたのを古池は呼び出した。藤本乃里子誘拐事件の交渉人チームに入ると聞くや飛んできたかったようだが、尾行点検をする必要があるので、タイのバンコク経由でポート・ブレアにやってきた。次に到着したのは小笠原署に飛ばされた柳田保文、最も時間をかけてやってきたのは南野和孝だ。中東を経由してインドに上陸した。

古池は同じ作業員だった南野とは抱き合って再会を喜んだ。八丈島署でくすぶりながらも、きっちりと体を作り気力も十分な南野の体に惚れ惚れする。ひよっこだったころによく蹴りを入れてどやしたが、いまはそんな失礼なことはできない。南野は身も心も作業員として仕上がっている。

次々と男たちが訪問して来ても、慎太朗は動じなかった。自宅のベルが鳴るたびに走っていき、初対面の三部、柳田、南野の手を引いて、古池や律子が再会を喜ぶ間もなくおもちゃ部屋に連れていこうとする。出生後まもなく命を狙われている可能性があったため、慎太朗は亡くなったと部下たちまでも騙していたのだが、三人とも慎太朗を見ても全然驚かなかった。「そんなこったろうと思った」と三部はニコニコして、孫と同じ年だという慎太朗と一緒に遊んでくれる。

柳田は慎太朗があまりに古池と瓜二つだと噴き出していた。隣人の斉川も合流すると、これまでの作業の話に花を咲かせる。相変わらず、律子に対してよそよそしい。律子が展開する大胆で残酷な作戦に辟易しつつも、黙って従うのが柳田で、反駁し忠告しながらも従うのが三部、南野は問答無用で律子の意思通りに動くロボットのようなところがあった。その南野は子供が苦手なようで、料理を作る律子の方へ流れていき、玉ねぎのみじんぎりを始めた。南野は料理が得意だ。

公安一課三係三班の面々が揃った食卓はにぎやかだった。作業を共にしていたときは酒の席で情報が漏れてしまうことがあるので、宴席を持つことを古池は厳しく禁じていた。公安一課フロアで一、二本缶ビールを空ける程度だった。

今回、はじめて三班は羽を伸ばし、浴びるほど酒を飲んだ。大声でかつての作業や作戦についてあれやこれやと振り返る。三部が古池をからかう。

「それにしても古池慎一は不死身だと思っていたが、まさかこんなに早く拘置所から出てくるとはな。お前さんのその強運には全く舌を巻くよ」

「不死身だと？　なんだそれは」

律子が大笑いして、古池のワイシャツの裾をスラックスから引っ張り出す。マグロ包丁で縦一直線に切られた傷痕と、革職人によって胸に風神を彫られ、カモメに肉を食われた時の右胸の傷を晒される。

腹の傷は斉川をかばってできたものだ。斉川は申し訳なさそうな顔になった。「気にするな、カモメに食われた方が痛かった」と抉れた右胸を指すと、一同は大笑いした。

南野が五本目のチャーンビールを空っぽにしたところで、心配げにつぶやく。

「こんなにのんびりしていていいんですか。校長が誘拐されているのに」

もう校長じゃないと古池は強調し、ブランデーを出しながら宣《のたま》った。

「藤本乃里子を甘く見ちゃいけない。あの十三階のトップに二年も君臨し、この黒江律子を顎でこき使っていた女傑だぞ。コロンビアゲリラの残党に誘拐されたくらい、どうってことないさ。俺たちがなにもしなくても自力で逃げてくる」

そんなことより佐倉隆二だ。

「俺たちの本当の敵はコロンビアゲリラじゃない。表向きは交渉しているように見せるが、佐倉を丸裸にして十三階潰しの動機を探る」

私怨ならまだ簡単だ。

「そうね。そんなことで怒っていらしたの、で終われるものね」

珍しく律子の手が古池のワイシャツの胸ポケットに伸びてきた。仕事の話になると煙草を吸いたくなるらしい。もう授乳も終わっているので好きにしたらいい。古池はかつてのように煙草を取らせてやろうと胸を突きだした。その光景を「始まったよ」と言わんばかりに三部が揶揄《やゆ》する。古池ははたと思い立ち、律子の手を払いのけた。

「やっぱりだめだ」

「なぜ。一本ぐらい」

「二人目。仕込んだばかりだろ」

男たちのはやし声は殆どヤジだった。

「危なっかしいけども、意外とポンポン生みそうだよな、りっちゃんは」

南野はどこかうらやましげでもある。

「お前、八丈島にいい女はいなかったのか？」

南野が苦い顔をしてみせたが、結局言わずニヒルに笑っただけだった。早く結婚しろ、幸せだぞと言ってのけると、南野は笑いながら反発した。

「絶対結婚しないと言っていたのはどこの誰ですか！」

盛り上がっていたのに、古池のスマホが鳴った。対策本部の番号からだった。客人が来る前に美月に新しい番号は教えていた。交渉人として保釈されたのに本当に逃亡したと思われるのは得策ではないからだ。

古池は無言で電話に出た。美月が困惑気味に問いかけてくる。

「もしもし？　古池さん？」

「そうだが」

「そうだが、じゃない。いまどこなの」

「家族のもとに決まっている。場所は絶対に教えないぞ。逆探知されたら困るから三十秒で電話を切る」

美月は慌てて用件を切り出した。彼女はいつも古池に、完璧に振り回されてくれる。

「在コロンビア日本大使館経由で対策本部に電話がかかってきているの。S-26の将校よ。日本政府側の交渉人と話したいと」

「悪いが妻とセックス中だ、後にしてくれ」

古池は電話を切った。男たちがわっと爆笑して盛り上がる。どこまでも天方美月を——そしてゲリラに捕らわれた藤本乃里子を、振り回してやるつもりだった。保釈中の身だとしても絶対に主導権を握らせない。

やかましい酒の席ながらも、二十二時を回ると慎太朗の瞼が落ちてきた。三部の膝の上で深刻そうに寝るその顔に、みんな表情をとろけさせている。律子が夫婦の寝室のベビーベッドに寝かしつけに行くと、長旅の疲れか三部もうつらうつらし始めた。二階に五部屋ゲストルームがあり、バスルームも二つある。老後はこういう場所で暮らすのもいいなと三部は言いながら、二階へ上がっていった。柳田もあとに続き斉川も自宅へ帰った。南野と二人で飲み直そうとしたところで、美月から再び、電話がかかってきた。古池が電話を切ってからきっちり二十分後だった。

「セックスは二十分で終わると思っているらしい」

「早漏か自分よがりの男としかしたことないんじゃないですか」

南野が八本目のチャーンビールの栓を開けながら揶揄する。

「お前は何分だ」

「分じゃなくて時間です。三時間」

長過ぎだろと古池は大笑いし、電話に出た。

美月が律儀に確かめてくる。

「もう交渉の電話を繋いで大丈夫ね？」

「ああ。いいぞ」

無言で電話が切り替わった。美月を怒らせ失望させたかもしれないが、東京に戻ったら対策本部で毎日顔を合わせる。いくらでもかわいがってやるつもりだった。ハロー、とスペイン語なまりの英語の声が聞こえてきた。S‐26のアポストル将校だと名乗る。金の話をいきなり始めたので古池は「ノー」とピシャリと話を遮った。英語で伝える。

「まずは人質の生存確認だ。ノリコ・フジモトといますぐ電話を代われ」

「それはできない。いま、別の場所にいる」

「ならば用はない。切るぞ」

「待ってくれ。わかった。すぐ代わる」

強気で出れば相手は折れる。どこの国の人間も同じだ。一分後、乃里子が電話に出る。

「もしもし。古池か」

声を聞くのは去年の八月以来だ。年上の古池を呼び捨てにする無礼さが直っていない。叱ってやった。

「あなたのために拘置所から出てやったんですよ。少しは敬意を払ってください」

乃里子は全然ひるまない。

「身代金を払ってはならない。この期に及んで体制に迷惑をかけたくない。ゲリラと絶対に交渉するな」

自分がしたことを追放先のコロンビアで反省していたのか、拍子抜けするほど殊勝なことを言い始めた。

「勿論です。交渉もしませんし身代金も払いません。校長……失敬、藤本乃里子参事官」

古池は咳払いを挟み、ひとこと、伝えた。

「自力で逃げてください」

古池は電話を切った。

「ふざけるな！」

乃里子の怒鳴り声がコンドルの啼き声でかき消された。生ぬるい風がジャングルの木々の葉をやかましく揺らす。

確かに日本政府は身代金を払うべきではないが、自力で逃げろとはどういうことだ。コロンビア政府軍にかけあって救出部隊を作るとか、息子と娘の声を聞かせてやるとか、人質となった乃里子を鼓舞し、勇気づける言葉はないのか！

乃里子は誘拐されてから、ゲリラの宿営地を二度移動している。拉致されてからどれほどの時間が経ったのか正確にはわかっていない。横転した車から引きずり出されたあと、トランクに詰められ、半分気絶していたのだ。

いまどこにいるのかもよくわからない。右を見ても密林、左を見ても密林、前後も密林ならばあとは空と大地しかない場所にテントを張っている。

及川優月の死体が見つかったエクアドル方面のサバンナではなさそうだ。鬱蒼《うっそう》とした密林を抜け、谷を下り、崖を上り、また密林に入るという繰り返しでこの地に来た。首都ボゴタの東にある、アマゾンの熱帯雨林に入っているのではないかと思っている。

一か所目の宿営地は廃校、二か所目は湖のほとりで、三か所目のいま、密林にいる。雨風をなんとかしのげる程度のテントを張り、盛った土を平らにしてベッドの形状にし、シーツ代わりに木の葉を敷いて寝起きしている。きちんと三食食べさせてもらえているし、夕方には美味なコロンビアコーヒーが出る。

ゲリラたちとはなるべく友好的に接している。感謝しながらも、大使館に電話させてくれと毎日頼み込んできた。今日やっと、様子を見に馬に乗ってやってきたアポストル将校と話をつけて電話をかけることが許されたのだ。

アポストル将校はS-26の事実上のトップらしい。名前だけ聞くと中世の騎士のような雰囲気を想像するが、実際はアフリカ系の屈強な男だ。スペイン統治時代に奴隷として南米に連れて来られたアフリカ人の系譜だろう。たまに馬で宿営地にやってきて小隊長に指示を出し、いつの間にかいなくなる。アマゾンのジャングルに散らばるS－26の小隊を回り、統括しているらしかった。

乃里子の世話係に任命された二人の女ゲリラはとびきりの美人で、はちきれんばかりに胸がでかい。髪が長く縮れている方がニキータと名乗り、男のようなショートヘアの方がアメリと名乗った。ゲリラは本名を名乗らないので、偽名だろう。どちらも有名な映画のタイトルだ。

乃里子は改めて、クソと古池に悪態をつき、衛星携帯電話をアポストル将校に返却した。将校は通話が切断されていると知るや怒り出した。乃里子がなだめるしかない。

「シンイチ・コイケはこちらの出方を見ているだけだ。一発目の電話からすぐに金の振込先を尋ねるはずがないだろう」

アポストル将校は一応、納得したようだ。三十億円も要求しているのだから、この人質交渉が長引くことは覚悟の上だろう。

「わかっているな」

アポストル将校が馬に跨《また》がる。

「五分で出発だ。自分の荷物は自分で持て」

携帯電話を使用した場合、電波から居場所を特定される可能性があるので、通話終了後すぐに宿営地を移動しなくてはならない。バイクすら通れないジャングルの道なき道を一昼夜かけて歩き続けることになる。四十五歳、これまで頭を使う仕事に従事していた乃里子は体力がない。相当の負担だった。

そもそも土を固めて木の葉を敷いたベッドで熟睡できるはずがない。生まれてこのかた乃里子はシモンズのマットレスでしか寝たことがない。赤ん坊のころのベビーベッドは母が米国のシモンズ本社から特注で取り寄せた。出張や旅行でホテルを取るときも必ずシモンズのベッドがあるホテルを選んできた。

眠れず、体も休まらず、ボロボロの体を引きずっての移動を覚悟してまで、日本側に電話をしたのに——古池のやつめ、とまた悔しさが湧き上がる。

縮れ毛のニキータにAK47の銃口で背中を突かれ、慌てて人質用のテントに戻る。映画で殺し屋だったニキータは、不愛想で威圧的だ。番長外務大臣のダミーとして着用していたベージュのスーツは彼女にはぎ取られたが、ブラウスの胸ポケットにしまっていた一枚の名刺は、容赦してくれた。どうしても捨てられなかった。

『警察庁警備局　警備企画課
理事官　藤本乃里子　警視正』

ずだ袋に衣類や下着、ブランケットをつめて、紐で縛って体に括《くく》りつけた。空っぽの水筒に岩場の湧水を汲んでいると、乃里子のテントはもう跡形もなく消えていた。小さく折りたたまれてニキータの背中に収まっている。アメリはバックパックの下に大量の鍋をぶら下げていた。重たそうだが、帯革に何丁かのけん銃とナイフも装備し、AK47を離さない。

ニキータは、乃里子が寝ていた土と木の葉のベッドを軍靴でぐちゃぐちゃにし、調理場の脇の残飯や火の痕に土や木の葉をかけている。しきりに空を見上げる。上空をたまに飛ぶ政府軍の偵察ヘリから見えないか確認しているのだろう。

誘拐から三日目の朝に超低空で飛ぶ飛行機の姿を見た。甲冑《かっちゅう》をあしらったロゴマークから、コロンビア政府軍の偵察機とわかった。誘拐された乃里子を救出すべくS-26の宿営地を探しているのだ。

テントの上には必ず木の葉や木の枝をかぶせてカムフラージュしていたし、夜間は火を使うことや音楽をかけること、声を立てることも厳しく禁じられている。上空からそう簡単に宿営地を見つけられない。おーいと手を振ろうものなら、見張りのゲリラたちにAK47で蜂の巣にされる。

乃里子を連れ回しているのは十五人の隊だ。英語ができるのは、小隊長ただ一人だけだった。乃里子に英語で忠告する。

「助けてくれと手を振った途端に、銃弾の雨が降り注ぐぞ。あいつら人質の命よりもゲリラのせん滅を優先するからな」

初めての宿営地だった廃校のすぐ近くには農園があった。幾人かが農作業をしていた。農園を堂々と突っ切っていく人質を連れたゲリラを見ても、チャオと挨拶するばかりで驚きもしないし、通報もしない。

「宿営地周辺の住民はみんなS-26の理解者で協力者だ。逃げ出したところで捕まるだけだからな」

初っ端から小隊長にそう言われ、自力脱出の気概は早々に削がれた。農園の人々を頼らずに逃げようものなら、土地鑑もなければ地図もなく言葉も通じない乃里子はジャングルで野垂れ死ぬだけだ。

馬のいななきが聞こえてくる。

「出発するぞ！」

アポストル将校が叫んだ。今日は彼がこの小隊を率いるらしい。

乃里子も荷物を背負い、アメリから借りたズック靴の紐を結び直す。両手足は虫刺されとかきむしった痕でボロボロだ。

雨季が終わったばかりの六月、日本ではこれから梅雨が始まり、あじさいが美しく咲くころだ。乃里子は既に肌を焼かれていた。無事救出されたら一旦帰国させてもらい、常連だった個人経営のサロンでしっかり美白ケアをしてもらわないと一気に老け込んでしまうと最初の数日は思ったが、就寝中の虫刺されがひどく美白どころではなくなった。

コロンビア産の蚊取り線香をもらって夜間焚いてみたら、翌朝は大小の虫の死骸が全身に降り注いでいて、口や鼻の中にまで入っている始末だった。カラフルな足を持つ巨大ムカデが顔のすぐ横を通り過ぎたこともあった。木の葉の上を蠢《うごめ》く足音は独特だ。チリチリチリという身の毛もよだつ音が未だに脳裏に焼き付き、思い出すたびに悪寒が走る。風呂と称した水浴びは週に三回しか許されておらず、頭も体もかゆくてたまらない。

さほど急斜面ではないが、五分下山するだけで太腿に疲労物質が出始めた。

両大腿を震わせて必死に山を下りるうち、乃里子は幼少期を思い出した。

物心ついたときから両親が口をきいているのを見たことがなかった。お受験、習い事、厳しい躾……。家庭に笑顔がないのは当たり前、殆ど家に帰らなかった父は通産省の官僚だった。

乃里子が警察官僚となってすぐに両親は離婚し、いまは疎遠になっている。乃里子は上司の勧めでお見合いした人事院の官僚と結婚した。とても控えめな人だ。警察官僚として全国の都道府県警と霞が関本庁との往復人事だった乃里子の都合に合わせ、男の子と女の子を二歳差で産んだ。子供の身の回りの世話をしたのは姑だったが、乃里子の生き方に口出しをすることはなかったし、夫も家事育児を十分に手伝ってくれた。乃里子は相当に恵まれた環境で、順調にキャリアを積み上げていた。東大を目指し中学受験やスポーツを頑張る子供たちの成績にも満足していた。

全ての物を手に入れられたのは自分が努力した結果だと思っていた。なにかが足りないと思ったことも疑ったこともなかった。

決定的に欠落していたなにかがあったのだと気が付いたのは、十三階の校長として警備局警備企画課の理事官になってからだった。

乃里子の人生には、愛もなければ憎しみもなく、無味乾燥としていた。憎しみ合っているのにどうしようもなく愛し合ってどんどん周囲を不幸にしていく古池慎一と黒江律子というカップルに接し、最初はその二人のメロドラマを陰で楽しんでいた。気が付けば、欲しがってしまうようになっていた――。

お父さん、お母さん、私はあの二人のように泣いて喚いてみたかった。狂おしいほどの愛情を誰かに注いでみたかった。乃里子が生んだ二人の子たちも感情が乏しい。よく言えば素直、悪く言えば自己主張がない。母親が地球の裏側に転勤になると聞いても、へえという感じだった。母親がその地でゲリラに誘拐されたと聞いているはずのいま、なにを思っているのだろう。母を心配し、恋しがっているとは思えなかった。長男は受験に集中できないと迷惑に思っているのではないだろうか。長女は遠征できないだろうから、テニススクールの試合に選抜されないかもしれない。夫も、命がけで妻を助けるという熱意を燃やしているとも思えなかった。

突然ぐいっと腕を引かれる。アメリが布切れを突き出してきた。自分の目元を指し、涙が流れるような仕草をする。

乃里子は泣いていた。布切れをもらい、涙を拭った。ニキータと違い、アメリは親切で優しい。映画『アメリ』の主人公のような不思議ちゃんという感じはしないが、AK47や軍靴が似合わない、穏やかな女性だった。その彼女がスペイン語でしきりに慰めてくる。乃里子は、シィ、シィ、グラシアスと繰り返した。

「OK」

アメリがいきなり、乃里子の腰にロープを巻き始めた。

「は？　なにをするんだ！」

アメリがスペイン語で何か繰り返すが、わからない。改めて周囲を見渡す。先頭付近の男たちは上半身裸になり、頭に衣類を括りつけていた。リュックと銃器は肩に載せる。そういえば、滝が注ぐような水の音がする。乃里子は訳がわからぬまま、木陰から進行方向を見た。

「ウォ……」

川だ。幅が百メートル近くありそうで海か湖のようにも見える。水流がかなり速く、巻き上げられた泥で茶色く渦巻いている。既に渡り終えたのか、対岸には馬に跨ったアポストル将校が小さく見えた。ロープを引いている。ゲリラが二人、川の真ん中にいる。首まで泥水につかりながら、ロープを渡っていた。

「まさか、渡るのか?」

思わず日本語で叫ぶ。アメリは意味を察したようで、何度も頷き、乃里子と腰で繋がったロープの強度を確かめる。乃里子が溺れないようにするための命綱だったのだ。乃里子は腰が引けた。

「ノー、ノー! 無理だ。私は東大法学部出身の警察官僚で運動などからきしだめ、アウトドア派でもない。中学校時代は吹奏楽部だったし、高校時代は背が高いという理由でバスケ部にスカウトされたが三日で脱落したんだ……!」

言い訳している間にもぐいぐい引っ張られ、足首が泥水につかった。アメリもなにかスペイン語で言い返している。乃里子はやけっぱちになって日本語で叫び続けるしかない。

「いまなにか足に触れたぞ! そもそもここはどこで何という川なんだ! アマゾンに注ぐ

川なのか？　ピラニアとかいるんじゃないのか！」

一歩、二歩と引っ張られていくうちにどんどん深くなり、あっという間に腰まで水につかる。冷たいとか汚いとかの感覚よりも、泥流が巻き上げた小枝や小石がブチブチ体にあたるのが痛くてたまらない。次の一歩を踏もうとした瞬間、水底が見つからず、永遠に足が落ちていくような感覚に襲われた。一気に喉元まで泥水が押し寄せたとき、乃里子の胴体にドンっとなにかが体当たりし、巨大な団扇《うちわ》のようなものでぴしゃりと叩かれた。乃里子は悲鳴を上げる。

「なにかいる！」

叫んだ途端に濁流が口の中に入る。前を行くアメリも肩まで水につかっていた。視界ゼロの水中にほぼ全身を浸しているのにそこに何が蠢いているかわからない、見えない恐怖がせりあがる。手や腕をアメリの背中へ伸ばしたとき、バランスが崩れ、ふわっと体が浮いてしまう。

「ああ……！」

乃里子は流されたが、がくんと大きな衝撃が腰に走り、体が水中にとどまる。アメリと繋いだ腰のロープで流されずに済んだが、腰を締め上げるロープで体が二つに分断されそうだった。渡しロープにしがみついているアメリも乃里子のせいで腰を締めあげられ、苦しそうに周囲に助けを求めている。何人かの男性ゲリラが泳いできた。ナイフで二人を繋ぐロープを切断しようとしているが……。

切ったら流されると声に出す余裕もなく、濁った水が顔に押し寄せる。ロープの切断面が跳ね上がり、濁流の水面を踊る。男たちの手が無数に伸びてきたが、乃里子は流された。腰を締め上げる力がなくなったことで、不思議と乃里子は自由を得たような気持ちになった。滑らかな筋肉のような泥水の表面に、水に逆らう岩が見えた。あの岩場につかまろうと必死に泳ぎ始めた途端に、岩が動いた。こちらに近づいてくる。

渡しロープに集うゲリラたちが叫ぶ。

「カイマン、カイマン！」

カイマンってなに？

馬のいななきが聞こえてきた。対岸にいたアポストル将校が馬に鞭打ち、水を撥ね上げながら、こちらに小銃を向けて叫ぶ。

「クロコダイル！」

乃里子の目と鼻の先で、岩だと思ったそれが水面から顔を上げてパックリと口を開けた。喉元まで連なる鋭い牙と頑強そうな歯よりも、黄色い目に三日月のように宿る黒い瞳孔が恐ろしかった。日頃、無感情ながら激高すると強烈に光る古池の目にそっくりだった。乃里子は悲鳴をあげた途端に大量の泥水を飲んだ。泳ぎ着いた男性ゲリラに腕を掴まれる。アポストル将校が馬上からワニに銃弾を撃ち込んだ。無味乾燥とした目で乃里子を捉えたまま、ワニは水面の下に潜って姿を消した。乃里子は将校の馬に抱え上げられ、無様《ぶざま》な恰好で馬の背中に腹ばいになった。体勢を整えられないまま対岸へ運ばれていく。全身から泥水を垂れ流しながらえずき、「最初から馬に乗せろバカ野郎！」と将校に日本語で怒鳴り散らした。

ようやく対岸に着き、馬から下ろされた。疲れ切って乃里子は河原にぶっ倒れた。

ロープを辿って渡り切ったゲリラたちの輪が、二十メートルくらい離れた場所にいた。

「ブラボー！」という拍手の音と「皮を売る」とか「おいしそう」というスペイン語が聞こえてきた。

腹を上にして死にかけたワニがしっぽにロープを巻かれ、川岸に引き上げられていた。体長は二メートルくらいか。意外に小さい。乃里子は気が大きくなった。ようやく川を渡り終えて座り込んでいるアメリの方へ歩き出す。小型ナイフを借りた。ワニに向かう。

「クソ！」

ワニの白い腹に、乃里子はナイフをメッタ刺しにしてやった。乃里子が母国から遠く離れた地でこんな目に遭っているのは、元はと言えば佐倉にそそのかされたせいなのだが、なぜだか、恨みの対象は古池になっていた。生まれて初めて腹の底から発声し喉を枯らして、乃里子は感情を大爆発させた。

「クソクソ！　古池め、私だって、愛されたかったし愛してみたかったんだ！　確かに過ちを犯したのは私だが、お前のせいなんだぞ、クソ、古池慎一め……！　早くシモンズのベッドで眠りたいんだ！　とっとと交渉して私を救い出せ、古池ぇ！」

その日の夕飯は乃里子がメッタ刺しにしたワニの肉が出た。涙が出るほど美味かった。

第三章　国民の娘

古池のポート・ブレアの滞在は三日だけとなった。対策本部で保釈を主導していた美月の立場を悪くしたくはなかったし、一刻も早く佐倉の素性を暴きたかった。

分析官である三部と柳田はすでに日本に向かっている。南野は昼の便でポート・ブレアを発った。飛行機の乗り継ぎを辿られるとポート・ブレアに自宅があることがバレてしまうので、柳田はプーケットで、三部はクアラルンプールで、南野はシンガポールでそれぞれ陸路を使ってから、日本行きの便に乗った。ポート・ブレアでのたった数日の滞在のために、彼らはこの一週間の殆どの時間を移動に費やしていることになる。それでも酒と思い出と未来を共有できたことに意義があった。十三階を立て直せたら、あんな宴会はもう二度と開けない。

出発を翌朝に控えた夜、古池は隣家に住む斉川の自宅を訪れた。

古池が不在にしていたこの半年間の律子の状態については想像がついている。コーヒーを落としている斉川の背中に、「顎のない女のことか」と古池は尋ねた。

「ご存じだったんですね」

「俺がいるときからだった。あれは夢遊病かなにかか」

「わかりませんが、ほぼ毎晩です」

斉川はタブレット端末で、動画を見せてくれた。住み着いた当初、古池が自宅周辺に取り付けた防犯カメラの映像だった。

ある晩の律子は玄関のポーチで誰かと言い争いをしているような身振りを見せた。音声が入っていないのでなにを言っているのかはわからない。翌日は裸足のまま自宅を飛び出し、また別の日は諜報員らしく抜き足差し足で外壁に体を付けながらプジョーの方を見やる。身を乗り出したと思ったら体を引っ込め、誰かを監視しているようなそぶりだ。

「必要ならば、病院へ連れていきますが」

「インドの精神科医療のレベルはどうなんだ」

「非常に評判が悪いです」

虐待、監禁、入院施設の不衛生などを斉川があげる。

「日本で加療させた方がいいように思いますが……」

「いま日本には連れ戻せない。これから佐倉と全面戦争だ。慎太朗に危害を加えられたらかなわないし、これ以上母子を引き離したくない。余計に黒江は悪くなる」

深夜の徘徊で近隣住民とトラブルになったり、警察沙汰になったりはしていない。

「このまま様子を見ていてくれるか。佐倉の件が落ち着いたらすぐに日本に連れ戻す」

「わかりました。遠慮せず、なんでも言ってください。慎太朗君の件も含めて、僕でできることはなんでもします」

斉川の徹底した忠誠に頼るほかないが、これ以上に安心して妻子を預けられる男はこの世に無二だ。斉川は、彼の任務に巻き込まれた律子の妹を妊娠させ、自死に追いやっている。斉川がいつその事実を知り、どう感じたのか知らないし確かめようとも思わないが、若くして引退し金にも困っていないはずの斉川に女っ気がないのも、律子の死んだ妹への贖罪《しょくざい》なのだろうとは思う。

明日の再びの別れを前に斉川と固く握手を交わし、自宅に帰った。古池はこの数日で何度、何人と握手を交わしただろう。

十三階の作業員だったころ、こんなことは絶対にしなかった。誰かを信用したり誰かの人生に積極的に関わることもなかった。

妻を得て、父になったからというのもあるが、人生を捧げた組織が破壊されたことで、工作員としてのなにかが確実に変わりつつあった。古池はそんな自分を少し不安に思う。人も組織も変化するものだ。問題は、長い目で俯瞰できる日が来るまで、その変化が吉と出るか凶と出るかわからないことだ。

翌朝の飛行機で古池はポート・ブレアを出発した。今回の見送りは地元の空港までで、慎太朗と斉川も来た。律子には、いつかのように甘い雰囲気も切なげな顔もない。これから古池がコロンビアでの誘拐事件の対応を隠れみのにした、佐倉との全面戦争に向かうとわかっているからだ。この地にいながら、東京にいる律子の駒をどう動かし、古池をバックアップするのか——既に立案し打ち合せしている。互いの潜入先へ出発する上官と部下みたいな空気があった。

困ったのは慎太朗だった。一歳半、古池はそばにいなかった時間の方が長いのだが、とう、真の父親が誰なのか認識した様子だ。「パパ、パパ」とひっしとしがみついて離れない。律子が引き剝がすと体をのけぞらせて泣いて絶叫し、古池の腕に戻りたがる。最終的には斉川が体を押さえた。古池は出発ゲートへ向かうエスカレーターを上がりながら、小さくなっていく息子の、父親を求める叫び声を聞き、もらい泣きしそうになっていた。こんな別れを何度も繰り返すのはあまりに辛い。一刻も早く十三階事件に決着をつけなくてはならなかった。

飛行機はカンボジアのプノンペンへ二時間で到着した。足がつかぬよう、プノンペンからタイの国境の街までタクシーを使った。国境の街ポイペトから、タイ・バンコク行きの長距離バスに乗る。

バンコクで宿を確保し、旅行会社で成田行きの航空チケットを取った。宿はテラスつきでハンモックまであった。チャーンビールを呷りながらハンモックでくつろぎ、いまかいまかと古池の帰りを待つ美月に電話をかけた。海外に出ていたとバレたくないので、東京駅にハイヤーでの出迎えと、スーツを何着か用意してほしいこと、新たにホテルも取っておけと命令する。

「今度は逃げられないようセキュリティのしっかりした三つ星以上のホテルを準備してくださいよ」

冗談のつもりが、美月は激怒して電話を切ってしまった。何日も放置していたのでかわい い〝愛人〟を怒らせてしまったようだ。

翌日、空港の免税店で、目鼻立ちのはっきりとした美月の顔によく似合う深紅色の口紅、アムール・ドゥ・シャネルを買ってやった。

成田空港に到着後、タクシーで東京駅へ向かった。日付は六月十四日月曜日になっている。内閣府の人間が古池を出迎えに来ていた。ハイヤーもいる。永田町にある高級ホテルに連れていかれ、運転手から鍵を渡された。一番安い部屋ではあったがキングサイズのベッドがある申し分ない部屋だった。ひと息つく間もなく、今度はスーツが三着とワイシャツが五枚、届いた。三本のネクタイはどれも高級品だった。スーツを覆うビニールについていた請求書を見たら、支払いは天方美月になっていた。自分は美月にここまで貢がれる覚えはないが、愛はまだしも、恋にはそもそも理由はありはしない。脳のバグみたいなもんだ。古池の態度にぷんぷんしながらもしばらく美月は古池に尽くすだろう。古池はシャワーを浴び、髭を剃ってスーツに腕を通す。ホテルの一階のショップで革靴を新たに購入したところで、ロビーで美月が待ち構えていることに気が付いた。

「外務副大臣自らお出迎えとは」

美月は古池を頭から革靴の先まで一瞥し、まあ似合ってるんじゃないの、と鼻で笑って見せた。こういうときに、生まれ育った環境、つまりは階級の違いを思い知らされる。古池は下手に出た。

「迎え、ホテルの手配、着替えと大変ありがとうございました。請求書をあとでください。私が払います」

「ご心配なく。父が払うから」

「そうでしたか。ではお言葉に甘えて。コロンビアの方は」

「全く進展なし」

迎えのハイヤーに乗り、共に首相官邸を目指す。そのゲートを第一機動隊の警察官が開けた。

古池は首相官邸を、堂々と正面玄関から突っ切る。保釈中の被疑者であることを関係者はみな知っているはずだ。一様に神妙な面持ちながら、交渉人に対する敬意はあるようで、黙礼する。あからさまにじろじろ見たり、後ろ指を指したりするような者がいなかったのは、古池の前を天方美月が歩いているからかもしれない。

四階大会議室の対策本部に入る。

扉を抜けてまず目に入ったのは、先に分析官としてここに入り、大量の書類をさばいている三部、柳田、そして電話をしている南野の姿だった。三部と柳田はポート・ブレアで会ったときとそう変わらない私服姿だが、南野はスーツ姿で貫禄がある。足早に駆け寄ってきたのは、栗山だった。古池も無意識に手が伸びる。栗山は握手を求めた古池に若干驚いた様子ながら、古池の手をしっかりと受け止め、握り返した。肩を叩かれながら、耳元で囁かれる。

「妻子の様子は」

「ご心配なく」

「黒江の知恵も借りたいが――」

「育児休暇中ですよ。しかし必要なことはしてくれています」

対策本部に詰める関係省庁の幹部たちは殆どが保守派で占められている。十三階の消滅に危機感を持っているのだろう。渦中の古池を歓迎する空気があった。保釈中の身の古池が交渉人となることに抵抗はないようだ。

「佐倉は？」

「コロンビア大使館へお遣いに行かせた。お前の花道を汚してほしくないからな」

熊のような男が近づいてきた。名刺を貰ったら毎熊という苗字だった。内外情報調査部の部長だ。事実上この対策本部を仕切るのは外務省の邦人テロ対策室長で、鹿野《しかの》という名前だった。熊と鹿が、連続誘拐事件という名の混迷の森を彷徨《さまよ》っているというわけか。二人ともげっそりとやつれていた。熊の方が古池に教えてくれる。

「三日前の身代金交渉電話を辿り、コロンビア政府軍が衛星携帯電話の発信地点を割り出しました」

右手の白い壁に、プロジェクターの映像が映っていた。コロンビアの地図だ。プロジェクターと連動しているタブレット端末を拡大しながら、毎熊がポインターを使い、発信区域となった場所を記す。

首都ボゴタから南へ三百キロ離れた、ロス・マンゴスという一帯だった。カケタ川というアマゾンに注ぐ川が流れる地域だ。このカケタ川にはワニの一種であるカイマンやピラニア、古代魚とも言われるピラルクも生息しているらしい。

コロンビアにかかるアンデス山脈は三つの山脈に分岐しているが、ロス・マンゴスはそのうちの内陸側の二つ、セントラル山脈とオリエンタル山脈の分岐点にあたる。

エクアドル国境からも近いが、及川優月の遺体が発見されたラ・バルサはもっと太平洋側にある。エクアドルとの国境線までは距離にして二百キロくらいしかない。アンデス山脈の高山性気候を挟み、内陸側が熱帯地域、海側がサバンナ地域という異世界が、この二百キロに凝縮されている。東京から静岡県御前崎あたりまでの距離に三つの異なる気候が同居していることになる。

「ロス・マンゴス周辺の半径五キロメートルの範囲で電波が発信されていました。政府軍並びに地元警察がこの界隈に偵察機を飛ばし、宿営地跡と思しきものを見つけたのが二日後、つまり昨日のことです」

空っぽだったようだ。身代金交渉の電話をするたびに宿営地を移動しているのだろう。

「あまり移動が多いと、藤本参事官の健康状態が心配になってきますが……」

「こちらから電話をすることはできないのですか?」

「普段は電源が切られています」

「仲介役になれそうな人物や組織は？」

「S‐26の源流であるFARCはいまや政党です。ゲリラとは関わりたくないようで、断られました」

「S‐26が拠点としている地域の有力者、宗教家、活動家などは？」

二〇〇〇年代に誘拐事件が頻発していたころは、家族の声を人質に聞かせてやろうと、地方ラジオ局のDJが積極的に誘拐事件に関わり、人質解放に尽力していた。敬虔《けいけん》なキリスト教国家であるコロンビアの神父や枢機卿なども、解放のための説得と仲介をやっていた。熊も鹿もその存在を頼りに考えていたようだ。鹿野室長が言う。

「そのDJはずいぶん前にパラミリターレスによって殺害されています。幾人かの神父に大使館関係者が接触していますが、高齢だったり、病気だったりしてとても仲介役はできないと。若い神父はゲリラと関わり合いたくないといった様子です」

そもそもコロンビアが誘拐事件に悩まされていた時代は終わったのだ。人質が邦人、身代金要求が他国家とくれば、コロンビア人は他人事としかとらえない。

「他は？　南米なら日系人コミュニティがあちこちにあるはずだ。日系移民、NGO、日系企業でツテは探しましたか？」

毎熊はほとんど表情を変えず、「ああ……」と呟く。そこまで頭が回らなかったか。鹿野室長は受話器を上げて指示を始めた。古池は念のため三部にも「民間ルートの開拓を」と指示し質問を重ねる。

「二〇〇一年に農園主の邦人が誘拐され、半年後に解放されている事件があったのをご存じですか?」

「二〇〇一年? 二十年も前の誘拐事件ということですか?」

「ええ。調書に興味深い記述がありました。ゲリラ側に農園主の情報を渡した裏切り者がいる、というものです」

毎熊は厳しい表情になり、手当たり次第に大使館のヘッダーが付いた書類を漁《あさ》り始めた。

古池は説明してやる。

「当時から、邦人は狙われやすいから、ゲリラに誘拐されないよう各人が防御策を取っていたんです」

一人にならない、帰路を毎日変える、警備員をつけるなどだ。それでも待ち伏せして誘拐されたのは、現地邦人の情報をゲリラに売る裏切り者がいたからだとその被害者は証言している。

「裏切り者の特定がどうなっているのか、コロンビア警察に確認をすべきかと」

栗山も頷く。

「今回、ダミーに引っ掛かったとはいえ、犯人は日本の要人が空港からホテルに向かう道路上で拉致に及んでいる。当然、どこから情報が漏れたのかの調査も重要だな」

古池は指示の電話を終えた鹿野室長に声をかける。

「いま、及川優月さんの遺体の状況は？」

「昨日のものなら、すぐにお見せできます」

ドローンが捉えたという最新の遺体画像が正面のモニターに映し出された。

活気があった場が一瞬で静寂に包まれた。

遺体は明らかに一回り小さくなり、皮膚が黒く変色していた。腹の上に象徴的に置かれていた首は、野犬が遺体から少し離れたところまで引きずり、かじっていた。遺体のはらわたも引き裂かれ、食い残しの内臓が周囲に散らばっている。

「遺体回収チームは？」

毎熊がどんよりした口調で答える。

「藤本参事官の誘拐の事実を受けて、一旦待機となっています。下手に動くと次、別の誘拐事件を誘発する可能性があります」

「現地入りした母親は？」

「同じ理由で、大使館内で保護中です。回収のめどが立つのを待っています」

難を逃れた番長牧子外務大臣は「ショックを受けて入院中」らしい。日本の大学病院の名前が出てきたので、とっくに帰国しているようだ。病室にこもってほとぼりが冷めるのを待つのは政治家の常套手段だ。

柳田が手を挙げる。

「裏切り者に情報を流されたという二十年前の邦人誘拐について、コロンビア警察の調書が大使館の資料の中に残っていました。コロンビア警察が、情報をリークした日系人をゲリラに協力した罪で摘発していますね」

名前はジョニー・ヤマダ。日系三世の農園主だった。この人物はいまでもゲリラと繋がりがあるかもしれない。

「現住所を確認し、再度取り調べるようコロンビア警察に指示を出していただけますか」

鹿野室長が動く。三部がデータをプリントアウトしながら、立ち上がった。

「カトリック東京大司教区で繋がりが見つかるやもしれん。日本の大司教が何度も南米を訪問している」

古池は栗山に頼んだ。栗山は早速、警視庁の特殊犯捜査係に指示している。最後、古池は南野を見る。

「お前は日系人コミュニティの開拓を」

南野は頷き、「JICAに行ってきます」と踵を返した。JICA（国際協力機構）は南米に移住した日系移民の統計を取っていて、その歴史にも詳しい。遠回りで成果が上がりにくそうな捜査に南野をひとりでやったのは、佐倉の包囲網を敷いてもらうためだ。南野もわかっている。JICAには行くだろうが、一時間で用事を済ませ、残りの時間を佐倉の調査に当てるはずだ。

新田は満足そうだ。

「この対策本部も息を吹き返したようだな。お前、この一週間でよくぞそこまで情報を集めて分析していたものだ」

「十三階では普通のことです」

古池は事務員が持ってきた茶を飲んだが、座っている暇はない。

「及川優月の身辺調査はどこまで進んでいますか？　生い立ち、経歴に不審点は？」

対策本部が静まり返った。なぜ被害者を疑うような発言をするのか、不謹慎だろうという顔が並ぶ。この対策本部は甘い。

だから第二の誘拐事件が起こるのだ。

古池は、及川優月の生存を疑っていた。

美月が古池を咎《とが》める。被害者を責めているように聞こえたのだろうか。

「どこで生まれ育ち、なぜNGOに就職してコロンビアに赴任することになったのか。現地では具体的になにをしていて、どこでどう拉致されたのか調べない方がまずい」

美月が資料を滑らせてきた。

「警視庁の特殊犯捜査係が誘拐事件の認知直後にまとめた資料よ」

NGOに提出された本人直筆の履歴書と、年表のようになっている生い立ち記録だ。学生時代の部活や習い事、親友や過去の恋人関係も記されていた。

「情報源は？」

古池は特殊犯捜査係の係長に尋ねた。

「主に母親です」

「母親以外は誰ですか。それらの氏名や住所、生年月日も全て記して再提出してください。調査し直します」

内外情報調査部の毎熊がとろく意見する。

「彼女の素性調査など徹底する必要があるか？」

「素性調査ではありません。基本調査です」

「彼女は海外で運悪く誘拐された邦人です。いまさら生い立ちを細かく洗う暇があったら、その人員を人質解放に動いてくれそうな人物を探す調査に割り当てた方が――」

「及川優月が誘拐され、殺害されていなければ、外務大臣はコロンビアを緊急訪問することはなく、ダミーとなった藤本参事官の誘拐事件も発生しえなかったんですよ」

場が静まり返る。

「及川優月を誘拐殺害した犯行グループが未だにわかっていない上、大使館の極秘情報だったはずの外務大臣の行動予定がなぜ漏れたのかすらわかっていない。そういえば及川優月の遺体のありかを大使館にタレ込んだ匿名の人物の特定は？」

鹿野が答える。

「大使館にて電話を取ったのは小園一等書記官です。スペイン語で女の声だったが十秒で終わったために録音はできなかったということでした。その後、コロンビア警察が発信地を特定しています。ボゴタ市内の公衆電話からでした」

小園一等書記官――。

乃里子が誘拐された際に車を運転していた人物だ。

「在コロンビア日本大使館の大使をはじめとする外交官や武官、書記官並びに一般職員とその家族の素性も丸裸にしてください」

「小園一等書記官を疑っているんですか？」

古池は無視し、新田に向き直る。

「警視庁公安部総出でお願いします」

毎熊が再び咬みつこうとしたとき、やかましく対策本部の扉が開いた。

佐倉隆二が立っている。大使館のお遣いを早々に済ませて戻ってきたようだ。

十か月ぶりの対面だった。

対策本部は緊迫した。栗山も新田も表情をこわばらせ、古池と佐倉に視線を注ぐ。美月は佐倉の秘密を古池に漏らした手前、どういう顔をしていいのかわからないようだ。顔を背けた。

佐倉が目を合わせてくる。古池も逸らさない。

佐倉がぱっと顔をほころばせ、両手を広げて見せた。

「古池君。よく来てくれた。いろいろあったがいまこの対策本部には君の力が必要だ」

満面の笑みで近づいてきた。古池とハグをしたいらしい。受け入れても恥だが、大人げなく無視することも恥だった。

古池は受け入れるフリで、そのみぞおちに拳を入れた。

佐倉は呼吸ができなくなったのだろう、口をパクパクして喘ぐ。こちらに倒れてきたのでしっかりと受け止め、丁重に椅子に座らせた。

「失礼。あまりに感激し握手の手が強く前に出てしまいました」

佐倉とこの場の空気を共有するのは周囲を疲弊させるだろう。佐倉が戻ってきたのなら古池が去る。

「今日はこれにて」

古池は対策本部を出た。


いずれ来るとは思っていた。まさかの初日の晩に、美月はやって来た。

夕食を、と夜の七時過ぎにホテルのフロントを通して古池の部屋に内線電話がかかってきた。古池は長旅の疲れを遅い昼寝で癒していて、スマホの着信は無視していた。律子を抱きしめ、息子と遊ぶ白昼夢と戯れながらのうたた寝は心地よかった。まだちゃんと目があかないうちから美月の声を聞くことになり、返事がおざなりになる。

「ごめんなさい——もしかして寝ていた？　まだ十九時だけど」

「いや。大丈夫ですが、三十分ください」

シャワーを浴びて目を覚ましておくので三十分後に部屋に来るよう言った。美月は慌てた声だ。

「部屋に入るわけがないじゃない！」

ホテル内にあるレストランの名前を出す。

「ご冗談を。保釈されているとはいえ、私は逮捕された被疑者ですよ。外務副大臣と食事の席を共にするなどあなたの政治生命に関わります」

「大丈夫、個室を取っているから」

取ってほしくなかったなとちょっと思う。部屋に呼び、さっさと押し倒して体ごと支配した方が早いのだから、あちらからホテルに押しかけてきてくれたのはチャンスなのだ。だが、さすがに女を抱ける体力は残っていない。個室ならまあいいかと古池は了承し、熱いシャワーを浴びた。免税店で買ったシャネルの口紅を持って部屋を出た。

三階にあるレストランに入る。美月は待たされることに慣れていないのか、十分早く来てやった古池を見ても、褒めてくれやしない。古池は無言で免税店の袋を突き出した。

「なに？」

「土産」

美月は免税店の袋を開けて、中身をのぞきこんだ。「ありがとう」とだけ言い、中身を取り出すことも、口紅の色を確かめることもなかった。えらく難しい顔をしたまま、ドリンクメニューを古池に見せる。どうやらシャネルはお嫌いだったようだ。

古池はビールを、美月はシャンパンを頼んだ。飲み物がそろったが、乾杯の流れにはならず無言で飲んだ。二人用だからかせまい個室で、空気が詰まっている気がした。ようは、緊迫しているのだ。

「ゴキゲンナナメのようですが」

「あなた、こういうプレゼントを誰にでもするの？　口紅なんて」

美月は顔を赤くしていた。どうやら土産の意味を難しく考えていたようだ。

「ただの土産、お詫びです。一週間も私に家族と過ごすのを許してくれた」

「許すもなにも、勝手に見張りを巻いて消えてどこにいるのかもわからず、S‐26から交渉の電話がかかってきてもすぐに切ってしまうとか、全く――」

美月は小言を「まあいいや」というお嬢様にしては珍しくぶっきらぼうな言い回しで片付けた。元女優の母親は一般家庭育ちだ。美月にもざっくばらんなところがあるらしい。

「なにはともあれ、あなたが来たことで対策本部が引き締まってよかった。対外的に身代金を払えない以上、日本にいてできることは、捜査をしてくれ、救出してくれとコロンビア政府の尻を叩くことだけだと思っていたの。こんなにすべきことがあったなんて」

美月はシャンパンを優雅に飲み干した。お代わりにとワインを頼む。ソムリエがやってきて、チリ産のワインを注ぐ。ここで初めてグラスを持ち上げた。

「ご家族はお元気だった？」

香りを確かめもせずにワインをひとくち喉に入れ、美月はぞんざいに尋ねた。

「ええ。おかげ様で」

「十三階事件、いまでは私は非常に反省しなければならない立場だけれど……」

遠回しに無責任な言い方をする。

「ひとつよかったなと思っていることがあるの。あなたの息子さんのこと」

息子が死んではいなかったと佐倉から聞いたのだろう。律子が鵜飼真奈に言ってしまったことで佐倉の耳に入った。恐らくあの日のうちに律子が真奈の命を始末しなければ、ポート・ブレアという潜伏場所までバレてしまうところだった。そういう意味では、するべきではなかった律子の殺人を、古池は感謝すべきだった。

「息子さんの名前はなんていうの？」

本名を言うべきか、偽名で通すか、教えられないと言うか。迷う。古池は質問に質問で返した。

「天方議員は結婚のご予定は」

美月は鼻で笑った。

「私はあなたの妻に最愛の人を寝取られたのよ」

「儀間のことですか。最愛の人でしたか」

「違ったけどね」

ねえ——と美月が身を乗り出してくる。

「あの人、本当に焼身自殺なんかしたの？」

「ええ。したから御岳山で黒焦げの死体が発見されたのでしょう」

「本当はあなたか、もしくは黒江律子が殺したんじゃないの」

「違いますよ」

古池は優しく嘘をついた。

「新島で発見された白骨死体の件はどうなの。銃創があった。線条痕まで検出できなかったのはラッキーよね」

「線条痕まで検出できていたら、私が誤って逮捕されることはなかったでしょう」

「ではあなたの犯罪ではないと」

「大方、内ゲバで射殺されたのでしょう」

「彼女の失踪当時、あなたとよく似た男を見たという証言が新島島民から出ている」

「防犯カメラ映像が残っていたら、それは私ではないと断言できたはず」

とことん嘘をつきまくったが、美月はそれ以上突っ込まなかった。

「無実なら、なぜそれを検察に言わず黙秘などしているの」

「ひとつしゃべったら次もしゃべらないと事実を把握してもらえません。気が付けば身の潔白を晴らすために次々と秘匿とすべき作戦をしゃべる羽目になる。十三階を守るため、それはできません」

「もう十三階はないけれど」

「息子の名前は慎太朗です」

古池はここで一枚カードを切った。

「へえ……。あなたの名前を一字使っているのね。慎む、という」

「私は慎み深い人間ではありませんがね」

美月は少しだけ笑った。

「本来ならスパイが子に親の名前の一部を与えることは良しとしませんが、あえて妻がつけました」

「そう。よほどあなたを……」

「違いますよ。私の祖父への敬意でしょう。三里塚闘争で左派ゲリラからリンチされて凄惨な死を遂げました。十九歳で学徒出陣、シベリアに抑留されやっと生還した人でした。これほど国に尽くした人もいません。私は祖父と同じ名前なので」

「……そう」

美月は言葉が少なくなっていく。古池の祖父を死に至らしめた左派思想に入れこんでいたのだ。儀間というくだらない男に引っ掛かったばかりに。

「次に恋をするときは、ご留意を」

美月が上目遣いに古池を見る。

「あなたは将来、国を背負う存在になりうる人です。はっきりいって知識も経験もまだまだですが、その血筋と育ちからくる誰に対しても物おじしない態度、そして佐倉によって作り上げられた国民的人気は絶大なものです。よほどの失敗をしない限り、あなたの政治家人生は順風満帆に行くと思われます」

「よほどの失敗ね……」

「あなたが男性ならば、『女に気をつけろ』というところです」

「つまり、相手選びによっぽど気をつけろと言いたいのね」

「今後とも野心家の男たちがあなたの立場を利用しようと雨後の筍のように現れ、あなたに愛を囁くはずです」

「実は後援会からお見合いの話がわんさか来ているのよ」

「必ず素行調査を行ってから会ってください」

「あなたはなぜ、奥さんを選んだの？」

思い切った質問だったのか、美月はワインを飲み干した。首から下が真っ赤だ。

「愛しているからですが」

「私も愛している人を選びたいわ」

「すでにお目当ての人が？」

「ええ。警察官なの」

古池は流れのまま質問を重ねた。

「どちらの」

「警視庁。警察庁に出向していたけど」

階級は警部……部署は警備局……。美月はなめらかに質問に答えていく。

「いまはどんな立場の方ですか」

「とても複雑で、言いにくいわ」

「逮捕されて保釈中とか？」

美月は噴き出した。ソムリエを呼んでと古池に甘えてくる。古池は呼び出しボタンを押し、フランス産のワインを注文した。

「叶わぬ恋なのよ」

ソムリエが出ていったあと、美月がペラペラと愛を告白する。

「既婚者なの。一人息子がいる。きっと彼にそっくりなかわいい子に違いないわ」

「名前は慎太朗とかでしょうか」

美月は恐ろし気に目を尖《とが》らせた。

「妻が強敵なのよ。怪物のような女。とてもかないそうにない。とんでもない策略家で、一度は前の男を寝取られているし」

「……」

「私の方が若いし、おっぱいだってきっと大きいしお尻も垂れていないわ。顔のつくりだって、私の方が絶対にいいと思うんだけど」

「そうでしょうね。百人いたら九十九人はあなたを選ぶでしょう」

「選ばない一人はあなた？」

「私の妻の美しさは別格です」

美月は背もたれに首を預けるようにして、古池を見据えた。

「古池さん」

「なんでしょう」

「私と寝て、身も心も全部支配して言いなりにして、十三階を復活させたいと思っているでしょう。だから妻子がありながら、興味もないのに私を完全には拒絶しない」

バレていたようだ。古池はただ笑った。美月は胸の下に組んだ指をせわしなく動かし、黙り込んでしまった。古池は淡々と料理を口に入れる。

「やだわ。なぜこんな話を」

よほど沈黙が辛かったのか、美月は心を入れ替えるようにして身を乗り出し、フォークを再び手に取った。

「くれぐれも近づいてくる男にお気をつけください、ということです」

「あなたも含めてね？」

古池は笑ってしまった。

「その通りです」

食後のデザートとコーヒーを終えたところで、美月はお手洗いに行った。古池は勘定を済ませた。愛、もしくはセックスを前にした男女の攻防はおもしろいし、何度その場に身を置いても独特のスリルがある。主導権を握り、女を翻弄するのは妻子を愛する喜びとはまた別格の悦びを男にもたらす。だが美月相手ではあまりに危険なコンゲームでもあった。失敗したら佐倉に足をすくわれる。古池は妻がいるから美月の経歴に傷がつく。

美月が戻ってきた。帰りましょうと古池は立ち上がる。美月は口紅の色を変えていた。古池が土産に渡したアムール・ドゥ・シャネルをつけていた。

「よくお似合いですよ」

「シャネルは嫌いなのよ。香料がきついから」

「それは失礼しました」

「口紅もすっごいにおいでしょう」

古池のすぐ脇に立ち、美月はかいでみろと言わんばかりに、古池の顔に顎を突き出してきた。

さてこの唇を吸うべきか。遠慮すべきか。

古池はしばらく眺め下ろしたのち、テーブルの上のペーパーナプキンを一枚取る。美月の腰に腕を回してぐいと引き寄せた。乱暴に、美月の唇をごしごしとこすった。「ならば取ってしまいましょう」と言ってやると美月はしかめっ面になりながらも大笑いした。口紅を取った素のくちびるの美しさに目が釘付けになる。もちもちとしていそうで、しっとりと濡れている。あきらかにねだられているので遠慮なく重ねてみたらあちらから舌をねじこんできた。

若さを、しばらく受け止めてやる。アクリル板越しでの交流を半年続け、美月が透明の壁の向こうでずっと欲情していたことはわかっていた。作業員となって二十年近く、いろんな女を愛情で釣ってきたから、女のそれは目つきや唇のかすかな動きでわかる。半年間ずっと欲しかったものに触れられて美月は心が激しくかき乱されているに違いなかった。この若い情動にいま乗るべきか、様子を見るべきか、拒絶するべきか——彼女に唇を預けながら冷静に考えていると、美月は唇を離し、古池の目を覗き込んできた。傷ついている顔だった。

「天方議員」

「ええ。わかっているわ」

「帰りましょう。ハイヤーを呼びますか」

「帰りたくない。どうしたらいいの」

美月は泣き出してしまった。ここまでウブだとは思っておらず、古池はまごつく。

「あなたのことをこんなに愛しているのに、あなたは……。私はどうしたらいいのッ」

参った。古池は、唇を重ねた無礼を丁重に謝り、愛しているのは妻だけだと何度も伝えた。

美月は訊く耳を持たず、自分の感情ばかりを押し付けてくる。

「初めて会ったときから、特別な人だと感じていたの」

「ご冗談を。初めて会ったあの日はあなたの指が爆弾で吹き飛んだときで……」

「その直前よ。ひと目見て、この人はなにかが違うと強い直感があった。私が何を言っても
どれだけ挑発しても全く動じない。わかりましたと全部受け止めてくれた」

「受け止めたのではなく、流しただけです」

「だとしても、爆弾を開けるのを防ごうとした」

「当たり前です、爆弾が爆発するとわかっていて黙って見ている人はいません」

「応急処置をし、救急車まで運んでくれた」

「それもしごく当たり前のことです。応急手当の知識があれば誰だってやります」

「私が佐倉にそそのかされて間違った道に入ってしまうのを止めてくれた」

「当たり前だ！　あなたは十三階を潰すというとんでもない過ちを……」

古池はうんざりし、ため息を挟んだ。この手のタイプの女とまともに組み合ったことがないので、戸惑いっぱなしだった。

「いいですか、天方議員」

古池は自分のことは諦めるよう、誠意をもって伝えた。

「私があなたを愛することは絶対ありませんし、あなたが私と妻の強い絆を断つことも不可能です。私は時と場合によって、あなたが望めば寝ることもあるかもしれませんが、それは愛ではなく、職務上の都合とか、体制のためでしかない。それはあなたの美学に反するはずだ。ならば本当にもうこれっきり、私につきまとうのはおやめなさい」

佐倉のストラディバリウスの名前がわかったのか、尋ねるのをすっかり忘れていた。

古池はシャワーを浴び部屋のベッドに横たわる。果たして誠意をもって美月の愛情をはねのけたことが正解だったのか、疑問が湧く。純愛をぶつけてきた女に弱り果てた自分にも首を傾《かし》げる。これまでもそういう女はいたが、平気で利用してきた。

唇を重ねた時点で、とっとと美月をここに連れ込んでセックスしてしまえばよかったのだ。その方が今後の十三階復活に向けて美月を利用できる可能性を残すことができた。今日、古池が気持ちを払いのけたことで、美月がまた佐倉の方に寝返るとも限らなかった。誠意を見せられたから誠意を返さざるを得なかったのだが、いまから思えば大失敗だった。自分は作業員として変わってしまったと改めて自覚する。情とか愛にほだされるようになってしまった。結婚し、子供を儲けたからだろう。自分がどんどん作業員として丸くなっていることに強い危機感が湧き上がる。

佐倉は地下鉄表参道駅から地上階へ出た。高級ブランドショップで店員が店じまいを始めている。南青山方面の路地へ入った。車一台がやっと通れるだけの路地だが、こじゃれたカフェやレストラン、セレクトショップが並ぶ。三分ほど歩いた先の雑居ビルに入る。十階建てビルの四階から六階に、音楽スタジオ、ブルーポール南青山がある。佐倉は三か月前に会員になり、週に三度、一時間ほどバイオリンを存分に弾かせてもらっている――。ことにしている。

受付を済ませ、練習スタジオの鍵を貰って階段で五階のCスタジオに向かった。今日はストレス発散の目的もあったが、それ以上に重要な連絡を、完全防音のこのスタジオでする必要があった。

古池よ、絶対に許さない。

バイオリンケースを開き、気品溢れる『彼女』のボディを専用布で優しく磨く。顎と手で抱いてその体に弓を引き声を確かめる。この数百年の間、数多の音楽家たちに抱かれてきたこの貴婦人は、その音色だけで佐倉を癒し刺激する。

この貴婦人には名前がつけられていたが、佐倉はこれに別の名前をつけて心の中で呼びかけていた。

律子。

数多の男の腕の中を渡り歩き、十三階の中核をなしているにもかかわらず愛する男の一人息子を抱いたまま完全に消息を絶った女。佐倉がいま抱いている貴婦人も一時期、行方がわからなくなっていた。

佐倉が黒江律子という女と相対したのは三度ほどしかないが、彼女が幼子を抱き、米国で隠遁生活を送っていた時からその姿を観察してきた。色気もくそもない地味で小さな女だが、牙を剝くと強烈なダメージを相手に与えてくる。いま古池の陰に隠れながら何らかの策略を練っているはずで、だからこそ、佐倉はこの貴婦人を律子と名付けたのだ。

どうあがいてもお前は俺の腕の中。体に走る琴線を佐倉の弓で震わせて喘ぐような音を鳴らすことしかできないのだぞ――。

古池からパンチを受けたみぞおちに、じくじくと嫌な痛みが長引いている。

貴婦人の律子も佐倉のいら立ちを恐れてか、弓を引いた時に出る音に動揺が感じられた。大丈夫だと彼女に言い聞かせ、弓で丁寧に彼女の弦を愛撫してやりながら、チューニングしていく。

このような日は貴婦人の律子をぐちゃぐちゃに躍らせる。佐倉は改めて貴婦人の律子を抱き『死の舞踏』を奏で、共に悦楽の海に溺れた。まるで十三階の女とセックスをしているようだ。佐倉はスラックスの下のいちもつが固くなっていくのを感じる。古池と隠遁生活を送りながら、どんなふうに古池に抱かれ続けてきたのだ。真に彼女を抱いているのは自分であり性感帯を震わせていることに気が付きもせずに黒江律子は……。

ラスト三十秒の物悲しい旋律に入る。佐倉の額から汗がポロリと滑り、落ちていく。演奏が終わったときには、佐倉は次の一手を決意していた。

貴婦人をケースに一旦しまい、スマホを取る。かつて三十代のころ在イスラエル日本国大使館の書記官として外務省に出向した際、世話になった男がいる。

アミットというモサドの男だった。

アミットは、敬虔なユダヤ教徒の家庭に生まれた。父方の祖父がアメリカ生まれのキリスト教徒だった。幼少期に宗教トラブルで祖父によって誘拐され国外に連れ出されてしまった。日本では民事沙汰として警察も取り合わない。外務省も知らんぷりする事案だが、周辺をイスラムの敵国に囲まれ常に戦争を続けてきたイスラエルは違う。この国家に生きる女たちは産んだ子供を将来国家のために差し出す覚悟を持っているから、国家も国民一人一人にとてつもない愛情を注ぐのだ。まず警察が誘拐されたアミットを探し、次いで国内情報機関のシン・ベトまでもが出てきたが発見に至らず――その誘拐案件は、世界最高峰の諜報機関であるモサドが引き受けた。彼らがあっという間に、米国で育てられていたアミットをイスラエルに連れ戻したのだ。

アミットは成人後イスラエル軍に入り、特殊部隊員として戦争に出たあと、三十歳のときにモサドに引き抜かれ、現在は諜報員指導部長となっている。

佐倉がこんな『ザ・モサド』というべきアミットと緊密になれたのは、日ユ同祖論がきっかけだった。日本人は、イスラエルの失われた支族のひとつであるという、DNA的には否定される仮説なのだが、『君が代』や『かごめかごめ』などはイスラエルの母語であるヘブライ語でも意味が通じる。パーティの席で佐倉が『君が代』を歌う横で、ヘブライ語で意味を聞き取ったアミットが英語で同時通訳を試みたことがあった。ところどころユダヤ教の神とユダヤ民族を礼賛する歌詞が浮かび上がり「我々はやはり同祖か！」と酔いも手伝って抱き合ったのだ。

日本との時差は六時間、モサド本部のあるテルアビブはいま十五時ごろだろう。アミットが電話に出た。開口一番、コロンビアの誘拐事件についてふれてきた。海外ではろくに報道されていないはずだが、さすがアミットは把握している。

「その件で君に頼みがある」

「私も先行きが気になっている。コロンビアはイスラエルにとって重要な友好国でもある」

南米諸国は親イスラエルだ。当然、日本国が持たないいくつものパイプをモサドは現地に持っているはずだった。

「テロリストとは交渉はしないという原則を日本政府は踏襲しているが、なにせ我々は一人目の被害者に死なれている」

「とても残虐な最期だったと聞いた」

「二件目の人質は政府高官であり、なんとか最悪の結末は免れたい。君、S‐26かもしくはFARCにルートはないか」

「情報は持っているし、S‐26を叩いたパラミリターレスの残党とはパイプがある」

「パラミリターレスの残党か。それはいい。人質救出には彼らの助けが必要だ」

「冗談はよせ、パラミリターレスは政府寄りだったにもかかわらず残虐過ぎて政府に叩きつぶされた。一部残党はみんな犯罪の道に入っている」

そう、それがいい。そういう輩の力が欲しいのだ。

「武器を持ち、戦闘能力のある勢力を事細かに教えてくれ。秘密裏にS‐26の野営地を急襲させ、人質を救う作戦を立てたいのだ」

秘密裏にS‐26の野営地を急襲させ、人質――藤本乃里子を殺害してもらうのだ。

最初は助けてやるつもりだった。交渉人に古池を指名などして、命を捨てたな、ピアノが上手な乃里子ちゃん。

及川優月の件で内外情報調査部が失敗した以上、古池にも失敗してもらわねばならない。

そして今回の失敗の責任と紐づけて広井愛花の殺人を更に追及し、ついでに寺尾元校長、儀間、鵜飼真奈の殺人も一緒くたにして絞首台送りにしてやる、古池め……！

決意を新たに電話を切った。貴婦人の律子を抱いてめちゃくちゃに弓で撫でつけ――。

「佐倉さん？」

我に返り、スタジオの出入口を見た。

美月がバイオリンを持って、立っていた。佐倉は慌てて崩れた髪を直したが、美月もまた、淫らに乱れている。酒に悪酔いしているのか、真っ赤になった首元にかかる後れ毛が、首筋や頬に垂れている。

「お嬢様。どうされました」

手にバイオリンを持っているのを見て、佐倉は思い出す。

「そうでした。ここの教室の子供たちにバイオリンを譲るという話でしたが、もう二十一時ですよ。子供たちは……」

「そうじゃないの、やっぱり弾きたくて」

美月はケースからバイオリンを出して調音を始めた。しゃっくりをしている。肩がピクピク動いた。弓を引く右手の動きは確かなのだが、爆弾の直撃を受け指が欠損した左手はもう複雑な動きができない。

親指にかろうじて残る付け根とたったの二センチになってしまった人差し指の付け根で指板を支えようとしても不安定だ。第二関節から上が欠損した人差し指では弦を押さえることができないので、中指で代替できないかこれまで何度も美月はチャレンジしてきた。

だが、手の甲に広がるケロイド状の皮膚が引きつれ、残った指を曲げると痛むらしかった。美月は中指で弦を押さえようとしたが、指板を支える力もぶれて、汚い音が出る。佐倉は黙って見ていたが、やがて美月は苛立ってバイオリンを床に叩きつけてしまった。

「お嬢様……！」

美月が十五歳から使っているバイオリンはオベール・リューテリエ、時価数百万円はする。そもそも値段の問題ではない。

「なにかありましたか？　十五歳からの相棒を床に叩きつけるなど……」

「結局のところ、どうなのよ」

美月は無残な左手を佐倉に突き出す。

「私の指を奪ったのはどこのどいつなの！」

「ですから十三階です。鵜飼真奈であり、息子の命を狙われていると勘違いした古池が」

「古池さんはあなたがやったと言っている」

またこの話かと佐倉は目を閉じ、立ち上がった。バイオリンのボディを拭いてやり、美月のケースにおさめる。

美月ははらはらと涙を落とし続けている。こんなに怪我のことで落ち込んでいるのは見たことがない。何年か前、儀間祐樹を秘書の女――つまりは黒江律子に取られたと取り乱した姿と似ている。つくづく恋に溺れやすいタイプなのだ。

古池となにかあったなと直感する。佐倉は美月の前にしゃがみこみ、ハンカチで丁寧に涙を拭いてやった。

「私はあなたの指についても、あなたの恋についても、もうなにも申し上げません。あなたの選択です。ただひとつだけ言わせてください。古池慎一を信じてはいけません」

普段メイクをきっちりしている美月が、口紅だけつけていないことに気が付いた。口の周りの皮膚にはみ出た口紅の痕が残っていた。佐倉は感づいて、その映像が浮かび、反吐《へど》が出る思いだった。美月をここまでの存在にしたのは佐倉だ。彼女は佐倉の作品なのだ。それをよりによって古池に手を出されたという怒りが心の中に燃え滾《たぎ》る。

「古池になにをされましたか」

「キスをされたわ」

「それ以上のことは?」

美月はぶんぶんと首を横に振った。

「あの男が口づけすべきはあなたの唇ではなく、あなたのハイヒールであるべきなのです」

かつて美月が十三階の校長室に怒鳴り込んだ時、古池にさせようとしていた。あの日の威厳と怒りを思い出してほしい。佐倉は言い聞かせた。

「今日はキスだけで済んだかもしれませんが、次、古池はあなたをどう言いくるめてくるかわかりません。あなたは国民の人気を一身に背負う、いずれ日本国総理大臣になられるお方です。古池はあなたの心と体を支配することで十三階を復活させ、権力を手に入れようとしているに違いありません」

美月は目を逸らし小刻みに震えている。

「彼は今後もあなたに甘い言葉を囁き、あなたをほだしにかけてくるでしょう。決して真に受けてはいけません。あの男が仕掛けた爆弾によってあなたが被った怪我、屈辱、今日されたことも含め、あなたはあの男に怒りを持ち続けなくてはならないのです」

美月は納得した様子で甘えてくる。

「佐倉さん、私のためになにか弾いて。あなたのそのストラディバリウスで」

佐倉の心臓がどきんと打つ。

――貴婦人の律子、これがストラディバリウスであると気づいたのか。

「音色だけですぐにわかるわ。普通のバイオリンではそんなに甘い音は出ないもの」

なぜ佐倉が所持できているのか、美月は疑問を持たないようだった。曲目を指定してくる。エルガーの『愛の挨拶』だった。ストラディバリウスにかかれば美月の最高の癒しになるだろうが……。

佐倉は丁寧に旋律を奏でながら、注意深く美月の表情を観察した。ただの公職につく男が時価数億円のストラディバリウスを所持しているのに、美月はいつどこで手に入れたのかすら聞いてこない。時価数百万円のバイオリンを平気で床に叩きつける金持ちのお嬢様だ、一般人の資産レベルや金の使い方の常識がわからないのかもしれない。

演奏が終わったところで、改めて美月を見る。美月はスタジオの壁にもたれて、うっとりしていた。

「佐倉さん。そのストラディバリウス、名前はなんていうの」

貴婦人の律子とは言えない。佐倉は、恋する男から愛のない接吻を受けて傷ついた美月に、優しく教えてやる。

「エメラルドです。製作された直後、メディチ家が所有していたものですよ」

「よし出た！」

柏原は車両の中でガッツポーズを作った。手元のノートに『エメラルド、メディチ家』と記す。

律子の司令のもと、佐倉の尾行をしている。

佐倉が住む白金台にあるセキュリティの盤石なタワーマンションには、柏原が単独で中に入り秘聴・秘撮器を設置することができない。通い詰めているブルーポール南青山という音楽スタジオは見学と称して簡単に中に入れたので、市販の盗聴器をコンセントジャックや絵画の額縁などに仕掛けてある。

ストラディバリウスの名前がわかったのは大収穫だ。古池に命令された天方美月がよくやってくれたが……。

公安一課フロアで古池のボールペンを探していた件にしろ、いまの美月と佐倉の会話にしろ、美月が古池に心奪われているのは間違いないようだった。

かつて柏原はテロ組織に投入中の古池を支援したことがあるが、あの時も古池は女テロリストを手玉に取り、うまいこと身も心も支配しあっさりテロ情報を抜き取っていた。

作業員にはいろんなのがいるが、陰と陽、大きく二つのタイプに分けられる。柏原のように地道に情報提供者を運営し陰で動いたり、南野のように投入作業員の防衛に回ったりするのが『陰』タイプで、十三階作業員の殆どがこれだ。

一方で、人前に立って完璧に対象を騙し心までも奪ってしまう『陽』タイプの諜報員も組織で重要な役割を担う。律子も含め、古池のようなタイプがまさにそれだ。目立たないようにしているのは当たり前だが、息を吐くように嘘をつき、偽りの身分を皮膚感覚として刷り込んで現場に赴く。作業対象の前では太陽よりも眩しく君臨し、情報を吸血鬼のように吸い取る。

スパイの中で本当に恐ろしいのはやはり陽タイプの作業員だ。目をつけられたら最後、あの手この手で迫られ絡め取られ、気が付けば言いなりにされてしまう。

作業員の方も陰タイプとは比べ物にならないほどのリスクを負う。顔を晒さなくてはならないし、家族に危害が及ぶかもしれない。隠遁生活を余儀なくされる……まさに、古池と律子の家庭がそうなっている。三人目の不妊治療がどうとか平和に相談している柏原の家庭とは程遠い、綱渡りのような人生を強いられる。

やれやれとんでもないスパイに関わってしまったものだ。柏原はにやけながら、目当ての番号に電話をかけた。ストラディバリウスの売買の仲介をしたこともある、銀座の老舗楽器店の男だ。

「ストラディバリウスの名前がわかりました。エメラルドです。メディチ家所有だったようですが」

「エメラルドでしたか。確かメディチ家が手放した後、旧ソ連の富豪が長く所有していたはずです」

旧ソ連——ロシアの名前が出てきたか。

「その富豪の名前、調べてもらえますか」

「時間がかかりますよ。なにせ旧ソ連の富豪に渡ったのが一八〇〇年代、つまり帝政ロシア時代のことです」

老舗楽器店の店主の説明を聞きながら、柏原は音楽スタジオの出入口に、目が釘付けになった。

見覚えある女が出てきたのだ。バイオリンケースを持っている。

柏原の記憶に残っている女だった。

だが——どこの誰だったか。

柏原は「とにかく調査を頼みました」と老舗楽器店の店主との電話を切り、律子から預かった資料を片っ端から捲っていった。

「くっそ、俺の記憶力め。どこで見た女だったか。思い出せ思い出せ……」

妻から電話がかかってきた。記憶を辿るのを邪魔されたくなくて無視していたら、とことんかかってくる。あまりにうるさいので電話に出た。

「なんだ！　いま忙し……」

「明日、不妊治療外来の予約が取れたの。あなたも来て。精子の検査をするから」

どうでもよすぎる。「わかった」とひとこと答え、柏原は電話を切る。

再びページを捲る。

見つけた、この女だ。

佐倉が昨年の夏から秋にかけて足しげく通っていたスタジオアクセル赤坂という音楽スタジオの受付嬢だ。佐倉と接触しているところは確認していないが、同じ建物に出入りしている人間の住所氏名職業まで突き止めるのは十三階にとっては基本中の基本だ。この建物の出入りだけでも千二百人いた。律子がしっかり調べあげ記録を残していた。

加藤瑞希《かとうみずき》、二十七歳。現住所は新宿区四谷のマンション。

赤坂の音楽スタジオで受付をしていた女が、なぜ南青山のスタジオにも出没する？

柏原は女の姿が完全に消えたのを確認し、ビルに入った。四階で降りてブルーポール南青山の受付に向かう。柏原は手元を体で隠しながら、本棚から楽譜を一冊取り出し、受付の女に声をかけた。

「すみません。ついさっき、バイオリンを持った女性がこのビルの表から出て行ったのですが、楽譜を落としまして……ロングヘアで、グリーンのワンピースを着た」

「ああ。加藤瑞希先生ですね」

仕舞い忘れたのかしらと受付の女は楽譜を棚に戻した。柏原はパンフレットを何枚か摑んで、車に戻る。加藤瑞希はスタジオアクセル赤坂では受付嬢をやっていたが、ブルーポール南青山ではバイオリン教室の先生をやっているらしかった。スタジオレッスン一覧の中にも名前があった。柏原はスタジオアクセル赤坂に電話を入れた。

「受付の加藤瑞希さんに代わってもらえますか。かつてお世話になっていた者ですが」

「加藤さんはもうお辞めになっていますが」

今年の春に辞めたという。佐倉がスタジオを赤坂から南青山に変えたのも、今年の春だ。なるほど――佐倉がなぜ自宅の防音部屋ではなく、都心の音楽スタジオを転々としバイオリンを弾くのか、読めた。

加藤瑞希と接触を持つためだ。

おもしろい展開になってきた。

古池が対策本部に入ってから一週間が経った。現地コロンビアから入ってくる情報の他、古池の指示で現場に散らばった警視庁の捜査員がかき集めてくる膨大な情報の処理で、寝る間がない。毎晩夜に古池はシャワーと仮眠、着替えにホテルへ帰るが、深夜にはまた対策本部に戻った。時差の関係で深夜ほど情報が集まりやすいのだ。

南野は外に出っぱなしだ。ＪＩＣＡで現地日系人情報を集めているということになっているが、実際は柏原と連携し、佐倉の接触相手として浮上した加藤瑞希という女の追尾に入っている。

佐倉も警戒しているはずだ。どこでどう古池を付け回し盗聴・盗撮をしているかわからないし、通信記録を取られている可能性もあるので、律子と直接連絡を取れない。

柏原は目をつけられていないので、ポート・ブレアにいる律子と緊密に連携を取っているようだった。柏原が効率よく動き古池に情報をあげてくれるたびに、律子もまた佐倉包囲網の中枢を担う存在としてビシビシ動いていると感じられて、頼もしく思った。

律子はまた、戸井田《とい た》直人《なおと》という長野県警の公安刑事も動かす予定だとポート・ブレアでの事前打ち合わせで話していた。戸井田は、斉川が教祖として入っていた新興宗教団体にまつわるテロ事件を巡り、信頼があるようだった。戸井田は長年コンビを組んでいる長野県警の分析官を使い、佐倉のパソコンのハッキングを試みている。佐倉は内閣府のパソコンを使っているのでハッキングのハードルは非常に高いが、あと二、三日で丸裸にできると報告を受けている。

佐倉のストラディバリウスは帝政ロシア時代の富豪が所有していたところまでしかわかっていない。あの凍った巨大国家がソビエト連邦となったとき富豪の孫にあたる人物が所有していたが、その後のペレストロイカ、ソ連崩壊の混乱期にこの富豪の系譜は途絶え、エメラルドも消息不明となっていた。その後、エメラルドが誰の手に渡り、どういう経緯で佐倉が所持するに至ったのか、調査は難航している。

このストラディバリウスがエメラルドであると聞きだしたのは、美月だ。古池への恋愛感情を持て余す美月が佐倉に相談を持ち掛ける中で、「うまいこと聞きだした」と柏原は苦笑いしていた。

まだまだ美月は古池に気持ちがあると見ていいだろうが、引っ掛かるのは、スタジオの秘聴を知らないはずの美月が、一週間経っても古池にそれを教えないことだ。秘聴・秘撮等の非合法活動を許さないという立場の美月に、柏原が行っている秘聴活動を教えられない。古池もまた知らないフリをする他ない。美月が知らせてこないのは、なにかのカードにストラディバリウスの名前を使うつもりがあるからか。

古池は今日も三時間の仮眠を取り、午前二時にはホテルを出て、首相官邸の対策本部に戻る。

人気の少ない対策本部のソファで、三部が寝ていた。柳田はカップラーメンをすすっている。古池を見るや手を挙げ、報告する。

「コロンビア警察から一報が入っています。ジョニー・ヤマダをしょっぴいてきたようで、現在取り調べ中です」

二〇〇一年の邦人農園主誘拐事件で、情報をゲリラ側に売った人物だ。

古池はすぐさまコロンビア警察本部の誘拐事件捜査担当者に電話をかけた。

「いま調書を作っているところだ」

相手は英語で言う。

「端的にジョニーの証言を教えてくれ」

「あちらはユヅキ・オイカワの件も、ノリコ・フジモトの誘拐事件にも関わっていないと言っている」

古池が電話をする横で、柳田が日本語訳されたジョニー・ヤマダの経歴書を持ってきてくれた。

一九四八年生まれの七十三歳、日系三世だ。祖父は山梨県出身の農家の次男坊で、移民として南米に渡り、プランテーションを営んだ。ジョニーは三代目だ。栽培しているのはコーヒー豆とカーネーションとある。五月の母の日に日本企業に向け大量に輸出している。コーヒー豆の卸先も日本企業が占めていた。大農園主というわけではないが、五名の従業員を雇い細々と農園を守っている。

二〇〇一年に起きたFARCによる邦人農園主誘拐事件において、ゲリラ側に情報を売った罪で罰金刑を科されていた。

コロンビア警察はジョニーに同情的だ。

「当時はFARCが農園主たちに治安維持料として大金を要求していたころだ。ジョニーは前年の悪天候で経営が行き詰まっており、金が払えず、その代わりに金が取れそうな他の邦人や農園主の情報を教えてしまったと言っていた」

日本ふうに言うと、ヤクザにみかじめ料を納められず、別の金払いのよさそうな者の情報を流したというところか。

「今回の件にジョニー・ヤマダが関わっているとは思えない。ユヅキ・オイカワが活動していたNGOとの接点もなく、大使館や外務大臣の情報を得られそうな人脈も見当たらなかった」

古池は柳田に指示し、大使館に勤務する邦人と現地人を含めた計三〇〇名の個人情報リストを出してもらった。まずは住所をざっと見て地図上で確認したが、ジョニーの農園は首都ボゴタからあまりに離れすぎている。大使館関係者で近隣に住んでいる者は一人もいなかった。コロンビア警察に尋ねる。

「ジョニーはまだそちらに？」

「ええ。午後も取り調べますので」

「テレビ電話で取調室と対策本部をつないでほしい。直接ジョニーの話を聞きたいし、表情を確認したい」

担当者は快諾してくれた。柳田がセッティングしたノートパソコンの前に古池は座る。古池の顔と、コロンビア警察の取調室が映し出された。壁はベージュ色で、古びた小学校の一室みたいだ。明るい日が差し込んでいる。


口髭を蓄え制服を着たコロンビア警察官に連れられ、カメラの前にジョニー・ヤマダが座った。背筋がのびていて、よく日に焼けた逞しい男だった。古池は覚えたてのスペイン語で自己紹介したあと、日本語はしゃべれるか尋ねた。

「シィ、セニョール。スコシだけ」

古池は改めて、及川優月と藤本乃里子の誘拐事件への関与を尋ねる。相手が小学生レベルの日本語しかしゃべれないので、子供相手の取調べみたいだった。


「五月二十日、あなたは、どこにいましたか」

「仕事。自分のプランテーション」

「首都ボゴタに最後に行ったのはいつですか？」

「シー。一か月、一年前」

どっちだ。改めて尋ね返すと、ジョニーはいら立ちを見せはじめた。

「私、朝から、警察いる。同じことキカレル。疲れた、シラナイ」

「しかしあなたには前科があるのです」

「ゼンカ……？」

古池はスペイン語の通訳官に尋ね、ジョニーに言う。ジーザスとジョニーは肩をすくめた。

「二〇〇一年、私はゲリラに教えた。仕方ない。おカネない。家族、殺サレル」

「S-26とはどうですか」

「S-26知らない。ココいない。首切り、レイプ。S-26、シナイ」

及川優月を誘拐、殺害したのはS-26ではないと言いたいらしい。確かにS-26も否定しているし、コロンビア政府や警察も否定している。

「そもそもユヅキ・オイカワさん誘拐ない」

「誘拐ないというのはどういう意味ですか？」

スペイン語でジョニーがなにか言った。隣に座って見切れていた口髭の警察官が「強姦殺人事件」と英語で訳してくれた。ついでに付け足す。

「我々もそちらの線が濃厚かと思っていて、捜査方針を変えるという話も出ている」

「強姦殺人……。しかし日本の母親に身代金要求の電話がかかってきています」

口髭の警察官がカメラを自分の方に向け、英語で熱弁を振るい始めた。

「しかしコロンビア政府はその身代金要求の電話を把握していないし、内容がわからない。

そもそも交渉を始めようとした矢先に死体が発見された。発見したのは我々だが、日本からの情報によって動いた結果だ」

未だ死体のありかを伝える謎の匿名電話の声の主を特定できていない。コロンビア警察も誘拐という線に不信感を持っていたようだ。

「首切り、レイプ。手口を聞いて、エル・ヒバロの仕業だとこっちの警察官はみんな言った。だが日本大使館が違うと。身代金の電話がかかってきたのだからエル・ヒバロのはずがないと。混乱するばかりだった」

古池はエル・ヒバロとはなにかと説明を求めながら、柳田にすぐさま調べるように言った。柳田はスペイン語通訳官に綴りを教えてもらい、早速、パソコンの前に座る。

「ヒバロ族を知っているか？　エクアドルとコロンビアの国境近くの先住民のことだ。首狩り族ともいわれていた」

狩ってきた人の生首に特殊な加工をほどこして防腐状態にしたものを、宝飾品のように扱う部族だった。いまでもヒバロ族は存在しているが、首狩りはしていない。

「エル・ヒバロはかつての首狩り族の名前を勝手に名乗っている組織だ。敵対する勢力の男たちを捕らえ、目の前で彼らの妻や恋人、娘たちを片っ端からレイプしていく。彼女たちの夫、恋人、息子たちの首をはねていく。とても残忍な組織だ」

「それは左派ゲリラですか、それともパラミリタ－レスのような右派組織ですか」

「ノーノー、エル・ヒバロは政治的活動組織ではなく、犯罪組織。麻薬カルテルだ」

今度は麻薬カルテルの登場か――。

柳田が「自動翻訳ですが」と、エル・ヒバロについての基本情報が記されたサイトをプリントアウトし、古池に渡す。古池はざっと目を通し、コロンビア警察に訊く。

「及川優月を誘拐し、強姦して斬首したのはエル・ヒバロだと?」

「我々はそう思っている」

「コロンビアの麻薬カルテルは、二〇一〇年代初頭のFARC掃討《そうとう》作戦のときに一緒くたに壊滅させられたと聞きましたが」

口髭の警察官が哲学じみた話をする。

「太陽がある限り影はできる。犯罪組織を撲滅できた国がどこにあるか。日本のヤクザはどうだ」

農園主のジョニーが「セニョール」と画面に割り込んでくる。

「私、日本にカーネーション。コーヒー豆輸出。エル・ヒバロの麻薬。日本のヤクザに輸出。聞いたことある」

及川優月は麻薬ビジネスに絡んで殺されたのだと言いたいのだ。

古池はまだ東京拘置所に収監中だったころに見た、新聞記事の小見出しを思い出す。

『母子家庭育ち、明るく優しい子』

『娘を助けて――母の募金活動』

『国民の娘を救おう! 支援続々』

ジョニーが熱心に訴える。

「ユヅキ・オイカワ、ホントにNGO？　ホントにいい娘？」

及川優月は日本人が思っているような〝国民の娘〟たる女性だったのか——。

第四章　救世主

藤本乃里子在コロンビア日本国大使館参事官の誘拐から一か月が経とうとしていた。

古池が入ってから戦場のようになった首相官邸四階の対策本部に、官房長官や大臣級の要人を呼べなくなった。他にマスコミを完全シャットアウトできてセキュリティも盤石な会議スペースは閣議室しかなく、ここで事案の途中経過を政府要人たちに伝えることになった。

閣議室には直径五・二メートルの円卓がある。古池はその円卓から外れた脇にある長テーブルに座り、官房長官以下の要人たちが手元の書類を読み終えるのを待った。

口火を切ったのは、警視総監だった。

「日本の反社とは関連がなかったのか」

せっかく組織犯罪対策部総出で情報をかき集めたのに、と警視総監はため息をついた。

「これで及川優月が暴力団、もしくは薬物絡みでエル・ヒバロに処刑されたとする説は消えたのでよしとしてください」

「で、及川優月とは何者だったの」

尋ねたのは、美月だ。番長外務大臣はこの件にもう関わりたくないのか、退院したのに理由をつけては会議を欠席するから、副大臣の美月が出るより他ないのだ。古池に唇をねだったのはもう三週間近く前だ。あれ以来、二人きりで会うことも電話で話すこともなく、対策本部で毎日顔を見かけるが目も合わせていない。クリーン、風通しのよさをモットーとした政治家だけに、身持ちは堅い。そして相変わらず、ストラディバリウスのことを古池に教えてくれない。柏原や南野、戸井田によって調査は進んでいるが。

古池は回答を避け、老眼でなかなか書類を先に読み進められない閣僚たちのために、書類の概要を説明してやった。

「まず、及川優月が就職したNGOですが、改めて職員から聴取したところ、及川優月本人が得意だと言っていたスペイン語は付け焼刃で、流暢ではなかったということです」

職員たちは奇妙に感じていたようだが、誘拐されて同情が集まり『国民の娘』となったら、悪いことを証言しづらくなるものだ。

「NGO職員として初めての訪問がコロンビアというのも本人の意思です。六月にコロンビアを訪問したあと、エクアドル、ペルー、ボリビア、ブラジルと南米の北側にある国々を一か月かけて回るプランをNGOに提出していました」

だが、コロンビア滞在三日目で誘拐され、その十日後に惨殺死体が見つかった。

古池は柳田に指示し、優月がNGOに就職した際に出した履歴書をスクリーンに表示させた。右肩上がりで筆圧の強いその文字に、自己主張の強さを感じる。

「現在二十九歳、NGO就職前は関西にある大学院の国際関係の研究所にいたとありますが、確認は取れませんでした」

栗山が険しい表情になった。

「この履歴書は嘘ということか……」

新田が珍しく先を急がせる。

「高校、小中学校、本籍地は？」

「全ての学校で在籍実態をつかめず、本籍地も存在しませんでした」

新田はあからさまに佐倉を睨んだ。

「どうして誘拐事件の一報が上がった時点で、及川優月の経歴を調べなかったんだ！」

毎熊におっしゃってください、と佐倉はぞんざいだ。

「いまここにいないから君に言っている」

「恐れながら確かにこの点を失念していたのは内外情報調査部の大きなミステイクですが、この内外情報調査部の指導を担当していたのは栗山主幹です」

栗山は責任のブーメランを完全に無視して、古池に尋ねる。

「及川優月の母親、恵子は？　住所、氏名、本籍地」

「現在調査中ですが、いつの間にやらコロンビアを出国していたようで、現在は行方がわかっていません」

美月が「なにがどうなっているの」と天を仰ぎ、額を押さえる。改めてまっすぐに古池を見た。

「それで結局、及川優月とは何者なの」

「わかりません」

「わからないって……」

「存在しない、架空の人物である可能性が高いです」

古池は柳田に命じて、スクリーン上に大使館からファックスで届いたコロンビアの出入国管理情報書類を出させた。日付順で日本人の名前が並ぶ。いつ、どこの空港で、何時何分に日本人の誰が入国したのか、リスト化されたものだった。

「ファックスの日付をご覧ください。及川優月の母親を名乗る人物が警察に駆け込んだ翌日、大使館が対策本部に送ってきたものです」

及川優月。21年5月20日14時29分入国。エル・ドラド国際空港――。

「次いでこのリストには、コロンビアの入国管理局が読み取ったという及川優月のパスポート画像が添付されていました」

パスポート読み取り機で読み取ったもののように見えるが……。

「パスポート名は及川優月になっている。本籍地や現住所は履歴書通り、写真も本人だ。これは偽造パスポートだということか？」

栗山が尋ねた。

「いいえ。改めて調べ直したところ、このパスポートがこの日のこの時刻に、エル・ドラド国際空港の入管を通過した記録が見つかりませんでした」

美月が「ちょっと意味がわからない」と古池を責めた。

「つまり、事件発覚の翌日、在コロンビア日本国大使館が及川優月の情報として政府の対策本部に送ってきたファックスそのものが偽物だということです」

閣議室に怒号が飛び交った。佐倉が古池に声を張り上げる。

「それはつまり、ニセ情報を流すことで、対策本部が及川優月のパスポートの真偽を調べないように何者かが先手を打っていたということか」

さすが策略家は飲み込みが早い。古池は肯定した。佐倉が何度も確認する。

「大使館からのファックスを偽造し、書類を対策本部に紛れ込ませた人物が首相官邸にいるということか」

「それは違います。対策本部発足とともに敷設したこのファックス番号は、確かに、コロンビアの日本大使館から送られたファックスを受信していました」

「つまり――」

「ニセ情報を流したのは、在コロンビア日本大使館の誰かということになります」

栗山が興奮気味に声を張り上げた。

「筋は通る。その人物が、外務大臣を誘拐させるために、外務大臣の行動予定をS‐26に流したということなんじゃないか?」

「私もそう思います」

一刻も早く大使館員を調べろ、つるし上げろの大号令があちこちから飛んだ。

彼らを落ち着かせ、古池は答える。

「調査は既に終わっています。日本政府に恨みを持つ者、藤本乃里子と仲が悪かった者、突然大金を手に入れた者、借金に困っている者など徹底的に調べましたが、疑わしい人物はいませんでした」

ファックスを送った人物が誰なのか、大使館内の防犯カメラ映像を確認したかったが、及川優月の誘拐はもう一か月以上前の話だ。映像は残っていなかった。

官房長官は怒りを必死に抑えようとしてか、ひょうひょうと言う。

「やれやれだな。左派ゲリラによる誘拐と思ったら麻薬カルテルかもしれないときた。その途端、及川優月なる人物は存在しておらず、大使館に黒幕がいる可能性が浮上とは」

「いずれにせよ、これではっきりしました」

古池はひと息を挟み、続ける。

「及川優月の一連の誘拐事件は偽装であり、その残虐すぎる死を呼び水に日本の要人をコロンビアにおびき寄せ、誘拐したということです」

美月が山型の堂々とした眉毛を寄せて、古池に詰め寄る。

「大臣級の人間をコロンビアに呼び込み、左派ゲリラに誘拐させるためだけに、及川優月さんは殺害されたというの？」

「その可能性が高いかと。及川優月は何者なのか。また二件の誘拐事件の黒幕はどんな動機があってコロンビアで日本政府関係者をゲリラに誘拐させる必要があったのか、私もいまのところさっぱりわかりませんが」

新田が新たな疑問を口にする。

「及川優月の死因は本当に斬首で間違いないのか？　遺体の回収は済んだんだろう」

コロンビア警察がすでに回収を終え、司法解剖が行われたが、獣に食われたことと風雨による劣化が激しく、死因の特定は困難だ。レイプ検査も難航していた。

「警視庁の科学捜査技術は世界一だ。うちの科捜研の精鋭をコロンビア警察に送ろう」

警視総監が言った。古池は頭を下げた。

「取り急ぎ確認すべきは、及川優月を名乗ったこの女性が、どの名前でどのパスポートを使い、入国したかということです。改めて日本大使館に五月の出入国情報の洗い直しをさせ、及川優月と似た顔の日本人の入国情報がないか確認させています」

あともう一つできることがある。

「及川優月の母親を名乗り、マスコミを扇動して及川優月を『国民の娘』に仕立て上げた中年女性。この人物の行方を追い、素性を暴く必要もあります」

もはや死体になってしまった及川優月が誰だったのかということより、母親を名乗った女性を探し出し問いただす方が早いだろう。

「ただ、ハードルは高いです」

新田が眉を寄せる。

「なぜ。顔写真が大量にあるだろう。顔認証でまず免許証情報から照合したらいい」

古池は柳田に準備させた画像を出させた。マスコミが捉えた及川優月の母親の画像のサムネイルを並べたものだ。

「動画も含め、顔の全てが写っているものが一枚もないのです。特に、目元を捉えたものは皆無です」

彼女は記者会見の場ではずっとうつむき、マイクに向かってしゃべるときは目元をハンカチで隠して号泣している。街頭で募金活動をしているときも泣いていて、目元をハンカチで覆う。外務大臣の番長牧子とエル・ドラド国際空港に降り立ったときは、帽子をかぶり両手で顔を覆って大号泣だ。

「目元を中心に顔の三割が隠れてしまっているため、顔認証にはかけられませんでした」

佐倉が書類をぽいと捨て「なるほどな」と呟いた。

「不自然にならない程度に顔を隠す――いずれ自分が顔認証にかけられるとわかっているんだな。つまりこの女もグルか？」

佐倉がやけに鋭い目で、古池を見返す。動揺し怒りに満ちているのがわかる。なにが起こっているのか古池もわからないが、佐倉にもわからないのだ。

柏原は淡々とペニスを擦っていた。『女潜入捜査官あずさ真帆、囚われの性具』とかいうタイトルのアダルトビデオを見ながら、採精ルームにいる。この不妊治療クリニックのスタッフはこういうのが好きなのかと心の中で苦笑いしつつ、採精用に置いてあるＤＶＤの、巨乳とか美女とかのタイトルが並ぶ棚を見た。結局これを選んだ自分もどうかしている。

スマホがメールを受信する。南野からだった。加藤瑞希が自宅を出たという。アドレス作業を続けてもう三週間、非常に興味深い事実が浮上してきている。

加藤瑞希がバイオリン教室で子供に教えるのは、月水金の三日間だけだ。土日はたいてい自宅にいて、新宿や渋谷に出てショッピングしたり外食したり普通の若い女性らしい休日を過ごしている。だが、火曜日と木曜日の動向がどうしてもつかめないのだ。尾行を撒かれてしまう。駅の改札をくぐるまでに余計な遠回りをする、人気のない階段を突然引き返してくる、発車間際の電車に飛び乗る……。

その道のプロだというのは一目瞭然だった。加藤瑞希という人間がどこからわいて出たのか、基礎調査をしたが免許証もパスポートも取得実績がなかった。

柏原と南野はたったの二人態勢だ。バックアップしてくれる作業車もなければ、追尾を交代できる要員もいない。火曜日の今日こそ、行き先を突き止める必要があった。急いで採精せねばと、柏原はペニスを握る手に力をこめ、素早くしごきあげていく。この三週間、加藤瑞希の尻だけを追い続けてきた柏原は、アダルトビデオの中で尻の肉を震わせよがるＡＶ女優と加藤瑞希が重なる。あっという間に頂点がやってきた。採精カップに存分にそれを注ぎ、ため息をつく。

蓋をしたカップを小窓に出して、きれいに手を洗った。南野に『すぐに合流する』と返信した。柏原は妻に『責任は果たしたぞ』とだけメールして、仕事に戻った。

渋谷駅の構内を歩く南野を見つけた。柏原はさりげなく追いつき、並行して歩く。マルタイが白いワンピースから、水色のトップスと黒いジーンズに着替えたと連絡を受けたばかりだった。加藤瑞希が途中で着衣を変えるのは初めてのことだ。

地下鉄銀座線の改札を通る水色のトップスを着用した女を見つける。

いた。加藤瑞希だ。

南野は地下階へ離脱、柏原が尾行についた。銀座線の改札を抜けて、横目で加藤瑞希を捉える。彼女は出発を待つ銀座線の車内に入る。三両目だ。柏原は通り過ぎて、四両目に入った。三両目との境目に近い優先席付近に立つ。三両目の加藤瑞希が扉のガラス窓越しに見える。柏原は背中を向けて立ち、スマホを出した。自撮りモードにして髪形を直すふりをしながら、背後のガラス窓の向こうに座る加藤瑞希を撮影した。

漆黒のロングストレートヘアは、乳房に掛かるほど長い。黒のスリムジーンズを穿いて座っているからか、尻の形がよくわかる。太ってはいないがボリューミーだ。

発車音が鳴った。

案の定、ドアが閉まり始めたところで加藤瑞希に立ち上がるそぶりが見えた。柏原は先に降りた。追いかけるように後から降りてしまったら、尾行とバレる。いちかばちかのかけだったが、彼女はギリギリで飛び降りてホームに立ち、周囲をくまなく観察し始めた。柏原は素知らぬふりで自動販売機に金を入れる。

加藤瑞希は女子トイレに入った。今度は長い髪を束ね、ツーピースのブラウンのスカート姿になって出てきた。

柏原もどこかで着替えないとまずい。渋谷駅の雑踏の中で見失わないようにしながら、ジャケットを脱ぎ、ネクタイを取って首のボタンを開けた。南野に着替えの手配を頼む。

『自分が着替えた、五分後に尾行交代』

南野から返信が来た。現在地はスマホのGPSで互いに把握している。南野は京王井の頭線の駅ビルから出てきた。加藤瑞希は西口バスターミナルにいる。タクシー乗り場に向かっているようだ。

柏原は南野に、モヤイ像方向からタクシー乗り場へ向かうように指示する。女がタクシーに乗った。南野がモヤイ像前からやってくるのが見えた。上下ナイキのジャージ姿で、髪を立てている。がたいがいいので、スポーツジムのトレーナーみたいだ。南野もタクシーに乗った。加藤瑞希のタクシーを追う。尾行交代だ。

柏原は駅ビルに入り、着替えの購入に向かう。Tシャツを選んでいると、南野からメールが来た。

『タクシーを十秒で降りた』

今度は徒歩で道玄坂方面に向かっているという。こうなるとタクシーをどこで降りれば対象に気づかれずに済むか、その判断が難しくなる。

柏原は『尾行を代わる』と返信し、慌ててそこらにあるTシャツを一枚手に取り、試着室で着替えた。レジで「タグを切ってくれ、着て帰る」と話し金を払って店を出た。Tシャツの前面にプリントされた英語を見て、絶句する。『savior』とある。

救世主という意味だ。

「ふざけんなよ、クソッ」

悪態をつきながら、加藤瑞希を追う。

加藤瑞希がその後電車で辿り着いたのは、千代田区神田三崎町《みさき》――東京ドームとその遊園地が見える、日本有数のマンモス大学であるN大学の建物だった。この界隈にN大学の学部が入るビルが点在している。加藤瑞希が入ったのは国際交流学部が入る5号館だった。柏原は救世主のTシャツを脱いでしまいたかったのだが、南野と代わる暇がないまま、大学の中に入った。留学生なのか、欧米人らしき白人男性二人組が通り過ぎるとき、グッドTシャツ、と親指を立ててきた。後からこの二人組を追いかけてきた黒人には肩を叩かれ「世界を頼んだぞ!」とまで言われた。本当にこのTシャツは恥ずかしい。

妻からメールが来た。これから運動率が高い精子を選りすぐり、子宮に注入するという。勝手にしてくれと思いながら、ロビーに流れる学生や教授の人ごみから、加藤瑞希を探す。階段を下りていく背中が見えた。

長男がもう赤ちゃんの名前を考えていると妻から次々メールが届く。南野との連絡が埋もれてしまう。あとにしてくれとメールをしようとして、加藤瑞希が地下二階の女子トイレに入ったのが見えた。柏原もいったん隣の男子トイレに入ることにした。女子トイレの前で見張っているのは不自然なので、タイミングを計ってちょっと前に出るのがいい。女性は男性よりもトイレの時間が長くかかる。柏原は余裕をもって便器の前に立ち、排尿した。片手でペニスの先に残った尿を振り落しながら、スマホを見る。

『男の子だったら圭一郎。女の子だったら圭花だって』

父親の名前を入れたいと考えた長男にぐっときてしまう。柏原はメールを返す。

『男だったら次男になるぞ。一郎とつけるのはおかしいから、圭二郎でどうだ』

いきなり口元をハンカチで覆われた。一瞬で羽交い絞めにされる。声を上げたがくぐもってハンカチに吸収されてしまう。柏原は背後にいる男に肘鉄を食らわせる。相手の足を全力で踏み潰そうとする。鉄板のような硬さで跳ね返された。半長靴を履いている。肘鉄も腹筋に阻まれ、柏原は男子トイレの奥へ奥へと連れ込まれていく。

太い腕が首に回り締めあげられる。息が全くできなくなる。落ち着いてその手根伸筋に歯を立てた。血が溢れても、男の腕の力は緩まない。柏原は窒息しかけた。酸欠で視界が周囲から黒くモヤモヤとしていく中、柏原は抵抗もSOSを出すでもない道を選んだ。

ただ消えるのみ。

十三階の作業員は、敵の手に落ちたら終わりだ。SOSも出さないし、援護に来ようとする仲間の作業員を、自ら絶ち切らなくてはならない。

それが、十三階作業員の美学だ。

柏原は薄れ行く意識の中、スラックスのポケットの中でスマホを握り、最後の力を振り絞って脚を踏ん張る。背後の男を押し倒す勢いで後ろへのけぞる。腕で柏原を締め上げることに集中していた男は下半身の力がおざなりで、トイレの個室の扉に背中を打つ。内開きの扉が開いて、柏原と男は便器にぶつかった。そのすきに柏原はスマホを壁に叩きつけてディスプレイや背面を割り、便器の中に落とした。流すボタンを押す。流れはしないが水没はした。熟練の専門家の手にかかっても、復旧には一か月以上かかるだろう。GPSも反応せず、メールも通話もできないとなれば、敵が柏原のバックに辿り着くことはできない。南野が感づいて古池や律子に報告するだろう。十三階の残党をまとめる二人が、柏原の家族にも適切に対処してくれるはずだ。

柏原が意識を失う直前によぎったのは、妻子の顔ではなく、見知らぬ通りすがりの黒人の「世界を頼んだぞ！」という言葉だった。

戸井田直人は紀尾井町にあるウィークリーマンションの一室で、蕎麦の出前を受け取ったところだった。世界のどこかに潜伏している黒江律子に頼まれ、上京して調査を開始してから三週間。界隈の蕎麦屋の出前を片っ端から取っているが、いまだ、故郷信濃で味わえる十割蕎麦と同じ甘味とコシを持った蕎麦に出合えていない。

「今日のはどうだかな」

蕎麦をワンルームのちゃぶ台に運ぶ。分析官は目を血走らせ、一日中パソコンとにらめっこしている。

「蕎麦きたぞ」

「あとでいいです。もうひと息なんで」

内閣府で佐倉が使うパソコンのハッキングを試し続けている。そろそろ結果を出さないとまずい。分析官の額には四六時中汗がにじむ。冷房を強くしてやると寒がる骨と皮だけの分析官は、長野県警本部の鑑識課にあるサイバーセキュリティ係の所属だ。

十三階が解体されると聞いたとき、地方の都道府県警にいて細々と情報提供者を運営していただけの戸井田は、「そうか」と受け止めるだけだった。かつては地下鉄にサリンをまいた新興宗教団体の残党の監視に熱意を燃やしていた。黒江律子の手によって一件落着し、ある種の燃え尽き症候群みたいなのもあって、自分の十三階での役割はとっくに終わったと思っていた。

十三階に代わり、内外情報調査部が発足した後日、黒江律子から「使えない作業員だけをリスト化して内外情報調査部に渡した。あなたは外した。十三階は必ず、どんな手を使っても復活させる」と聞いた。自分がその一員に選ばれたことは、新興宗教団体の案件で警備局長賞をもらった時以上の喜びだった。これがあと十年で定年の警察官人生の最後の打ち上げ花火だと、気力を振り絞る。

戸井田は蕎麦猪口《ちょこ》の中に薬味を入れながら、蕎麦をすする。

「おおっ。こいつは信濃の味だぞ！」

つい感動して叫んだ時、分析官もバンザイした。

「突破！　やっと来ました！」

戸井田は蕎麦を放りだして、分析官の隣に飛んだ。パソコンが自動でなにかを表示している。なにがなんだかさっぱりわからないが、波のように文字や記号が流れていく。

「佐倉のパソコンのネット閲覧記録です。やはり内閣府か内閣官房の情報が多いですが……」

なぜかmlitの文字が多く目につく。咄嗟に頭に浮かんだのは、国土交通省だ。Ministry of Land Infrastructure Transport and Tourism と英訳されるこの組織は、『MLIT』の略称がつけられている。

「機密性3情報とか特定機密とかヘッダーがついています。まさか――」

分析官は一つのアドレスをコピーアンドペーストして、ホームページに入ろうとした。戸井田のスマホが鳴る。＋91から始まる番号だ。インドからとわかるが、これまで律子とやり取りしてきた番号ではない。律子が番号を変えたと察する。なにかトラブルが発生したか。

「もしもし」

「〈ナカミ〉がマルタイの行確中に消えた。現在も消息不明。すぐに現場離脱、各員防衛態勢に入って」

ナカミは柏原の符牒だ。神奈川県警本部の公安刑事だから、県警本部がある中区海岸通の住所の頭をとって〈ナカミ〉とした。

戸井田は「了解」とひとこと言い、電話を切った。まずはSIMカードを壊し、分析官にハッキングを中止させた。

「そんな！　せっかくハッキングに成功したのに。これから〈スターチス〉の……」

戸井田は問答無用でパソコンの電源を抜いた。内部バッテリーの作動で、画面が少し暗くなっただけだった。パソコンを閉じてバッテリーを抜くと、バックアップがどうのと分析官が喚く。

「すぐに出るぞ。〈掃除班〉がいないから痕跡は全部自分たちで片付けなきゃならん」

「一体なにがあったんです」

「離脱指示が出た」

「なぜ！　蕎麦はどうするんです」

戸井田はあらかじめ準備していた黒いビニール袋をひろげてパソコンを放り投げ、その上から出前の蕎麦も全部ぶちまけた。

いよいよ佐倉と全面対決するときが来たのだ。

古池は首相官邸の対策本部で、コロンビア政府軍から送られてきた無人偵察機による映像を確認していた。

南野が勢いよく戻ってきた。古池に分厚い書類を渡す。

「在コロンビア日本国大使館員の二親等以内にあたる親類のリストです」

「よし。ここを全部洗ってヒットなしだったら、友人知人に広げる。いまのうちから職歴学歴等の調査を」

南野は返事をしたが、立ち去らない。古池は察して、素早く書類を捲る。メモが挟まっていた。

『〈ナカミ〉KK中にSF35．699……』

柏原が行動確認中に消息不明になったという意味だ。数字の羅列は座標だろう。古池は一瞬で暗記し、メモをポケットにしまいながら対策本部を出た。トイレでメモをこまかく破って流し、スマホのマップアプリに暗記した数字を入力していく。

水道橋にあるN大学国際交流学部5号館キャンパスがヒットした。建物内で突然消息を絶ったのなら、尾行がばれていて、待ち構えていた何者かに拉致されたと見るのが早い。

古池は南野に、このキャンパスに入る学科やコース、教授を全て調べてリスト化するようにメールで指示した。素知らぬふりで対策本部に戻る。

佐倉は変わらず通訳官と話をしていた。古池と南野のメモ受け渡しに気づいていない。

佐倉と定期的に音楽スタジオで接触していたと思われる加藤瑞希は、都心のN大学のキャンパスに入った。建物の中は学生で溢れていたはずだ。そんな場所で十三階の作業員を拉致する……。

相当大きな組織が関わっていると古池は直感した。

佐倉は国家のインテリジェンス機関をあからさまに攻撃してきたのだ。一般市民をテロで狙う極左テロリストとはやり口が違うし、一人一殺として要人を抹殺する極右テロでもない。インテリジェンス機関そのものを攻撃するハードルは非常に高く、それをやってのけられるテロ組織といえば、潤沢な資金と人員を要するイスラムテロ組織くらいしか思い浮かばない。だが彼らは米国やイスラエルを差し置いて日本のインテリジェンス機関を巧妙に攻撃するほど暇ではない。

となると、敵対する隣国のインテリジェンス機関ということか。

ロシア、中国、北朝鮮。

咄嗟に浮かんだのはこの三か国だ。

佐倉のストラディバリウス『エメラルド』は帝政ロシア時代の富豪が所有していて、ソビエト連邦崩壊の折りに所在不明になっている。ロシアのKGBか。柏原の消えたN大学国際交流学部5号館にロシア関係者がいれば、黒幕はKGBと断定したくなるが——。

美月が受話器を置く音で、古池は我に返る。美月は遠くを見つめ、小さくため息をついた。

「在コロンビア大使館から報告あり。コロンビア警察の司法解剖の結果が出たそうよ」

及川優月と目される人物のね、と付け足す。指紋を取れば素性がわかる可能性があったが、遺体が回収されたときには手の肉は腐り果てて指紋は取れなかった。DNAは採取されたが、身元の確認に至っていない。

「膣内に他人のものと思われる体液は全く見つからなかったそうよ」

「つまり、強姦はされていない？」

「ええ。首を切ったのも死後の可能性が高い。臓器からは毒物反応が出た」

毒殺も苦しいだろうが、レイプと斬首よりはましと思ったのか、美月は少しだけ救われたような表情だ。

「毒物の種類は？」

「分析はこれから。アルカロイド系としか聞いていないわ」

頭に浮かんだのは、ストリキニーネだった。致死性が高いが、マチンという植物からの生成が可能だ。

「コロンビアにマチンは自生しているのか？」

古池は元鑑識課員の三部に尋ねた。

「いや、南米で自生しているのは聞いたことがないし、日本でも手に入りにくい」

及川優月は反社会的勢力の一員でもなければ、エル・ヒバロに処刑されたわけでもないと判明している。

わかってきたことは少しずつ増えてきているのに、全体像はつかめない。

しかも佐倉が隣国のスパイだった可能性が浮上し、柏原が消えた。殺害された及川優月は存在しない人間で、彼女のせいで誘拐された乃里子の生存も、この二週間、確認できていない。機密情報を漏らし誘拐に手を貸した人物は大使館の中からは見つからなかった。

パズルのピースは増えていくのに、全く組み立てられない。百ピース程度だろうと思っていたが、もしかしたら五百、いや千ピース近い『作品』なのかもしれない。視点を変えねば、ドツボにハマるだけだ。上から見ても下から見ても、前後左右どこから見ても全体像が描けぬのなら、『他人の目』でもう一度この一連の流れを見直すのだ。どの『目』がいいか。

古池の脳裏にある人物が浮かんだ。

古池は桜田門の警視庁本部にある、薄暗い執務室を訪れた。目当ての人物は窓辺のデスクで目薬を差していた。ティッシュで目元を拭いながら、立ち上がる。

久間《きゅうま》一晶《かずあき》。この春に警視監に昇任し、公安部長から警視副総監となった。次の人事では恐らく警察庁長官になるだろう。十三階の元校長でもある。地下鉄にサリンをまいた新興宗教団体に教祖の息子として斉川大樹を投入した人物だ。

久間自身が、地下鉄サリン事件の被害者だった。未だ目の後遺症に苦しんでいる。執務室がこんなに薄暗いのも、太陽の光や蛍光灯の明かりで目が強烈に痛むからしかった。

「えらいこと続きだな、古池よ」

久間が向かいのソファに座る。許可を待ち古池も腰を下ろした。

「通勤電車の中でサリンを吸っちゃってさ、あの時以上の戦いはもうこの警察官僚人生の中でないと思っていたら、全く」

十三階事件、そしてコロンビア事件。一連の事件を滔々《とうとう》と述べ、「やれやれ」で久間は締めくくった。コーヒーを味わいながら、「黒江は元気か」と尋ねる。

「おかげさまで。斉川が良く面倒を見てくれています」

「で？ 佐倉はどこからやってきたスパイだ。佐倉を水攻めにしたいところだが、柏原の身柄が取られたとなるとな」

「そもそも十三階がありません。少数精鋭で行くとなると、天方美月議員が大嫌いな非合法活動を駆使していくしかないです」

「たかだか二十代の小娘相手に、なにを手こずっているんだ」

お叱りを受けた。古池と美月の微妙な関係を知らないはずだが、ようは、さっさと美月を懐柔し佐倉を潰して十三階を立て直せと言っているのだ。

「コロンビアの方の人質は、相手が敵国スパイと知らずに不倫に走った藤本乃里子だろう。拉致から一か月、国民もそろそろコロンビア事件に飽きてきたようだ。そんなにそっちに力を注がなくていいから、佐倉の方に全力をあげろ。藤本君の救出は十三階が復活したあとでかまわないだろう」

「勿論、救出は後回しにしていますが、私はこのコロンビア事件の一連の流れが嫌なのです」

今日はよほど目が辛いのか、久間は目薬を取りに立ち上がった。その背中に古池は問う。

「まるで昨年の十三階事件の焼き直しのようです。あの時も誰がなんのために次々と不可解な事件を起こしているのか、最後の最後まで全貌が摑めませんでした」

「ボジンカ計画」

意味ありげに久間は言った。ボジンカ計画とは、一九九五年に露呈した、フィリピンのアル・カイーダによるテロ計画だ。民間航空機を乗っ取って米国の主要機関に墜落させるというものだったが、幸い、アジトで製造中の爆弾が爆発して火事となったことで、フィリピン当局が計画を知ることとなり阻止された。この計画は二〇〇一年のアメリカ同時多発テロ事件とそっくりだ。このボジンカ計画をベースに9・11は実行されたといわれている。

「忘れられないね、古池。ボジンカ計画で乗っ取られる航空機は日本のものも含まれていた。当時の私の上司はおったまげて、慌てて各国警察機関が集まる会議に向けて成田を発つことになった。そんな朝だったよ、私がサリンを吸っちゃったのはさ」

ボジンカ計画が日本であまり知られていないのは、その直後に阪神淡路大震災と世界初の化学テロ事件である地下鉄サリン事件が起こったからだ。未遂に終わった海外のテロなど話題にしている暇も報道している暇もないほど、当時日本国内は混乱していた。

「というわけだ、古池。9・11はボジンカ計画の焼き直しだった」

久間の強調に、古池はハッとする。

焼き直し――たったいま、古池自身が口走ったのだ。コロンビア事件は十三階事件の焼き直しだと。

「十三階事件は佐倉が十三階を潰すために緻密に計画を立てていた。コロンビア事件は誰かができたてほやほやの内外情報調査部を潰すために引き起こしたものでは？」

「すると黒幕は十三階関係者、ということですか。動機があるのは我々しか――」

「だとしたら、とんだ間抜けな計画だ。なにせ誘拐されたのは十三階の元校長で、交渉人に指名されたのは十三階の元ナンバー2。あからさますぎる。十三階の関係者にそんな間抜け野郎がいるのだとしたら、すぐにあぶり出して握りつぶせ」

久間が前のめりに言う。

「十三階復活の芽が完全消滅するぞ」


古池はタクシーでホテルに戻った。エレベーターに乗ったが二階で降りて、階段で十二階まで駆け上がる。尾行点検だ。

廊下に誰もいないことを確認してから、部屋に入る。ベッドのシーツをはいで、マットレスの裏側に手を這わせる。ここに来た初日に指一本入るだけの穴をあけていた。人差し指をマットレスに突っ込んで、メモリーカード十枚を次々と掻きだしていく。

古池と律子が残した十三階資料の直近五年分を圧縮したデータだ。それ以外はデータにすら残せず、破棄した。

古池はメモリーカードをタブレット端末に差し込み、圧縮データを解凍していった。資料画像を集約していく。この中には作業員リストの他、作業員が登録している情報提供者、協力者リストも入っている。総勢千人を超える。十三階の関係者がコロンビア事件を起こしているのなら、この千人の中に、及川優月本人、またはその母である及川恵子がいるかもしれない――。

電話が鳴る。フロントからだ。出なかった。柏原が消えたことを思い出し、ここにいるべきではないと気づく。

古池はタブレットの電源を落とし、荷物をまとめて部屋を出た。かさばるスーツは置いていった。フロントでチェックアウトしながら、室内に残っている物は捨てていいとだけ話す。フロント係が「先ほどお客様が」と古池の背後に目をやる。美月がソファから立ち上がり、こちらに近づいてくるところだった。

古池は度肝を抜かれる。このタイミングで訪ねてきてしまうとは――。

いや、彼女は何も知らない。仕方がないが、とんでもなく危険な場面で来てくれたものだった。しかも目をひん剝いて怒っている。

「ちょっと。なぜチェックアウトするの！」

逃亡かと責められる。殺人容疑がかかっているのに保釈中の身であることを忘れていた。

「違います。逃亡などしません」

「エメラルド」

「は？」

美月が身を寄せて、ひっそりと古池に言う。これで古池は言うことを聞くだろう、という自信に満ちた愚かな顔で。

「佐倉のストラディバリウスよ。メディチ家が所有していた――」

「そして帝政ロシアの富豪に渡り、ソ連崩壊の際に行方知れずになったエメラルドですね。知っています」

美月は声を裏返して叫んだ。

「なぜ知っているのよ！」

あの天方美月がフロントにいる――衆目を集めていた。古池は美月の手を引き、地下駐車場へ下りた。

「ちょっと。なんなの！」

地下駐車場は声が響く。地上に通じる非常口を抜けて、美月の手を引いて駆け上がる。地下三階だったからか、美月は途中でヘロヘロになり、転びかけた。古池は彼女を引っ張り地上に出た。ちょうどやってきたタクシーに乗り込む。

「なぜ。一体これはなに！」

「シーッ。溜池山王まで」

タクシー運転手に言った。「すぐそこですよ」と返されるも、車を出させた。二十秒でタクシーを降り、美月の手を引いて地下鉄への階段を下ったり上がったりする。

「ねえ、これはなんなの」

「尾行点検です」

「手を離して。手首が痛い。ちゃんとついていくから」

多目的トイレを見つけた。人がいないのを確認し、古池は美月をそこに押し込めた。

「ちょっと！」

「人着《にんちゃく》を変えますよ」

「着替えは持っていないし、そもそもなんで尾行点検とか人着変更とかスパイみたいなことを……」

「私はスパイですよ。私に会いに来た以上、同じことをする覚悟があったんですよね」

まずいことが起こっていることを美月の返事を待たずに伝える。

「大事な話をあなたにせねばなりませんが、首相官邸でもホテルでも喫茶店でもできない話なのです。黙って私についてきてください」

古池は目立ってしまう美月の改造にはいる。美月は今日、フェラガモの黒いピンヒールを履いていた。フェラガモは佐倉が愛用しているブランドだけに、この期に及んでフェラガモを履いていることに古池は腹が立った。十万円は下らない代物だろうが、脱がせ、ヒールを床にたたきつけてねじり取る。歩きにくいだろうが、背の高い女は目立つのだ。黒いパンツスーツの裾を折りあげて膝丈にした。ブラウスの裾を出し、首周りのリボンを取ってボタンを外していく。

「本当になんなのよ……」

美月は羞恥で顔を赤くしているが、抵抗はしなかった。肌着にシンプルな黒いキャミソールを着ていた。これなら露出しても大丈夫だろうと、古池はブラウスのボタンを全て外し、裾を胸の下で縛った。ラフなお姉ちゃんのできあがりだ。

駅構内を出て、タクシーを拾う。荒川を越えて埼玉県に入ったところで古池はレンタカーを借りた。最終的に選んだのは、西川口にある場末のラブホテルだった。美月は入口の安っぽいネオンと、休憩や宿泊の料金が記された看板を見て、立ちすくんでいる。古池は問答無用で彼女を部屋へ連れ込んだ。

美月は大きなベッドのすぐ脇にある性玩具の自動販売機を見ないように背を向けて、まずはブラウスの結び目をほどき、素早くボタンを嵌《は》めていく。「一体なにがどうなってるの！」と古池を問い詰めた。

「佐倉の周辺に浮上した不審者を尾行していた作業員が一人、消えました」

美月は手を止める。

「消えた……？」

「ええ。連絡も一切取れなくなりました」

古池は加藤瑞希と、彼女を尾行していた柏原について説明した。佐倉のバックにはロシア、中国、北朝鮮あたりの国家的規模のインテリジェンス組織があると教える。

「柏原は敵方の組織に捕らえられたと思われます。こうなった場合、関係していた作業員――私や南野は姿を消すしかありません。しかし私は保釈中の身ですから、身を隠すことができません。一方で、佐倉やそのバックの組織が対策本部でなにかをしでかすそぶりは見えません。これまで通り、コロンビア事件の対応にはあたります」

古池はひと呼吸おいて、続ける。

「ただ、プライベートではそうはいきません。これからはホテルの連泊は無理、宿泊先もあなたにも言うことはできなくなります。いいですね？」

「わかった。私にできることならなんでも言って。それにしても、たったそれだけを私に伝えるためだけにこんな場末のラブホテルなんかに……」

「相手は国家のインテリジェンス機関ですよ。あなたはその巧妙さと人員の多さ、規模の大きさを知らなすぎる」

知らないから、あっさり十三階の存在を暴露し、潰してしまったのだろうが。

「それから、エメラルドの件です。名前を聞き出してくれてありがとうございました。しかしあなたがこれを把握したのは三週間前だ」

美月が眉をひそめる。

「なぜ知っているの」

「なぜ三週間も黙っていたんですか。なぜすぐに教えていただけなかったのでしょう」

美月はとても気まずそうな顔をして、目を逸らしてしまった。

「私の気を引くカードとしたかった？　だから大切な情報を出し惜しみしていたということですか」

美月は再び眉を吊り上げて反論しかけたが――飲み込んで、うつむいてしまった。

「私は忙しいのです」

古池の言葉に、美月はとても傷ついた顔をした。

「あなたのラブゲームに付き合っている暇はない。きっぱり諦めていただくか、それが無理ならここで記念に一度セックスをしますか？　それであなたの気が済むのなら——」

ビンタが飛んできた。予想していたから受け止め、叩かせてやった。古池は静かに、彼女を見据える。

一刻も早く、彼女を完全に服従させるべきだった。佐倉の件で情報を出し惜しみされるのはかなわない。

今日、寝る。いまからセックスをして完全に落とすと古池は決めていた。

古池に厳しく見つめられ、美月は表情をふにゃあと歪ませて泣き崩れた。古池はさっと抱きかかえた。十三階を潰したことへの後悔の念と、古池への叶わぬ恋でぐちゃぐちゃになっているお嬢様の反応を、注意深く観察する。美月は古池に身を任せて泣くばかりだ。自暴自棄で、もうあなたの好きにしてとでも言いたげな態度だった。古池は薄汚いベッドにお嬢様を恭《うやうや》しく横たわらせる。美月の腕が古池の首に絡みついてきたので、求められていると判断した。古池は覆いかぶさった。あちらから唇に吸い付いてきた。今日は存分に応えてやり、いやらしく、彼女の唇を舐め、嚙み、舌を絡ませ合った。

古池の首に回っていた美月の腕が背中を滑り、やがて古池の胸元に来た。いちど唇を離し、美月は夢中になった様子で古池のワイシャツのボタンを外し始めた。彼女はずっと古池の右胸の傷を気にしていた。なぜ彼女が拷問で抉れた古傷をこれほどまでに求めるのかよくわからないが、古池は晒してやった。気色悪くへこみ薄桃色に痛々しく広がる右胸の傷痕を美月はじっと見つめ、左手で傷痕に触れる。古池の右胸も醜いが、美月のケロイドの残る左手も醜い。美月は、きのこが生えただけのようになった小さな人差し指で、古池の抉れた傷痕を撫で、涙ぐんだ。

なぜ——と古池は美月の顔をまともに見つめる。美月も潤んだ瞳で見返してきた。

「……」

「……」

二人の唇が再び吸い付いていた。

この女と古池が寝るのは、組織の利潤の追求だ。十三階を潰した張本人に屈辱を味わわせ、復讐欲を満たす行為でもある。尊敬し、ひれ伏し続けた元総理大臣の令嬢を隷属させるという悦びも少しあった。

この男、あの女とセックスをする、そういう予感めいたものが当たると豪語していた女がいた。妻の律子だ。古池は美月のブラウスを脱がし、キャミソールを首まで上げてブラジャーのホックを外しその乳首に吸い付きながら、律子は古池と美月のそれを見抜いていたのかなと思い至る。これまで協力者の女と夫が寝ていることを知っても律子は平気な顔をしていたし、自分だって情報取りのために様々な男の体を通り過ぎていった。古池と美月についてはやり取りするだけで異常なまでに嫌がっていた。あの二人はただ寝るだけでは終わらないという直感が律子にあったということだろうか。古池は自らスラックスのベルトを外しながら、いま、自分が律子のことを思い出そうとして必死になってしまっていることに気が付いた。

美月は涙を頰に乗せたままで混乱している様子ながら、夢中になって古池の硬く屹立したそれに食らいついてきた。とても切なげに山型の眉毛をハの字にしならせてしゃぶりつく。一度唇を離し、古池のペニスの脇でえずいた。大丈夫かと背中をさすると、「好きで好きでたまらない」と美月は涙目で訴えた。再び目を閉じて、必死に喉の奥まで古池のペニスをいれようと頑張っている。

古池はベッドの上に仰臥し、汚い天井を見る。古池は律子に咥《くわ》えさせたこともないし、強要もしたことがない。一度、律子はしようとしていた、そう、あれは彼女がまだ大学生だったときで……彼女は顎がとても小さいので、痛々しかったからすぐにやめさせたのだ。

古池は、顔のそばに美月の尻があるのに気が付いた。律子を思い出したからか、美月のなにかしてほしそうな尻に嫌悪感を持った。そうなのだこれでいいのだ、これは十三階復活のための任務なのだと改めて自分に言い聞かせ、古池は美月のスラックスを脱がせ、ストッキングを引き裂いた。爪に繊維が入り込んでイライラする。そう、古池は美月に腹が立っている。憎むべきなのだ。黒い下着の隙間から手を這わすと無様なまでによく濡れていた。古池は左半身を起こし、四つん這いになっている美月を横向きにさせた。左足首を摑み高く持ち上げて、更に大きくストッキングを引き裂いた。美月が滴《したた》らせているスケベな汁を飲み、舌と唇で存分にその入り口を吸い上げていった。

体裁は整っただろう。古池は美月を憎んでいる。痛めつけるぐらいの気持ちでこの性行為に臨まなくてはならないのだ。美月を仰向けにしてストッキングも下着も脱がした。ブラウスもブラジャーもはぎ取って全裸にした。かつて彼女の母親の死体を処理せねばならなかった日のことをふいに思い出した。乳首の色や形が全く同じだった。この女とだけは絶対に寝てはいけないという神のお告げを聞いた気分だった。

――引き返せなくなるぞ。

律子の声が蘇《よみがえ》る。

――あの女だけは嫌なの。

古池はまた、まともに美月と目を合わせてしまった。

「……」

「……」

美月の手が、ペニスを入れかけていた古池の下半身を押しとどめる。

「なぜするの？　愛しているから？」

「憎んでいるからだ」

古池は即答した。美月は「わかったわ」と涙を堪《こら》えた顔で古池の腕の間をすり抜けた。衣類をつかんでシャワールームの方へ消えた。扉がぴしゃりと閉まる音がした。わんわん泣く声がする。

古池はしばらく裸のままベッドに膝をつき、拳を握りしめていた。なにを堪えているのか

を出た。
扉一枚隔てた向こうで、美月が泣いている。古池は歯を磨き、衣類を身に着けてラブホテル
を認識すべきではなく、古池は立ち上がり、洗面台で美月の唾液にまみれたペニスを洗った。

私の力を思い知らせてやる。
佐倉はエメラルドと名付けられたストラディバリウスを弾き荒らしていた。佐倉にとって
このバイオリンは〈貴婦人の律子〉、そのボディに走る性感帯を鞭で――弓でくすぐり倒す。
佐倉の大切なパートナーを柏原圭司とかいう神奈川県警の公安刑事が付け回していた。十三
階がないいま、神奈川県警如きがひとりで佐倉のパートナーに辿り着けたはずがない。律子
がバックにいるのだ。思い知らせてやらねばならない。
パガニーニの『ラ・カンパネラ』を、絶叫する柏原のために演奏してやっていた。
音楽スタジオ、ブルーポール南青山にいる。
防音完備、しかも深夜一時ときた。誰もいやしない、ビルの外どころか廊下に出ても声も
音も一切聞こえないというのに――柏原は口の中に突っ込まれた布を唾液でべたべたに汚し、
喉で悲鳴を上げている。
「だから、脚を閉じるなって言ったでしょう。私の顔にあたったらどうしてくれるのよッ」
加藤瑞希が柏原の脛《すね》をハイヒールで蹴り、ヒールでその腹を踏み潰した。
柏原はTシャツ一枚だけの姿になっている。下は何も身に着けていない。ピアノ椅子に括《くく》

りつけられていたが、ついさっき加藤瑞希が椅子を背もたれからひっくり返した。後頭部を強打し、意識が朦朧としているようだった。本当は、いつか古池が極左テロ組織の男にそうされたように全裸にしていたぶってやりたいのだが、柏原がsavior――救世主というあまりに面白いTシャツを着ていたので、脱がすのは惜しかった。

柏原の陰毛から少し焦げ臭いにおいがした。よく見ると焦げているのはペニスの皮だった。爪を剥がすとか電流を流すとかの初歩的な拷問を加藤瑞希は好まないようで、いきなり男の急所から攻めた。スタンガンを二十回当てられたペニスには水ぶくれがあちこちにできていた。焦げているところも含め、皮膚が破けて浸出液と血が溢れ出ていた。柏原のペニスが普段はどれだけのものか知らないが、激痛と恐怖ですっかり縮み上がってしまっている。スタンガンを当てる箇所がなくなると、加藤瑞希は飽きもせずに睾丸を攻めた。

「教えるのよ。黒江律子はどこにいるの」

「知らない、本当に知らな……」

加藤瑞希は容赦なく睾丸にスタンガンを当てた。うわっという絶叫とともにビーンと体をのけぞらせ、柏原は涙を流して苦しむ。一瞬でも相当な痛みだろうに、加藤瑞希は容赦なく二秒、三秒、四秒と睾丸に電流を流し続ける。

佐倉は顎にはさんだ貴婦人の律子を弓で攻め続けながら、その音色に問う。お前から出てこないと終わらないのだぞ、黒江律子。お前が遠隔操作していた作業員が死んでしまうぞ――。

加藤瑞希はスタンガンを投げ捨て、サバイバルナイフを取り出す。歯をギリギリと食いしばっていた柏原が弛緩した瞬間、『救世主』の文字が切り裂かれた。Tシャツの下から血が溢れ出てくる。柏原が再び歯茎を剝いて苦しんだ。

「では、コロンビア事件を主導しているのは一体誰なの」

「知るか、こっちが知りたい。十三階は必死に動いて捜査してるじゃないか」

「どこがよ。事実あなたはコロンビア事件を捜査するどころか、私とこうして乳繰《ちちく》り合っているじゃない」

加藤瑞希が血のついた手でナイフを持ち替え、柏原の、毛の生えた乳輪の上に転がす。

「これは乳繰り合うとは言わんだろ……あんたの乳を俺に吸わせてから言うんだな」

加藤瑞希はサバイバルナイフを横にざくっと滑らせた。柏原が絶叫し、その口の中に胸から噴き出た血の一部が入る。血まみれの乳首が宙を飛び、佐倉の革靴の近くに飛んできた。

「コロンビア事件の黒幕は誰。あなた方十三階が仕掛けたんでしょう？」

あまりの痛みと自分の乳首が宙を飛んでいった衝撃からか、柏原は震え出した。答えない。

「事実、古池はコロンビア事件があったから保釈された。そしてそれを利用して佐倉さんを付け回し、私に辿り着いたんでしょう？　つまりコロンビア事件がなかったらあなた方は私の存在に気が付くはずもなかった。コロンビア事件はあなた方のでっち上げ！」

加藤瑞希はナイフを捨て、スタンガンを拾った。乳首があったところは抉られ血だまりになっている。彼女は容赦なくそこにスタンガンの電流を流した。柏原の絶叫で、バイオリンの美しいビブラートが台無しだった。本当は体を動かして痛みを発散させたいだろうに、柏原は手足を椅子の脚に拘束されているから、唯一自由になるのは足の指だけだった。大の男の足の指が悩ましく伸びたり縮こまったりするさまを見ているのはなかなか小気味よかった。

「言って。黒江律子はインドのどこにいるの」

柏原は頑として言わない。加藤瑞希が再びナイフを持つ。

「やだわ、おちんちんの皮がじゅくじゅくしすぎて不潔ね。皮、剝がしちゃう？」

瑞希は陰毛に埋もれた柏原の縮こまったペニスを根本から立ち上げた。

「やめろ……！」

柏原のペニスの裏側にナイフの刃が滑り、赤い血が直線となって現れる。その直線の切り込みから刃先を皮の下に滑り込ませる。皮が引っ張られてナイフの形になりちぎれた。本当にペニスの皮を剝ごうとしている。柏原は絶叫し、涙を流して「マイソール！　マイソール！」と叫んだ。地名のようだ。

「インドのＩＴ都市バンガロールの南側にある高山地帯だ。気候がよく、自然が溢れ……インド人に人気の、新婚旅行先なんだそうだ……」

律子は幼子の慎太朗を抱えていまはそこにいる。言ってしまったことがペニスの皮を切り開かれることよりもショッキングだったらしい。柏原はそこで気絶した。

太陽が南天の空に上がり、木洩れ日とは思えない日差しが乃里子に降り注いでいた。

見張り役の女ゲリラ二人――アメリとニキータは、サングラスをかけているので余裕の表情だ。乃里子は目を開けるのも辛い。東京にいたころは日焼けしないようにしていたし、そもそも屋内にいることが多かったので、肌は白かった。いまは日に焼けて真っ黒だ。一部は赤くなりヒリヒリと痛むが、南米コロンビアの密林にクールジェルを売っているドラッグストアはないし、日焼け止めが手に入るコンビニもない。ここから五分ほど下山したところにある湖につかって体をクールダウンさせたいが、水浴びは週三回までと決められている。ヒリヒリする痛みを耐え忍ぶほかなかった。

テントの中は、地面の上に木の葉を敷いただけで、熱や湿気がこもりやすい。サウナのようだった。出入口近くに腰を下ろし、後頭部と背中を直射日光から守りながら、顔を太陽に焼かれている状態だった。アメリに声をかけられる。

「眩しいわね」

「目玉から火が出そうだよ」

くすりとアメリが笑う。

コロンビアに赴任してもうすぐ一年、拉致されてもう一か月経っているらしいが、気持ち的には三か月にも三年にも感じるほど、日本は遠くなってしまった。移動のない日は暇なので、スペイン語の勉強に精が出た。アメリからも積極的に日常会話を習った。

勉強熱心な乃里子にアメリは驚いていたが、東大法学部出の人間の勉強の仕方はこんなものじゃない。辞書くらいの分厚さがある参考書は二日で終わらせ、二度、三度とボロボロになるまで解き直す。それがまた楽しくもある。そこまで勉強に入れこむ人間じゃないと東大法学部には入れない。乃里子はそんな乃里子に刺激されたようで「私も英語を習いたいな」と言った。乃里子は喜んで英語を教えてやった。日本語も覚えたいと欲を出してきたときは、ぴしゃりと跳ねのけた。

「あなたの人生に日本語が必要とされる場面が来るとは思えない。英語もそうだけど、もっと学問全般の基礎を学びなさい」

　乃里子はアメリに算数も教えるようになった。ニキータはくわえ煙草で、青空教室を鼻で笑って見ていたが、乃里子のスペイン語は飛躍的に向上した。会話も成立するようになった。

「サングラスの予備はないか？　目が本当に辛い」

　アメリが自分のテントに入り、サングラスを手に戻ってきた。ニキータはそれを見て、大笑いだ。ピンクの縁がついたパーティ用のサングラスだった。ニューイヤーを祝うためのものだったのだろう、眼鏡の上部には『２０１６』と西暦の数字が載っていた。

「なんだよこれは……」

　乃里子は嘆いたが、ないよりはましか。せっかくアメリがくれたし、クールなニキータが珍しく笑っているので、かけてみることにした。女性ゲリラ二人は腹を抱える。

「ノリコ！　かわいいよ。似合う！」

「そんなサングラスをかけちゃうなんて。日本人って真面目なんじゃないの？」

「私は充分真面目なつもりだけどね」

先のテントから上半身裸の男性ゲリラがやってきて「シッ」とやかましそうに睨む。ノリコを見て目を丸くし、結局は腹のシックスパックを震わせて笑い転げた。

「どうしてそんなに笑うんだ。似合うからか？　それとも古すぎるからか？　西暦2016年じゃあな」

二〇一六年――いまから五年前。乃里子は四十歳、兵庫県警察本部で刑事部長をやっていた。十三階は北陸新幹線爆破テロ事件を仕掛けた『名もなき戦士団』との泥仕合を繰り広げていたころか。

アメリが乃里子の隣に座り、水筒をくれた。さっき水場で汲んできたものらしく、よく冷えて甘い味がした。

「そんなサングラスをかけて、難しい顔。なにを考えているの？」

スペイン語で訊かれた。

「マイ2016」

あなたのは、と彼女に尋ねてみる。アメリは遠い目になり、「イレブン・イヤーズ・オールド」と英語で答えた。

「……まだ十一歳だったの？」

たったの五年前に十一歳だった少女が、もうこんなにボインになって尻を振り銃をぶっ放しているのか。

「2016、サントス。ピース。ノベル」

二〇一六年、当時のコロンビア大統領のサントスがFARCとの和平交渉の功績を認められ、ノーベル平和賞を受賞したことを言っているのだろう。実際に和平交渉が始まったのはそのずっと前で足かけ四年もかかったのに、国民投票で和平合意が否決されるという憂き目にあっていた。暗礁に乗り上げた和平合意の後押しをしたのはノーベル財団だろう。サントスにノーベル平和賞を与えることで、二度と平和は訪れないと絶望したコロンビア国民を鼓舞し、とうとう、長い内戦の歴史に終止符を打たせたのだ。

「父がかけていたの。平和、おめでとうって。お祭りがあってね」

ノーベル平和賞授与が発表されてコロンビア国内はお祭り騒ぎだったのだろう。コロンビアの平和国家の礎の年になると、この2016のサングラスが飛ぶように売れたらしい。みんな町へ出てこれをかけクンビアを踊ったという。

だが――。

結局、アメリは武装蜂起した。政府が提示した元ゲリラの社会的優遇措置を捨て、密林にこもり、活動資金欲しさにいまこうして乃里子を人質に取って日本政府に三十億円を要求しているのだ。

「これは、宝物かしら」

だからこの密林の移動生活でも大事に持ち歩く。アメリは「シィ」と深刻そうに頷いた。

「和平合意を大切に思っている。ならばなぜ、武器を持つの?」

アメリがじっと乃里子に視線を注いだあと、早口のスペイン語でまくし立てた。乃里子は慌てて止めた。

「もっとゆっくり。理解できない」

彼女は止まらない。とても感情的になっている。ニキータが心配そうにアメリのヒステリーを見ている。英語のできる小隊長を連れてきた。通訳が必要だと思ったようだ。

「彼女の父親の話だ。あなたはチョコ県を知っている？」

小隊長に英語で尋ねられた。コロンビア北部にある、中米のパナマとの国境地域だ。湿原が広がり、沼や池で覆われて、陸地がほとんどない。人もあまり住みつかない場所であり、生物の宝庫、自然の楽園だ。

「彼女はチョコ県の生まれなんだ。パン・アメリカン・ハイウェイのことは知っているか？」

「勿論。北米大陸から南米大陸までを繋ぐ、国境を跨いだハイウェイだね」

北はアメリカのアラスカ州フェアバンクスを起点に、カナダに入って再びアメリカを経由し、メキシコ、グアテマラ……と中米の国々を突っ切り、パナマへと繋がる。コロンビアやエクアドルのアンデス山脈を抜け、やがて南米大陸最南端の国、チリのプエルトモントに至る。

「途中、分断箇所があるのを知っているか？」

「ああ。チョコ県のところだね」

パナマとコロンビアのハイウェイは、実は繋がっていないのだ。湿原地帯だけに技術的にハイウェイを通すことが困難だからと大使館の前任者から聞いたことがある。

「彼女の父親は測量士で、パン・アメリカン・ハイウェイの分断箇所に橋をかけて、全アメリカ大陸を繋ぐことを夢見ていたんだよ」

乃里子はちらりとアメリを見た。彼女は大きな黒い瞳でじっと乃里子を見据えている。

「けれど長引く内戦でそれどころではなくてね。やっと二〇一六年に内戦が終わり彼女の父親は再びパン・アメリカン・ハイウェイ計画を進めようとした。チョコ県の有力者を訪れて回っていたところを、右派パラミリタ－レスの残党に惨殺されたんだ」

「なぜ」

「FARCの元ゲリラがチョコ県に潜伏していた。間違えられたんだろう。父親も彼女も、内戦中からFARCとは一切の関わりがなかったのに」

主を失い、彼女の一家は路頭に迷ったが、政府に訴えても支援はなく、犯人も捕まらなかった。

「不憫に思ったアポストル将校が、彼女を引き取ったんだ。母親は自殺したんだったかな。一人生き残った彼女に食べ物と寝床を与え、勉強を教えた。アポストル将校は立派な人だ。社会に出て差別される元ゲリラ、殺される元ゲリラの遺族の支援を続け、彼らの期待に応える形でS－26を設立した」

アメリはスペイン語で乃里子に言い放った——私に平和が訪れることは永遠にない、と。

「生きることは、戦いなの」

一発の銃声がとどろいた。

乃里子はびくりと肩が震えた。通訳の小隊長がすぐさまけん銃を抜きながら立ち上がり、銃声の方へ駆けだす。ニキータは自動小銃の安全装置を外し、アメリも素早くけん銃を構えた。テントの中に隠れろと言われる。乃里子は身を翻《ひるがえ》してテントに入り、出入口のファスナーを閉めた。銃声が再び聞こえ、男の怒号が響き渡る。

戦闘だ。

政府軍か、警察か。右派パラミリタ—レスの残党か。もしくは、乃里子の救出部隊か。

怒号と銃声がどんどん近づいてくる。刃物が擦れ合う音や、男の悲鳴も聞こえる。

「ノリコ・フジモト！　ノリコ・フジモト！」

聞き覚えのないだみ声が、乃里子の氏名を連呼していた。救出部隊か。それならテントから出るべきだが、銃弾の雨の中に飛び出すことはできない。

十秒ほどで銃弾の音は止んだ。スペイン語の言い争いが始まっていた。どうやら、S－26と救出部隊が話し合いを始めているようだった。もう内戦の時代は終わったのだ。彼らは交戦せず、話し合いで乃里子を引き渡しさせようとしているのかもしれない。

乃里子はそうっと、テントのファスナーを開けた。

二十メートルほど先に、木々の隙間から見え隠れする人物がいた。全身タトゥーの二人組の男だった。黒いタンクトップに、黒いニッカーボッカーズのようなものを穿いていた。明らかにゲリラとは違う。背中になにか背負っている。中南米の山刀であるマチェテのようだった。彼らは顔にまでタトゥーが入っていた。一人は左頬に赤い薔薇《ばら》、右頬に青い骸骨の刺青《いれずみ》が入っている。

目が合った。

顔に薔薇と骸骨を描いた男が目を血走らせてなにか叫び、背中のマチェテを抜いた。大きく振りあげ、乃里子のテントへ突進してくる。

乃里子は咄嗟に両手を挙げた。逃げるべきという気がしていたが、恐怖で腰が抜けて動けなくなっていた。

——助けにきたんだよね？　全身に恐ろしいほどに刺青が入っているけど、警察か軍隊の人間だよね？

祈るように、薔薇と骸骨の男を見るしかない。男二人は凄まじい殺気を放ち、走ってくる。ふいに乃里子は腰が浮いた。逃げろと直感が言っている。あの男は乃里子を救出に来たのではない。

殺しに来たのだ。

マチェテが振り下ろされる。ニキータとアメリが薔薇と骸骨の男にやめろと叫びながら発砲する。乃里子はテントの中に入ったが、マチェテでテントの出入口が斜めに切り裂かれ、背面は銃弾でぶつぶつと穴が開いていく。銃弾の雨でぼろきれになったテントが崩れてきて、乃里子の視界を遮《さえぎ》る。乃里子はテントに包まれて、前後左右がわからなくなった。もがいているうちに足首を摑まれ、地面にひきずりだされた。男が二人がかりで乃里子をうつ伏せに押さえつけた。もう一人の男は右肩に薔薇、左肩に骸骨がいた。レイプされるのだと思った。及川優月のように斬首されるのだと思った。

振り上げられたマチェテが木漏れ日を受けてぎらりと光った。


首相官邸のコロンビア事件対策本部に、アポストル将校の喚き声が炸裂していた。スピーカーの音が割れる勢いだ。

「一刻も早く身代金を払ってノリコを解放させろ！　少しくらいなら負ける。頼むから交渉のテーブルについてくれ」

藤本乃里子が別の勢力から命を狙われたという情報が入った。対策本部は書類と人が入り乱れてパニック状態だ。いまはS－26と電話がつながり、対策本部に入ってきた官僚や政治家、捜査員たちは神妙に聞き耳を立てている。

古池は淡々とゲリラに言い返す。

「解放させろと言われましても、解放するのはあなた方であり、我々ではありませんよ」

「百億ペソだ！」

いきなり三億円に負けてきた。当初の要求額は三十億円だった。

「何度も言っている。日本政府はテロリストやゲリラとは交渉しない。日本政府は一円たりとも払う用意はない」

「ふざけるな！　ノリコは本当に押さえつけられ、斬首されかけたんだぞ！　我々のコマンドが射殺しなかったら、いまごろユヅキ・オイカワと同じ末路を辿っていた！」

「エル・ヒバロがあなた方の宿営地を狙ったということか！」

佐倉が通話に割り込んできた。目をひん剝いて、興奮している。その目玉の奥の醒《さ》めた色に、古池は気がつく。佐倉は去年までコンゲームの支配者だったが、それとわかって改めて観察してみると、実に大袈裟で気障《きざ》な言動が多い。笑みを絶やさないが目の奥は笑っていないし、激怒し口角泡を飛ばしているときに限って目がにやけている。

でしゃばる佐倉の胸を古池は乱暴に突いた。佐倉はまたしてもよろめく。まともに組み合ったら秒で抹殺できる相手なのだが、背後に巨大な黒い影がある以上、生かしておかなくては陰謀を暴けない。

「交渉人は私です。口を挟まないでください」

「そうは言っても全く交渉をしていないじゃないか。そしてとうとう他の組織にまで藤本君は命を狙われた。幸い、S‐26が守ってくれたようだが、及川優月の二の舞になるところだった。君は交渉を失敗させ再び日本政府に恥をかかせたいのか！」

なかなか大袈裟に喚いてくれる。本当は失敗してほしいと思っているくせに――なるほど、古池はこの佐倉の仰々しい振る舞いに納得がいった。

乃里子に刺客を送り込んだのは佐倉か。一連の誘拐事件はエル・ヒバロの仕業ではないと判明しているのに、あえてその名前を出したのもカムフラージュか。

古池はアポストル将校との通話に戻る。

「相手は確かにノリコ・フジモトの首をはねようとしていたんですね？」

「そう。二人がかりでマチェテを使って、だ。突然我々の宿営地にやってきて――」

「麻薬カルテルのエル・ヒバロですか？」

「違う。エル・ヒバロではなく、あれは間違いなくロサ・イー・フセスだ」

新たな組織名が出てきた。柳田や三部をはじめとする分析官はすぐにパソコンで調査を始めた。

「それはどのような組織ですか」

「パラミリターレスの残党から分派した、首都ボゴタに根城を置く若いギャングだ」

今度は右派ギャングか。ロサ・イー・フセスは、スペイン語で『薔薇と骸骨』という意味だと三部が古池に教えた。首狩り族の名をまねた麻薬カルテルとか、右派のギャングとか、コロンビアは相変わらず物騒なところだ。

「で？　なぜその右派のギャングがしゃしゃり出てきたんですか。人質の横取りで身代金をせしめるつもりだったのですか」

「それは違うと思う。明らかにノリコ・フジモトの身柄ではなく命を狙っていた。まっすぐ彼女のテントに向かって彼女を取り押さえ、首をはねようとしていた」

乃里子は本当に生存しているのか。古池は疑わしく思い、「本人といま直接話ができますか」と尋ねる。返事はなく、受話器をやり取りしている雑音が聞こえ「もしもし」と女の声が届く。確かに乃里子の声だ。生きている。

「古池です。大変な日に遭われたと。お怪我は？」

「ない」

ずいぶんぶっきらぼうな返事をする。

「ロサ・イー・フセスなるギャングに首をはねられそうになったと聞きました。誘拐される前にそちらのギャングと関わったことは？」

「ない」

乃里子は言葉が少ない。放心状態か。

「藤本参事官。日本政府はいまのところ、ゲリラとは交渉しないというスタンスを――」

「当たり前だ」

再び殊勝な言葉が始まる。声は震えていた。

「この期に及んで体制に迷惑はかけたくない。身代金は払うな。国家が犯罪組織と交渉してはならない」

「もちろんそのつもりです」

沈黙。受話口を押さえ、嗚咽《おえつ》を押し殺している乃里子の姿が浮かぶ。古池は「このままお待ちください」と言い、目の前で腕を組んでいる栗山に頷いた。

栗山は対策本部を出て行き、十五秒で戻ってきた。三人の親子を連れている。先頭に立つ男は、銀縁眼鏡をかけた痩せた小男だった。対策本部の独特の熱気に圧倒されたようで、入り口で立ち止まったが――後ろに続く二人の子供の手前か、胸を張る。頭は下げた。

「妻がご迷惑をおかけしております。人事院の藤本浩平《こうへい》と申します」

背後に立つ長男は小学校六年生、小さな父親の身長を超している。背丈も顔つきも乃里子とよく似ていて、賢そうな少年だった。後ろの長女は小学校四年生だ。顔は父親の生き写しで、おどおどしている。兄のポロシャツの裾を幼児のようにひっつかんでいた。

古池は乃里子に問いかけた。

「藤本参事官、今日はご家族が来ています」

「えっ」

乃里子は相当にたじろいだ様子だった。どのような家庭を築いていたのか古池は知る由《よし》もないが、あっさり佐倉とベッドを共にしていたことにしろ、夫婦仲は冷めきっていたはずだ。古池はちらりと佐倉を見た。神妙な顔を作っているが、その仮面の下で寝取った女の夫を嘲《あざけ》り笑っているようにも見えた。

古池はマイクの前のスペースをあけて、椅子を引いた。乃里子の夫は頭を下げて座り、咳払いをした。「乃里子さん?」と妻を呼ぶ。乃里子から返事は聞こえてこないが、吐息が漏れ受話器の音が割れる。乃里子の夫は長男の腕を引き寄せ、長女の肩を抱いて、マイクの方に促した。

「お母さん」

「ママ」

息子と娘の声は震えている。娘は言った途端に嗚咽を漏らして泣き出した。長男は目を真っ赤にして、必死に泣くまいと口を閉ざす。言葉が続かないようだった。

「ママ、早く帰ってきて……」

小学生の女児が泣きながら言う言葉に、対策本部の何人かも目頭を押さえた。長男がやっと言葉を継ぐ。

「お母さん。大丈夫？」

「寛人《ひろと》──」

電話の向こうで、乃里子が息子の名を口にした途端、わっと泣きだした。あの女も泣くことがあるのだ。

「ごめんね、寛人。受験の邪魔をして……お母さんのことは心配しないで」

「邪魔なんて言わないでよッ、そんなこと思ってないから。早く帰ってきて……」

「ごめんね、ごめんね。美智《みち》をよろしくね、まだ小さいから、お兄ちゃんが助けてやって」

「お母さぁんッ……！」

長男がマイクの前で泣き崩れた。夫は銀縁眼鏡の内側を涙の飛沫で汚しながら、妻に語りかけた。

「乃里子さん、こっちのことは心配しないで。寛人の受験も大丈夫、僕がちゃんと見ているし、美智もテニスを頑張っているよ。だから体に気をつけて。きっと解放される日がくるから、日本に帰れる日がくるから……」

佐倉が人質家族に近づいてきた。号泣し、ハンカチで目元を覆っている。

「藤本さん、寛人君、美智ちゃん、大丈夫。我々対策本部が全力で、お母さんを助けるからね」

佐倉が両腕を広げ、小学生の子供たちを抱きしめようとしていた。古池は無意識に体が動いていた。佐倉の腕を強く摑み上げ、対策本部から引きずり出す。扉を勢いよく閉めたところで、佐倉の襟をネクタイごと摑み上げて廊下の壁に叩きつけた。

「お前、あの家族に二度と触れるな！」

佐倉は恐怖に縮み上がった顔をしたが——古池がみぞおちにパンチを入れたり、殴ったりしないとわかるや、にたぁと笑った。

「——君こそ、もう天方元総理大臣のご令嬢とは寝たのか？」

「……」

「君と僕。同じ穴の狢《むじな》だ」

古池は佐倉の股間に膝蹴りを入れた。今日も佐倉はもろに食らい、ひいいと喉を鳴らして廊下にくずおれた。

乃里子は家族の声を聞いたことで、態度を翻した。身代金を払ってくれ、三億なら安いもんだろう、と交渉人の古池に泣きつく。身代金は払えないが、今後もS‐26と解放に向けて交渉を続けていくと古池が繰り返すと、お前なんかワニに食われて丸焼きにされろと意味不明な悪態をついた。

対策本部は家族の涙のやり取りを見てから、空気が変わった。コロンビア政府と警察にもっと強く掛け合い特殊部隊による救出作戦を本格化させるべきだと意見が出た。首相補佐官の新田はよほど子供たちのけなげな姿に打たれたようで、提案する。

「コロンビア政府軍が特殊部隊を出すその支援金という名目で、機密費を三億円ほど出すのはどうだ」

つまり新田は、その金をコロンビア政府に渡し、身代金としてS-26に払ってもらうように働きかけるつもりなのだ。会議室で政治家たちにも伝えられたが、賛否両論、意見が真っ二つに割れてまとまらなかった。

人質の命のためなら——と最も強く賛成しそうな美月は、黙り込んだままだった。ラブホテルで互いの性器を舐め合ったのは二日前のことだ。バスルームで泣いていた美月がどうやって永田町に戻ったのか知らないが、対策本部では冷静沈着な顔をしている。古池と目を合わせることはなく、会議でも乃里子の救出について最後まで意見を出さなかった。物思いにふけっていて、心ここにあらずなのがわかったが、それが色恋やプライベートのこと、つきつめて言えば古池のことでないのは明らかだった。眉間に皺を寄せ、非常に難しい顔をしている。美しい弧を描く山型の眉毛に男性的な力が宿っていた。

二時間の議論の末、コロンビア政府軍に対する三億円の支援金拠出については、結論が先送りになった。次の会議は十二時間後だ。その間に新田をはじめとする支援金拠出派は、コロンビア政府に三億円捻出した場合に果たしてそれが確実にS-26に渡るのかを検討する。

その道筋が見えてきたところで再び論議するのだ。

古池が柳田と共にプロジェクターの片付けをしていると、美月のハイヒールの足が近づいてきた。今日はサテン地で美しいビジューのついたマノロ・ブラニクのハイヒールを履いている。

「古池」

ぎょっとしたのは柳田だった。古池もいくばくか、心を逆撫でされる。美月に呼び捨てにされるのはこれが初めてだった。目つきにとげはないが、下僕を見下す女王のような目をしている。

「外務省の私の執務室に来て」

「ご用件は」

「私の執務室に来て。いますぐ」

「ですから、ご用件は」

「私の執務室に来なさい。いますぐ」

古池が黙り込んだのを満足げに一瞥し、美月は踵を返して部屋を後にした。

用件がわからないので、古池は手ぶらで首相官邸を出た。タクシーを拾い、外務省に向かう。受付で訪問先を伝えるとあっさり入館証を渡された。

昭和に建てられた外務省は古臭いだけで、法務省の赤レンガ庁舎のような威厳がない。エレベーターはのろまで天井が低く、古池はそれだけでイライラした。

　フロア図を見て副大臣室に向かう。ノックをすると秘書官が出てきて、古池を中に通した。七階にある副大臣執務室の窓からは中庭の豊かな緑を見下ろせる。そこにはかつてカミソリ大臣という異名を取った外交の父・陸奥《むつ》宗光《むねみつ》の銅像がある。通りを挟んだ向かい側は警察庁が入る中央合同庁舎2号館だ。

　美月もたったいま戻ったところか、ノーカラーのジャケットをハンガーにかけて、マノロ・ブラニクのハイヒールを脱ぎ、室内用のスリッパに履き替えたところだった。古池が現れても見向きもしない。豪華なソファセットに座ることすら許可しなかった。

　しばらく無言の時間が続いたあと、秘書官が茶を持ってきた。美月が客人と歓談する様子がないので、どこに茶を置こうか迷っている。美月は古池の肩越しに言った。

「お茶はいらないわ。この方、すぐに帰るから」

「ご用件は？」

　美月は古池の問いに答えようとしない。「扉を閉めて！」と厳しく秘書官に言う。古池には顎で指図した。

「前へ」

　古池は「忙しいのですが」と言いながら、執務デスクの前に立つ。腹立たしさもあり、スラックスのポケットに手を突っ込みながらふてぶてしく前に立つと、「外務副大臣に敬意は」と冷酷に突き放された。

「あなた、ただの地方公務員でしょう？　私にそんな態度を取れる立場だと思って？」

「ベッドの上で私のいちもつをべろべろと舐めながら好きで好きでたまらないとあそこを濡らしていたのはどこの誰でしたっけ」

下品だ、侮辱だと遮られると思ったが、美月は黙っている。古池が言い終わるのを待って、突然、鼻で笑った。

「よくもあっさりと帰ってくれたわね。洗面所でペニスを洗っていたでしょう？　歯まで磨いていたわね。本当に、どこまでも女の気持ちを踏みにじる嫌な男だわ」

「それは失礼しました」

「やはりあなたとは相容れないみたい」

美月は必死に古池への敵対心を滾らせようとしているようだ。古池もその波に乗るべきだった。

「私は最初からあなたと相容れると思ったことはありません」

「私のあそこを舐めさせてもらえただけで光栄に思うことね、古池」

古池は二の句が継げなかった。こういう下品な言葉を美月が使うようになるとは思ってもみなかったのだ。去年の夏、爆弾の煤《すす》で汚れたハイヒールを古池に舐めさせようとしたように、女王気取りでそこに君臨している。あの時は、何としても勝たねばならぬという必死さが美月にはあった。いまは愛を乞う様子もなければ、古池への慕る思いで身動きが取れなくなっているふうでもない。

なるほど、彼女は強くなっている。

「で？　なぜ私をここに呼んだのです。今度こそハイヒールを舐めさせるためですか？」

「それはまたいつか必ず」

古池は踵を返そうとした。

「柏原圭司。失踪から二日経った。見つかったの？」

古池は向き直り「残念ながら」とひとこと答えた。

「いまは彼が消えたN大学国際交流学部5号館を日常的に利用する教授や学生、研究員を片っ端から――」

「一刻も早く見つけて、救出しなさい」

「わかっていますが、人も機材も足りません」

「〈救護班〉を使えばいいじゃない。かつて十三階にあって、いまは内外情報調査部に引き継がれている。救急救命士もいる」

「あの班はあくまで怪我人や急病人の救護ができるだけであり、救出の手段は持ちません」

「〈掃除班〉は？」

「あなたが去年真っ先に解体したのは〈掃除班〉でしょう。私や妻を含め、懲戒免職にした。犯罪をもみ消し証拠を隠滅していたとぷんぷんお怒りになられて――」

「それを復活させて」

古池はげんなりしつつ、言い聞かせる。

「復活させたところで、〈掃除班〉はあくまで現場の非合法活動の証拠を消し去る技術を持つのみです。敵方組織に捕らえられた作業員を救出する技術はありません」

「ではこれまで同様のトラブルがあったときにどうしていたの？　出し惜しみしていないで、早くその班を復活させて動かして！」

「そのような班はありません」

「敵方に落ちた作業員をどうするの。見捨てるとでもいうの？」

「はい」

古池はあっさりと返事をした。美月が絶句している。

「私の胸の傷を見たでしょう」

美月の喉が上下し、瞳が潤む。

「見捨てられたからああいう傷がついたのです。十三階は〈救出班〉を持ちません。それはエスピオナージの世界の常識であり、ＣＩＡもＫＧＢも、敵方に落ちた作業員を基本的には見捨てます。救出はしませ……」

美月は突如、拳をデスクに振り下ろした。

「つまらない言い訳ばかり並べるな！」

なかなかの迫力だった。官僚をこき使い無理難題を押し付ける政治家らしい貫禄が滲み出ている。

「柏原圭司を救出しろ。いますぐ！」

「ですから――」

「手段も方法も選ばない。もう二日経った。命が危ないかもしれない。どんなに黒いことをしても、卑怯なことをしても、どんな非合法活動をしてでも柏原圭司を救出しなさい！」

「……なぜさほどに柏原にこだわるのです。面識がありましたか？　もしかして彼にも興味がおありでしたか。性的な方の――」

「お前、次また私を卑猥に中傷するような口をきいたら保釈を取り消し今すぐ拘置所にぶちこむぞ！」

古池は大人しく、口にチャックをした。美月は興奮で声を震わせながら、いちいち古池を指さし、続ける。

「もう一度言う。柏原圭司を救出しろ。いまお前はそれだけに集中しなさい！」

「藤本参事官の――」

「命が危ないのはどちらだ！　彼女は武装したS‐26に守られているも同然の身。麻薬カルテルがこようが右派ギャングがこようが、かつて一国の三分の一を掌握していた組織の亜流によって守られている。だが柏原圭司は違う！」

「……」

「いま、たった一人で敵組織にいる。彼にも愛する妻と、小学生の長男と長女がいる」

「あなたの心中をお察しします。あなたの誤った決断で引き起こされた事態です。ひどく自分を責めているから必死なのでしょうが、なんでもしろ、非合法活動をしろとどの口が命令するのです」

「この口が！」

美月は真っ赤な口紅で塗られた際立つ唇をいつかのように突き出して見せたが、キスをねだるような甘さは一切なかった。

「私は間違っていた。認める。謝る！」

それが謝罪の態度かと呆《あき》れたが、古池は心にとどめておくことにした。

「これからは私が十三階を支援する。いくらでも。なんでもすると約束する。私が十三階の背後に立つ以上、ただの一人の犠牲も許さない！」

「あなたの政治生命はどうなるのです。クリーン、合法的、ガラスのような透明性をモットーにしていたあなたが、その舌の根も乾かぬうちに――」

「私の政治生命なんか、どうだっていい！　人の命がかかっているのよ！」

美月は普段の口調に戻った。途端に涙をはらはらと流す。

「十三階の作業員は『駒』じゃない。『人間』でしょう！　国家のためというきれいごとで簡単に見捨てないで！」

捨て身の発言だった。古池は言葉が出ない。圧倒されていた。

「国家は、命を捨てても体制を守ると誓った人間を、絶対に助けるべきなの……！」

古池の背筋に悪寒のようなものが走っていた。寒気ではなく、嫌悪感でもなかった。

「非難も針の筵《むしろ》も覚悟してる。次の選挙で落ちたっていい。ただ、父親を待つ子供たちにもう一度笑顔になってほしい。国家のためと拷問を受けて苦しんでいるかもしれない男を家族の下に返したいの。たとえ命が消えていようとも、骨のひとかけらになっていても、家族の下に返す。それが国家のあるべき姿でしょう！」

「……」

「どんな黒い手を使ってもいい。柏原圭司を探して」

「佐倉隆二を捕らえます」

古池は素早く答えた。佐倉は加藤瑞希と繋がっている。絶対に柏原の居場所を知っているはずだ。

「逮捕するのね。どのような罪状が必要？　どこで取調べができる？」

「逮捕も取調べもしません」

美月が口角を引きつらせた。この場でずっと強気だった美月が、初めて表情を揺るがす――さほどに、決意した古池の表情が恐ろしかったのだろう。

「非合法に拉致し、拷問にかけます」

美月の目にはっきりと迷いが見えた。

「佐倉もまたあなたが愛し守るべき日本国民ではありますが――いいですね？」

美月は唇を嚙みしめたのち、重々しく口を開く。

「許可する」

古池は踵を返そうとした。美月が付け足す。

「ただし、条件がある」

内外情報調査部に移管された五台の作業車は、警視庁新橋庁舎の地下駐車場に揃って置かれていた。宅配便、引っ越し、水道や電気工事会社などを装っている。古池はかつて頻繁に使用していた車両を、つい感慨深く撫でる。

宅配便業者の二トントラックの荷台部分に、三部が入っていた。全ての機材に電源を入れて作動確認しながら、埃《ほこり》をウェットティッシュで拭き回る。古池は隠しマイクのうち、煙草のパッケージの中に仕込まれたものを選び、耳に受信機を入れた。「テストだ」と古池は宅配便を装った作業車を降りた。隅っこに停車されていた、ベーカリーの移動販売車を装った作業車の運転席に座る。扉を閉めた。静寂が濃くなる中、胸ポケットに入れた秘聴器の電源を入れ、三部に問いかける。

「テスト、テスト。聞こえるか」

受信機から、三部の返事が聞こえてきた。「感度良好」

「十分間、動作確認だ」

「十分もおしゃべりしろってか。それじゃ聞くが、天方美月はどうなってんだ」

マイクテスト中に三部の愚痴が始まる。

「佐倉の拷問に自分も立ち会わせろだって？　拷問なんかこっちがごめん被《こうむ》りたいのに
——」

「お前は立ち会わなくていい。やるのは南野と俺だ」

「そもそも、議員先生が立ち会わないと許可できねーってのはどうなってんだ。自分の立場をわきまえてんのか」

「若気の至り、ただの暴走だ。走らせてみるのも面白いだろう。本人にもいい学びになる」

「拷問の見学が、か？　議員先生だろうがよ」

古池は鼻で笑って流した。

「お前さん、結婚してかわいい息子ができて、だいぶ丸くなったと思ったが、そういうところは変わってねーな」

「そういうところとは？」

「人の暴走に面白がって乗っかるところだよ。りっちゃんがしてきたことがいい例だが」

「感度はますます良好ということで」

古池は通信を切り、車を降りた。三部がいる宅配便業者の作業車に戻る。

三部は全ての機器の確認を終えて、もうテーブルで分析を始めていた。

「全く、ここが第二の家になりそうなデータ量だな」

古池が内密の分析を大至急で頼んでいるせいだ。対策本部でできる類のものではない。三部は復職しているわけではないので警視庁にデスクがない。しばらくはこの作業車の狭いスペースで分析するほかないのだ。

「にしても、いい視点だよ。さすがだ」

古池は三部がモニター上にずらりと並べたサムネイル画像を遠目に見る。全て、及川優月の母を名乗る『顔のない女』の画像だ。あんなにマスコミに顔を晒しておいて、顔を巧妙に隠す──だからこそ、やたらめったら『手』が写ってしまったことが、この中年の女の失敗だった。娘の解放を訴えるマイクを握る『手』、ハンカチで涙を拭く『手』、顔を覆って号泣のそぶりを見せたときには両手の甲がばっちりとテレビカメラに収まっていた。

彼女は右手の人差し指の第二関節にほくろ、そして左手の親指の付け根に直径八ミリの丸いシミがあった。

9・11はボジンカ計画の焼き直し。ではコロンビア事件は？

十三階事件で諜報員の鵜飼真奈がテロの実行犯だったように、及川恵子も十三階関係者の中にいるかもしれない。顔認証ではなく手の甲を照合して探す。まずは関係者の手の甲が写っている画像を集める。

「それにしても古池よ。これは考えようによっちゃ、パンドラの箱を開けることになりかねないぞ」

わかっている。コロンビア事件の結末のつけ方によっては、十三階の残党がとんでもない犯罪計画を企てたと糾弾されかねない。美月の耳に入ったら復活の兆しが見え始めたいまの機運が立ち消えになる可能性だってあるのだ。

「だからこそ三部、お前だけに頼んでいるんだ。やばいのが出てきたらすぐに首相官邸の対策本部に残る及川恵子の情報を削除だ」

三部は覚悟を決めた様子で深くため息をつき、作業を始めた。

戸井田は『双葉物流』の刺繍が胸ポケットに入った作業着姿で、南青山の路地裏にやってきた。同じく『双葉物流』の文字とロゴが入った二トントラックの横を通り過ぎて、観音開きのバックドアを開けて中に入る。

戸井田はそこに広がる光景に胸を躍らせる。男たちがせせこましく集う暑苦しい空気。プリンターのインクのにおい、冷却装置が作動するモーター音、キーボードと爪が触れる音、指令マイクが拾いスピーカーを通じて鳴る雑音……。

一年ぶりに作業車に乗った。

二台のモニターの前に三部と柳田がいる。路上の防犯カメラ映像をハッキングして流している。

本日のマルタイ佐倉隆二はいま、南青山にある音楽スタジオでバイオリンを弾いている。その音色も流れてきていた。ストラディバリウスらしいが、信濃の山奥で育った戸井田には、ただの弦楽器の音だった。

「古池君は？」

「現地合流です」

待機中の南野が素早く答えた。せせこましい作業車の中で彼は黒ずくめの特殊部隊みたいな恰好をしていた。武器は持たない。素手で相手を殺せるだけの技術を彼は持っている。

久々に対人の非合法作業なのだろうが、横顔は落ち着いていた。

警視庁が都心に張り巡らせた監視カメラのうちのひとつが反応する。映像がモニターに立ち上がり、赤い矢印の点滅が始まった。南青山のスタジオから出てくる佐倉の顔にシステムが反応したのだ。バイオリンを手に、誰かとスマホでしゃべりながら青山通りを歩いてくる。その頭に、常に赤い矢印の点滅がある。佐倉が路肩に立ち、手を挙げた。

「くそ、タクシーか」

佐倉がタクシーに乗った。三部がタクシーを緑の矢印でマーキングしながら、「作戦変更」と告げる。

「オペレーション〈エメラルド〉フェーズ1、行動予定地変更」

作戦〈エメラルド〉は佐倉を拉致して拷問し、黒幕を暴露させて柏原の居所を突き止めるまでを指す。彼が所持するストラディバリウスの名前が冠されていた。フェーズ1は佐倉の拉致までだ。

「候補地が五か所ありますが」

柳田が素早くマップアプリを開く。

「プライオリティの高い順で」

「タクシーだと通過してしまう可能性が」

タクシーは南東の高輪方面に向かって走行している。佐倉の自宅マンションがある方向だ。

「マンション前につける可能性が高いな」

「仕方ない、マンション前で行動予定だ」

実際に彼を拉致する南野が反対した。

「佐倉のマンションは大通り沿いですよ。玄関の目の前にはコンシェルジュもいて目撃されます。マンション内の廊下はどうですか」

戸井田は佐倉のパソコンのハッキングを始め、自宅環境や家族関係などの周辺分析を担当してきた。佐倉の住むヒルズ白金台の構造はばっちり頭に入っている。

「佐倉の部屋は十五階だ。エレベーターはコンシェルジュ脇に四基、低層階、高層階と分かれているが、彼はどちらも使う。その時来た箱に乗ってしまう傾向がある」

「エレベーターホールはコンシェルジュの目の前だ。常に人の目があります」

「それなら、十五階で降りたところから、部屋までの動線が最適か」

戸井田は南野と、拉致後にどう佐倉を運び出すかの打ち合わせに入る。

順調に地図上を流れていた緑の点滅が、突然止まった。三部も気が付き「どうした」とモニターに見入る。

タクシーは近道か、路地裏に入っていた。雑居ビルやマンション、一軒家が立ち並ぶ路地でタクシーは停車したまま、動かない。三部が古池に電話し、状況を説明して指示を仰ぐ。

「あっ、動き出した……!」

柳田が叫ぶ。緑の矢印が北方向へ引き返していく。路地はUターンできるほど幅がないから、バックしているのだろう。

「どういうことだ。工事中か？」

柳田が港区土木課のサイトに入る。

「いえ、そのような情報はありません」

南野が運転席に体をねじ込んだ。

「現地に行くのが早いです」

車が動き出した。三部が再度電話の向こうの古池に状況を伝える。

「タクシーは路地をバックしている。十一メートル、十二メートル……急停車した」

緑の矢印が再び、動かなくなった。

「なにやってんだ、このタクシーは！」

南野の運転で、作業車は麻布十番駅前に到着した。

「古池、現場に入っていいか？」

三部が許可を求める。スピーカーにしたスマホから古池の声が聞こえる。

「いいが、タクシーの横を一旦通り過ぎろ。まだ路地に停車中か？」

「ああ。もしかしたら帰宅せず寄り道しているのかも。この界隈の飲食店を調べる」

すでに戸井田はマップアプリでその可能性を調べていた。

「飲食店はない。雑居ビルがあるが、クリニック系のビルだ。二十一時、時間的にもう閉まっている。あとは一軒家だ。所有者情報を調べる」

頼む、と古池が電話越しに指示する。

「現着まであと一分です」

運転席の南野がカウントダウンを始めた。古池の指示が入る。

「南野は徒歩で現場へ入れ。〈スターチス〉はタクシーを降りているかもしれない。時間も余裕もない。人の気配がないとわかったらその場で拉致でいい。作業車は一旦通り過ぎろ。しかしすぐに南野と〈スターチス〉を回収できるよう、現場から距離を保って待機だ」

現場の二ブロック手前で作業車は停まり、南野が降りた。三部が運転席に滑り込み、作業車が先に出る。戸井田はカーテンを細く開けて、現場で急停車したタクシーを撮影する。一軒家の塀の先から、タクシーのテールランプが見えてきた。ライトカバーが外れ、破片が周辺に飛び散っていた。タクシー運転手らしき男が、車体の横で茫然と誰かに電話をしていた。

「おい、交通事故だ……！」

ハンドルを握る三部が叫んだ。

「〈スターチス〉はどこへ行った？」

「姿は見えない」戸井田は叫んでいた。「タクシーの車内にもいない！」

電話の向こうで古池が問う。

「南野は作業着姿だったな？」

「ああ。黒ずくめだ」

「現場に近づけるな、周辺を歩かせて〈スターチス〉の姿を探せ。もう一人降りて、通行人を装って事故の状況を探れ」

俺が行く、と戸井田は立ち上がり、双葉物流のロゴが入った作業着を脱ぐ。完全停車を待たずに観音扉の外に躍り出た。いかにも麻布十番駅へ向かっていますと言わんばかりの顔で引き返し、偶然を装って事故現場で立ち止まる。さっき通り過ぎたときよりも野次馬の数が増えていた。タクシー運転手は一一〇番通報しているようだった。タクシーのテールランプが潰れただけの軽い物損事故に見えるが、後部座席の扉が開きっぱなしで、血痕が残っていた。

「いったい何があったんです」

戸井田はタクシー運転手に迫った。

「わかりません。お客さんの指示通り裏道に入ったら、乗用車がエンストで立ち往生していたんです。子連れの鈍臭そうな母親でらちが明かないので、仕方なくバックした途端に、いきなり別の車が侵入してきてドッカンですよ。金槌を持った男が運転席から降りてきて……」

エンストで立往生した車は見当たらない。子連れの母親……。

タクシー運転手は恐ろし気に身震いした。

「あっという間でした。後部座席の窓を割って、扉を開けて、お客さんを引きずりだして……」

「金槌の男は、どんな風貌でした」

戸井田は警察手帳を示しながら訊く。長野県警であることがわからないように、指でエンブレムの『長野県警』の刻印を隠した。近づいてくる警視庁のパトカーのサイレンの音が味方したのか、運転手はほっとした顔でペラペラしゃべり始めた。

「目出し帽みたいなのをかぶってて、顔は全然見えませんでした。図体がでかく問答無用な感じ。金槌で窓を壊して扉を開けると、お客さんの頭も……」

「ナンバーは？」

タクシー運転手は『わ』ナンバーをしっかり記憶していた。レンタカーのようだ。戸井田が番号を脳裏に刻んだところで、手に握ったスマホがバイブする。古池か三部と思ったが、見知らぬ番号だ。

路地に自転車の交番警察官がやってきた。パトカーもほぼ同時に到着する。警察官に背を向けて、戸井田は電話に出た。

「戸井田さん？」

黒江律子の声だ。そして、この番号が+81から始まっていたことを思い出す。日本に戻ってきているのか。

「古池さんと直接連絡を取れないものだから、伝えてほしいの」

「わかった。どうした」

「斉川君に佐倉隆二を拉致ってもらったの」

覆面の大男は斉川大樹だったのか。戸井田が長らく投入作業員と知らず、教祖と思い込んでいた人物だ。引退したと聞いたが、さすがは長期の投入に耐えただけある。いまだその能力と体力は健在のようだ。

前方で路地を塞いだのは律子だろう。

「拷問にかけて柏原さんの居場所を吐かせる。適当な場所を用意してと古池さんに伝えて」

妻の方まで佐倉の拷問を企てていたようだ。そりゃそうだろう、律子は柏原を直接動かしていた。拉致されたと知れば当然、黙ってはいない。

「わかった。指示を仰ぐが、車をすぐに変えた方がいい」

戸井田は現場に引き返し、交通整理を始めていた若い警察官の肩を叩いた。目撃者を装い、でたらめの車のナンバーを教えた。

「北の六本木方面へ逃走していった」

ありがとうございます、と若い警察官はパトカーに戻った。無線機を引っ張って戸井田の嘘の情報を所轄署に流し、レンタカーが去ったのとは反対方向に緊急配備を敷くよう進言している。

戸井田は古池に連絡を入れながら、気持ちが昂《たかぶ》り、背筋が粟立つのを感じた。

十三階の女が帰還した。

今晩で十三階事件は決着がつくはずだ。

第五章　スリーパー

佐倉は貴婦人の囁きで目を覚ました。

貴婦人の律子ことストラディバリウスのエメラルドが、佐倉の鞭という名の弓でとうとう目覚め、美しくなめらかなボディをしならせて黒江律子という形になったと――そんな白昼夢を見ている真っ最中だった。

「佐倉さん……？」

佐倉はゆっくりと目を開けた。夢かまぼろしか、確かに目の前に、黒江律子の顔があった。ほぼ一年ぶりの再会だった。東京にいたころは青白く生気のない印象だったが、いまはよく日に焼けている。すっぴんでメイクをしていない顔は相変わらず薄味なのに……。

この、目。

「お久しぶり」

律子はちょっと口角を上げて、佐倉の顔を見上げている。椅子に座っている佐倉の前に、膝を抱えてしゃがみこむような恰好をしていた。佐倉は立ち上がろうとしたが、なぜか手足が動かない。

「いつかの夜を思い出すよ、黒江君。しかしこれは一体なんの真似だい。おっと今日の君のスニーカーはフェラガモか。そのガンチーニモチーフ、僕とお揃いじゃないか」

「ええ、あなたの大好きなフェラガモね。三足持っていたのに、あなたのせいで履くのが嫌になっちゃって埃をかぶっていたの。今日のような日に使うしかないでしょう。あなたの血と肉で相当汚れるでしょうし」

血と肉——。

佐倉は自分の体を見下ろす。椅子に座らされ、胸と腰、両足首がトラロープで固定されていた。右腕は背もたれに括《くく》りつけられているようだが、なぜか、左腕は佐倉の眼前に突き出され、譜面台で固定されている。腕時計で時刻を確かめるかのような恰好だ。いまにも忍者走りをするみたいな体勢でもあった。

「これは一体——」

背中に殺気を感じ、佐倉は硬くなる。背後から律子の隣に立ったのは古池ではなかった。雰囲気はよく似ている——その男は黒いタクティカルスーツのようなものに半長靴を履いていた。南野という男だったか。十三階の作業員だが、黒子に徹している。古池や律子のように表に顔を出さず、ひたすらに汚れ仕事をしている印象だった。

南野はバケツを佐倉の足元に置いた。灯油の匂いがする。なにかが始まるということはよくわかった。佐倉が柏原にしたことを、彼らは感づいているようだ。佐倉は尻の穴が縮こまった。

「……おいおい、待ってくれ。これはなんの真似だ？　なにが始まる……？」

律子の両手で頬を包まれる。ぞっとするほど冷たい。クイッと首を左側に曲げられた。

一組の男女が壁際に立っている。遠巻きに自分を見ていた。男の方は古池だ。銃器を持っている様子はなく、壁によりかかっている。ワイシャツの袖をまくり上げ、腕を組んで佐倉を眺めていた。その横に立つ女性に、佐倉は呆れ果てる。天方美月だ。

「お嬢様。あなたなにをなさっているんです」

美月は答えない。古池と同じように腕を組んで、冷めた顔で佐倉を見下ろしていた。

「お父様がこのような姿を見たら……！」

律子が答えを引き継ぐ。

「ええ。がっかりするでしょうね。たった一か月とはいえ、総理大臣の秘書まで務めた男が売国奴だったなんて」

「誤解だ」佐倉は素早く律子に言って美月を説得する。

「お嬢様！　すぐにこんなことをやめさせなさい。このような非合法活動を許し、見届けるおつもりですか。あなたの経歴に、必ずや、必ずや深い傷がつきますぞ！」

美月は顔色一つ変えず、佐倉から目を逸らすこともない。

えっ……。

佐倉はたじろいでしまう。そこに立っている身なりのよい若い女は、もう、佐倉が知っている女ではなかった。「佐倉さん、佐倉さん」と中学校三年生のときから佐倉にまとわりつき、「バイオリンを教えて」「英語を教えて」とおねだりしてきた少女でもないし、「この政策はどうしたらいい？」「この演説はなんと言えばいい？」といちいち頼ってきた新人国会議員では、もはやなかった。

隣の男のせいだな――。

「お嬢様。あなた、そこの保釈中の犯罪者になにを吹きこまれました」

美月は答えない。古池も無言だ。

「お嬢様！　あなたは洗脳されたんだっ、目を覚ましてください！　私は潔白だ、なにかを見せられたのかもしれないが、全て十三階のでっち上げ。これまでもあの組織はそういうことを繰り返してきた。それに怒って十三階を潰したあなたが、なぜいまそちら側に立っているんだ……！」

律子に顔を覗き込まれる。

「あまり叫ばないことよ。喉が潰れてしまうわ。これからもっと叫ぶことになるのに」

南野が、自転車のタイヤのチューブのようなものを灯油にひたしはじめた。灯油を垂らしながら、チューブを包帯のように佐倉の左腕に巻いていく。灯油は常温だったが、そのとろみが皮膚に吸い付き体内深くまで浸潤していくようで、佐倉の背中をぞっとさせる。

「おい、これはなんだ。一体なにを始める⁉　お嬢様！　助けてください、あなたは間違っている。こんなことを許すべきでは……！」

美月に呼びかける佐倉の右耳のそばで、律子が冥い瞳《くら》で古池と美月を顎で指す。

「あの二人、とっくに寝ているわよ。もうあの子にはなにを言っても無駄」

佐倉よりも早く反応したのは、美月だった。慌てて訂正する。

「妙なことを言わないで、私たちはそんな関係じゃ……！」

古池がその腕を掴み、下がらせる。古池は妻の、夫の不貞を責めているような言葉を聞いても、顔色一つ変えなかった。

「佐倉さん、あなたどうして美月ちゃんと寝てあげなかったの？」

律子が佐倉に尋ねた。美月がまたなにか言おうとしたが、古池が「黙れ」と遮る。

二人の背後の壁を見たとき、佐倉は改めて気づく。ここはつい何時間か前まで貴婦人の律子を弾いて心を落ち着かせていた場所、ブルーポール南青山のCスタジオだ。時計は深夜二時を指している。ビルにはもう人はいないし、そもそも防音完備で窓もない部屋だ。かつて柏原がここでどれだけ叫んでも人っ子ひとり来なかったように――。

ハッとして佐倉は暴れた。

「おい！　貴婦人の律子はどこだ！」

思わず心の中の名前を呼んでしまう。とうの律子が眉を顰《ひそ》める。

「私はここにいるわよ」

佐倉は唾《つば》を吐いてやった。

「お前のどこが貴婦人だ！　地獄の番人のようなうすら寒い顔をしやがって。私のエメラルドはどこだと聞いているんだ！」

壁に背中をつけていた古池が突然、拳を握ってこちらに近づいてきた。

「おい、貴婦人の律子とはなんだ、え⁉」

よっぽど妻の名前が出たのが気に食わなかったらしい。背後に手を伸ばしてなにかを手に取った。ガチャガチャと音がする。背後に物が置かれたテーブルでもあるらしい。おおよそナイフやペンチなど、拷問器具が揃っているのだろう──古池が手に取ったのは枝切りばさみだった。古池が持つと園芸用品には見えない。重たそうなそれを片手で持ち、「ほら、どういう意味だ、答えろ」と冷えた刃で佐倉の頰をぺちぺちと叩いていたぶる。

「ただの名付け遊びだ。ストラディバリウスは私のような熟練の手技にかかれば、弓の当て方によってボディの震え具合まで違ってくる、すると音色にますます艶が出る、私はその感触を楽しんでいただけであり……」

「私の妻の名前をバイオリンにつけてか？」

古池が枝切りばさみの刃先をいきなり佐倉の左の鼻の穴にグイッと突っ込んできた。激痛が鼻頭の奥にツンと広がり、佐倉は悶絶する。鼻血が喉に垂れ落ちて鉄の味が広がる。目に滲む涙で視界が赤くなっていく。鼻の奥の大出血が鼻涙管を通じて眼窩にまで回ってきたようだった。

律子は佐倉の背後に回りながらすけべな手つきで佐倉の頰を撫でまわす。

「あなた女をイカせたことあるの？　ないからバイオリン相手にオナニーじみたことしかで

きないんじゃないの」

頰の横にオレンジの光が灯り、頰がちりちりと焼ける音がした。慌てて頭を振る。律子は右手でライターの火をつけたところだった。

「タイヤネックレスって知っている？　南米のコロンビアで昔、残虐なパラミリターレスがやっていた拷問」

「……なんだって」

「灯油をかけた古タイヤを頭からすっぽりかぶせて、両腕ごと腰で固定させて、タイヤを燃やすの。ひどい黒煙で窒息するんだけど、同時に、燃え上がったタイヤで全身やけど。おまけに溶けたタイヤが下半身の皮膚に貼りついちゃって取れないの」

治療も難しいと律子はニタニタと笑う。

「まずはタイヤを剝がすところから始めなきゃでしょう。でも溶けたゴムと混ざり合った皮膚から、ゴムだけを取り出せない。だから皮膚ごと除去するしかないんだけどね――」

律子はごくりと唾を飲み込み、いかにも痛々しそうに言う。

「除去する皮膚の真皮ごとごっそり削り取るんですって。脂肪がついている場合は一緒にくっついちゃうことも多いから、ひどいときは除去する皮膚と脂肪の厚さは三センチにもなっちゃう」

体に残るのは筋肉と骨だけ。

「ほとんどの場合、半年以上治療で苦しみ悶えた挙句に死んじゃう。助かったとしても、バイオリンなんか弾くことはおろか、持つこともできないでしょうね」

佐倉は恐怖で胃液がせりあがり、腰の震えが止まらなくなった。律子が右腕に巻かれたタイヤのチューブにライターの火を近づける。

「柏原はどこ」

律子が命令口調で尋ねた。佐倉は即答した。

「もう死んだ」

「そう簡単に死なせるかしら。十三階の作業員だった男よ。敵国スパイは喉から手が出るほど身柄が欲しいでしょう。教えてほしいことが山ほどあるはずだもの」

「ああ、だがあいつはあんたのインドでの居場所を口走った。耐えられなかったのさ、まあ気持ちはわかるがね。スタンガンでペニスと睾丸を攻められ、乳首を削り取られ、最終的にはペニスの皮を剝ぎ取られたからな！」

律子の背後に見える美月は、片手で口を押さえ涙ぐんでいる。

「私たちの仲間になんてことをしてくれたの」

無感情に律子は続ける。

「ならバイオリンを弾く手よりこっちの方を痛めつけてあげるわね」

律子の手が佐倉の股間に伸びていた。佐倉は腰を引くが、椅子に固定されていて尻を数ミリ上げるのが限界だった。社会の窓を開けられる。冷凍庫にでも突っ込んでいたのかと思えるほど冷たい手の感触が股間に入り込んできた。律子の長い指でペニスを引きずり出される。

律子は佐倉のペニスをまず吟味する。

「よかった、そこそこ長いじゃない。短いとチューブを巻けないから。でもこの細さ。女を満足させるのは無理そうね」

なにも反応しまいと思っていても、羞恥と屈辱で佐倉は赤面してしまう。

律子は消毒液で手を拭いながら佐倉のペニスをせせら笑い、場所を南野と代わる。南野は灯油にひたしたタイヤのチューブをペニスに巻き付け始めた。佐倉は必死に叫ぶ。

「こんなことしたってなんにもならないぞ。黒江律子よ、子供はどこへ行った？　潜伏中はサンディエゴ時代のように息子のスニーカーを買い漁《あさ》っていたのか？　二十二センチのものまで買っていたじゃないか、小学生サイズだろうに。息子が小学生になるときの分まで買うなんて愛情深いが、さてその息子が無事にそのスニーカーを履く日がくるのかな？　インドで人気の新婚旅行先に住んでいるんだろう？　人気の避暑地だってな。マイソール。彼らがいまごろ向かっているはずだ。私の息子にかまっている暇などないんじゃ……」

律子はくすっと笑った。

「マイソールって、どこにあるの？」

佐倉は頭に血が上った。

柏原め……！

「それから、彼らというのは誰？」

古池が重ねる。

「加藤瑞希とは何者だ」

佐倉は頑として言わない。口をキュッと閉じて目を逸らした。頭の中で、自分の口にチャックが付いているイメージを浮かべる。震えながら開き直った。

「好きにしたらいいさ。私はこんなクソみたいな世の中に子孫を残すつもりもないし、古池君とは違って女と寝ることに興味はないからね。あっちこっちの女に手を出して色欲で出世していく男――ああ、汚らわしいね。なんという頭の悪さだろう。君はきっと脳細胞が睾丸にあるに違いない。そしてそんな男にマンコを突かれてすっかり十三階の言いなりですか、天方美月！」

かつての美月なら顔を真っ赤にして怒りだすような侮蔑を浴びせたつもりだ。

美月は身じろぎひとつしなかった。

「だから、私は彼と寝ていません」

佐倉は血の涙のせいで視界が真っ赤になっていた。遠くにいる人間の顔を識別できなくなっていく。

「言え。柏原はどこだ。そして加藤瑞希。あの女は何者だ」

古池が声だけで迫った。

「くそったれ」

やれ、と古池が短く言った。律子が一瞬の迷いもなく股間から垂れさがるチューブにライターの火をつけた。火の熱さがペニスの先に届き佐倉はあちっと呻く。次の瞬間、タイヤのチューブが燃え出した。あまりの熱さに感覚が消えたのも束の間、体の芯にまで灼熱の激痛が走った。

「消してくれ、ああー！　やめてくれー！」

南野が消火器を向けた。一瞬で、真っ赤だった視界が真っ白になる。粉末が喉を直撃し佐倉は猛烈に咳込む。目に激烈な痛みが走った。ペニスはじくじくと脈打つように痛んだが、熱さはもうない。律子は面白そうに、佐倉の股間を眺めていた。どうなっているのか恐ろしくて、佐倉は下腹部を見ることができない。舞い上がる消火粉末を古池が迷惑そうに手で振り払いながら、尋ねる。

「言え。柏原はどこだ。加藤瑞希とは何者だ」

「ああ……いいだろう、教えてやろう」

佐倉は口汚く古池と女たちを罵《のの》った。

「僕は君のようにセックスが好きではないんだ、女性と寝具を共にするのも嫌いでね。えらく濡らして噴き出してみせることだってあるだろう、あの不潔さと言ったら……。古池君も十三階の女や総理大臣の娘のマンコをいじくってしゃぶって潮を吹かせてホテルのベッドメイクさんにどれだけ迷惑をかけ続けてきたんだ？」

「佐倉さん、もっと上品な話をしましょうよ」

律子が佐倉の太腿の間からひょっこりと顔を上げ、言った。この中で一番下品で残酷な女が。

「加藤瑞希が柏原君を拉致した建物。N大学国際交流学部5号館だった。そこに出入りする人間を片っ端から調べたら、王とか陳とか楊とかを名乗る中国人がいっぱい出てきたの。その上ね」

佐倉は奥歯を食いしばる。

「彼ら、N大の国際教育センターの教員だったの。そこの教育センターの五階にある興味深い機関のね――」

老子学園。

「海外の大学に展開する中国語の教育機関ね。つい先日、米国で老子学園が問題になっていたわ。中国の諜報機関の可能性がある、と」

「加藤瑞希は、老子学園の人間なの？」

「………」

「………」

「黙っちゃったわ、イエスかしら」

律子が立ち上がる。佐倉は貝になった。

「もっとあなたとおしゃべりしたいのに。柏原さんの話に戻る？　彼はどこにいるの」

「下水道かな」

「その話はしてくれるのね。下水道とはどういう意味？」

「下水道に流れていったんだ。あっけなく死んでしまったものだから、つまらなくてねぇ。

僕が三度目のラ・カンパネラを演奏しようかというところで耐えきれなくなって死んだんだ。だから退屈しのぎに体をバラバラにしてミキサーにかけ、男子トイレに流した」

はったりを、と南野が笑う。

「成人男性の解体だけでも普通は数時間かかる。骨から皮膚を剝ぐだけじゃない、筋肉や脂肪、内臓までミキサーにかけたら数日かかる作業だ」

「それを二時間で片づけたよ、彼らは」

律子が話に入ってくる。

「ふうん。彼ら、ね。中国のお方？　骨はどうしたの」

「ハンマーで粉々に砕いて彼の実家がある厚木市の養豚場の餌に混ぜたそうだ」

佐倉はゲラゲラと笑って見せた。消火剤で冷やされているからか、ペニスの感覚が麻痺してきた。皮膚がやけどで水膨れになっているはずだが、もうなにも感じなかった。

「タイヤネックレスをしないのか？　好きなだけしたらいいさ。そもそも左手だけのタイヤブレスレットとは、天方美月の意向か？」

美月を見据える。

「爆弾で指を吹き飛ばされてバイオリンの演奏ができなくなった。私の左手に復讐しようというわけか。好きにしたらいい。私は別に死んでもいい。死なせないように拷問を続けて腕に傷のひとつやふたつ残してみろ。彼らはすぐに気が付き、私と縁を切って姿を消すだろうね。そんなことになったら本末転倒だ。君たちは彼らの情報が欲しいはずだ。ひとくちに中国といっても諜報機関があちこちにある。さてどの機関のどのスパイが来ているのか？　私をこれ以上傷つけてみろ、やつらに二度と近づけなくなるぞ！」

「そう来ると思った」

律子が背後に回ってから再び姿を現した。その手に、バイオリンケースを持っていた。佐倉は今度こそ血の気が引いた。

「おい……」

「エメラルド」

「おい……‼」

律子はバイオリンなど触ったこともないのだろう、ボディを大胆にわしづかみにして、ケースから持ち上げてみせる。箸をろくに持てない子供のような手つきで弓を構えると、めちゃくちゃに弦を弾き始めた。

「やめろ、彼女に触るな！」

律子はストラディバリウスを佐倉の裸足の前に放り投げた。

「こら……！」

スニーカーの足で弦ごとボディを踏み潰そうとする。佐倉は絶叫し大騒ぎした。律子のフエラガモのスニーカーは踵部分がメタリック素材でできている。いまにも貴婦人のボディに傷がつきそうだ。

「やっぱりこっちの方が効くのねぇ」

律子がしゃがみこみ、裁ちばさみで弦を切った。ぱちんと弾けた弦が鞭のように貴婦人の体に傷をつけた。大切な人の体に鞭が入ったも同然だ。佐倉はのけぞった。

「やめろ、やめてくれ。彼女だけは……！」

指板にも傷が入ってしまっていた。E線の次はA線と、律子が弦にはさみを差し入れる。

「加藤瑞希。本名は？」

「頼むからエメラルドを傷つけることだけはやめてくれ！」

A線が弾け、ボディと指板に傷がついた。

「そんなに騒ぐこと？　傷くらいお手入れできるじゃない。でもこれは困っちゃう？」

律子が佐倉の背中の向こうにある刃物を取った。のこぎりだった。ボディを足で押さえ、指板の根元に刃を当てる。

「言って。加藤瑞希。何者なの」

「やめろ、知らないんだ、本当にやめてくれ……！」

律子が足に力を入れて、のこぎりをギコギコと引きはじめた。貴婦人のボディに刃がめり込んでいき、おがくずになったものが血のようにあふれてくる。

「あああああ‼」

佐倉は絶叫し、失神しかけた。喉が潰れ、もう大きな声が出ない。必死に懇願した。

「お願いだ、彼女を傷つけないで！　命より大事なんだ」

律子はギコギコと不器用にのこぎりを引きながら、笑う。

「十億円ですものね。あなたのマンションの十倍の値段。中国人からもらったの？」

刃が引っかかり、キーッと嫌な音がする。貴婦人の悲鳴だった。佐倉は咆哮《ほうこう》を上げ暴れる。左腕を前に突き出し肘を曲げた状態だから、尻で踊るような状態だった。譜面台を引きずり、椅子が少しずつ動いて回転して後ろ向きになってしまった。全く滑稽な挙動だろうに、誰も笑ってくれない。古池が推理する。

「旧ソ連の富豪が所有したあと行方知れずになっていたエメラルドをお前が所持しているところを見ると、中国人の富豪のところで眠っていたということか？」

それが正解だが答えず、涙をぼろぼろ流しながら、彼女を傷つけないでくれと訴える。

「本当に、なんでもする。彼女を傷つけないと約束してくれたら、命だって差し出すし、タイヤブレスレットでもタイヤネックレスでもなんでもやってくれ……！」

「なんでもするのね。じゃあ教えて。加藤瑞希の本名は？」

佐倉は困り果て、もう、しくしくと泣くしかない。律子はのこぎりを引き抜いて、ボディにあるf字孔に、のこぎりの歯を入れた。再びスニーカーの足でストラディバリウスのボディを踏みつけ、両手でのこぎりを引き始める。佐倉は頭を振ってめちゃくちゃに暴れながらやけっぱちで叫んだ。

「史冰冰《シィビンビン》！」

律子は嬉しそうにぱっと顔を明るくし、ようやく、f字孔からのこぎりの刃を抜いた。

「どこの史冰冰？」

「老子学園の教師だ、胡弓を教えている」

「なるほど。老子学園の教師として来日し、加藤瑞希という偽名でバイオリン教室の先生をしながら、あなたが日本政府から抜き取った情報を受け取っていたのね」

ああ――。

言ってしまった。

「まあ、そういうことじゃないか……」

佐倉は意識が朦朧とする中、鼻で笑う。傷だらけのエメラルドを見て涙が溢れる。すまない、私のせいで……。

「もうひとつ、教えてくれないかしら」

律子が顔を近づけてくる。

「あなた、ストラディバリウスが欲しくて、国の情報を売ることにしたの?」

「それ以外の理由があるか。私なぞが逆立ちしても触れられないストラディバリウスを、この腕に抱けるんだよ~? 独り占めできるんだよ~?」

「そんなに大切なものだったのね。のこぎりで傷つけたりしてごめんなさい」

律子が素直に謝ったが、この女のそんな表情ほど胡散臭いものはない。

「では、なぜ十三階を潰したの? 中国側から十三階を狙い撃ちするように言われたとは思えない。政府の情報を欲しがるのはわかるけど、スパイを政府の中枢に送り込んできた中国共産党が、そのスパイに十三階を潰させるようなことをするかしら。あなたが十三階を潰そうとしなければ、誰もあなたのことを疑うことなく、あなたは未来永劫、日本の機密情報を中国に流すことができたのに。十三階になにか個人的な恨みでもあった？」

「……聞いてくれよ、黒江君」

「ええ。なんでも言って」

「三十五歳の時だよ、私のバイオリンの腕前がすばらしいと警視庁音楽隊が声をかけてくれてね。定期演奏会で、僕はスペシャルゲストとして招かれることになったんだ。コンサートの中盤で呼ばれてねぇ。満席のホールの舞台の中央に立ち、拍手喝采で出迎えられたよ。〝警察官僚とは思えぬプロ級のバイオリンの腕前で、一等書記官としてイスラエルに駐在している間はベルリン、ウィーン交響楽団とも協奏したことがある〟という司会者の紹介でわーっとホールは拍手の渦さ。そして演奏が始まった――あの日、僕が選んだ曲目は、サラサーテの『ツィゴイネルワイゼン』だった」

へえ、とでも言いたげに律子は片眉を上げた。南野は無反応だ。

「黒江君は知っているだろう。県議会議員の娘としてクラシックのたしなみくらいあっただろうからね。南野君は機能不全家族で育ったんだったね。柄の悪い親戚をたらいまわしにされていたら、クラシック音楽をたしなむような経験を積めなかっただろうねぇ」

佐倉は南野のために、有名な冒頭を口ずさんでやった。その悲劇的で美しくも悲しい旋律を、南野も聞いたことがあるようだが、「ああ……」と無感動に呟いただけだった。

「私のツィゴイネルワイゼンの演奏は圧巻だったさ。観客は度肝を抜かれ、ある警察官は泣き、ある警察官は背筋を震わせるほど感動していた。それなのにぃぃ……！」

佐倉は歯を剝き、鼻に皺を寄せて、当時の屈辱と怒りの光景を思い出して感情を爆発させていた。

「警視総監、警視副総監、公安部長、警務部長と錚々《そうそう》たるメンバーが揃うその隅っこにいた十三階の校長、久間一晶があああ！」

佐倉の激昂がよほど恐ろしかったのか、一同は凍りついている。

「久間一晶は、寝ていたんだーッ。演奏の、始めから終わりまで、私がスポットライトの下に立った途端に目を閉じて寝てしまい、私が怒りと屈辱を押し殺して演奏を終えてスポットライトから立ち去った瞬間にパッと目を開けて、全てきちんと聴いていましたよといわんばかりに拍手をしやがって、あの豚野郎、殺すだけでは済まされない。警備局の理事官だと、どの部署のどの野郎だ。どうやら内密な諜報機関のトップらしいと聞いた。それならその組織ごとぶっ潰してでも久間に復讐をしてやると……！」

古池が眉を顰める。

「久間が校長をやっていたのは十年近く前の話だぞ」

「だから私は十年前の話をしている」

「十三階は関係ないじゃないか」

「ある！　久間は十三階を代表する人物で公安のカリスマ的存在だった。あの日あの瞬間、私のバイオリンで寝てしまった久間が人生を捧げていたのは十三階だった。それならばどんな手を使ってでもその十三階を潰す……！」

「久間はスポットライトが眩しくて目を閉じていたんだろう」

古池があっさり言った。

「あんたがスポットライトの下から立ち去った瞬間、スポットライトは消えたはずだ」

「確かにそうだが……」

「彼は地下鉄サリン事件の被害者だ。未だに目に後遺症が残っていて、眩しさを感じると強烈な痛みがあるそうだ。だからその時も目を閉じていたんじゃないか？　寝てはいなかったと思うが」

古池の——あまりの冷静な返しに、佐倉ははたと我に返った。みな、佐倉の激昂に震えあがっていると思っていた。

違う。呆れているのだ。南野は冷めた目で佐倉を見ている。律子は呆気に取られていたが、結局、笑った。

「あなたって本当に、つくづく愉快な人ね」

天方美月は律子のように笑い飛ばしてはくれなかった。ハイヒールを鳴らし、つかつかと近づいてくる。佐倉を見向きもしない。彼女が見ていたのは……。

「お嬢様……おい、なにをするんだ、止まれ！」

美月は律子が途中で温情をかけてやったエメラルドのネックを両手で摑む。斧で薪割りでもするように振り上げた。

「おい！　天方美月‼」

美月はエメラルドを振り下ろそうとした。

「やめろぉ！」

その悲劇の瞬間を見ることを心が受け入れられず――佐倉は気絶した。

顔面にバケツの水をかけられて、佐倉は覚醒した。ブルブルと顔を振ったら、ブルドック
が頭を振ったみたいな音がした。

古池が横に立っていた。空っぽのバケツを置く。丁寧な仕草だったのに、小脇に挟んでい
たものは乱暴に投げた。目の前を滑ってきたそれを見て、佐倉は絶叫する。

――私の貴婦人。

ネックとボディがバラバラになることは免《まぬが》れたようだが、それでも、あちこちにのこぎ
りやはさみの傷が残り、痛々しい。

「おお……無事だったか……」

佐倉はそうっと貴婦人を抱き上げ、もろく傷つきやすいそれを優しく包む。

「よかった……よかったぁ……」

貴婦人の痛々しい姿に、佐倉は力を込めて抱きしめてやれない。古池がネックをつかみ、
佐倉の手から奪い取ってしまった。

「出発だ」

すでに拘束は解かれていて、佐倉は自由だった。腕が多少痺《しび》れる程度で、腰の周りは包帯でぐるぐる巻きになっていた。古池が小脇に貴婦人を挟んだまま、佐倉に真新しいスラックスを穿かせてベルトを通す。

「鼠径《そけい》部に痛み止めを注射した。ペニスは火傷しているから、夜が明けたら病院に行け。チューブをペニスに巻いてオナニーをしていたら煙草が引火して火傷したと言え」

古池が美容師みたいに、櫛で佐倉の濡れた髪をとかす。

「おい、一体なんの真似だ」

毛先から水滴が飛んで、リノリウムの床に飛び散る。ここはどこかの廊下のようだ。

「きちんと整容をして行かないと、中国のレディに失礼だろう?」

佐倉は真っ青になった。まさか——。

「史冰冰の下へ案内してくれ」

「無理だ」

「無理。つまり、アジトを知っているが無理だということか?」

「自宅は知らない、本当だ。ここで書類のドロップをしていただけだ」

「電話番号くらい知っているだろ。〝柏原が吐いた黒江律子の居場所は嘘だった。日本に戻ってきている。潜伏場所を教える〟と伝えて外に連れ出せ」

「まさか彼女を拉致するつもりか」

「柏原が見つかるまで、なんだってやる」

「柏原は死んだ！　ミキサーにかけどろどろにして男子トイレに流した……！」

「誰が信じる。刃こぼれするぞ。ミキサーが何台あっても足りない」

首根っこを掴まれ、尻を蹴られた。歩いてみたが、痛み止めのせいなのか、股間のあたりに摩擦を感じない。無感覚だった。雲の上を歩いているような感覚だ。混乱したまま目の前の非常扉から外に蹴り出された。

「いいか。逃げ出すなよ。裏切るなよ。妙な行動をしたらエメラルドを木材粉砕機にかけておがくずにしてやるからな。午前四時までに史冰冰を連れ出せ」

扉が閉ざされ古池は消えた。

佐倉は前に向き直る。

深夜の南青山の路地裏は、とても静かだった。古池や南野、律子、そして美月の姿も見当たらない。佐倉は、歩き出すほかなかった。

十三階は、復活したのだ。

どの車、どの建物から、十三階の『目』が見ているかわからない。佐倉はもう行くしかないのだ。N大学の老子学園に向かって。

ジャケットの内ポケットに重量を感じる。スマホが入っていた。もう明け方近く、三時半になっていた。あと三十分で貴婦人がおがくずにされてしまう！

佐倉はアドレス帳をスクロールした。史冰冰の番号は天方信哉という元総理の名前で登録している。実際の彼のプライベートの番号は退陣と同時に消去した。

「もしもし?」

日本に来日してまだ一年だというのに、訛《なま》りのない流暢な日本語をしゃべる。柏原も拷問を受けながら、加藤瑞希が史冰冰という中国人女性と気がついている様子はなかった。来日前に、その筋の学校で、徹底的に日本語を教えられ発音を矯正されたらしい。

「どうしたの。こんな夜中に」

十三階が復活した、古池に捕らえられた、逃げろ——喉から叫び出したかったが、貴婦人の命がかかっている。

「黒江律子が帰国している。マイソールは大ウソだったようだ」

「あら——なんてこと」

仰々しく言うが、感情が一切感じられなかった。彼女はいつも落ち着いている。

「すぐに会おう。黒江律子の居場所を教える」

「わかったわ。学園のマンションに来てくれる? 鍵を開けて待っているわ」

電話を切った。佐倉は欅《けやき》並木に彩られた表参道に出ていた。欅の木の間に立つ。タクシーの提灯が見えた。手を挙げたが、タクシーは客を乗せていた。

三十分以内にN大学キャンパス近くにある老子学園の職員専門のマンションに行き、史冰冰を呼び出さねばならない。マンションの入居者は全員、スリーパー……中国の在日工作員だが、どこまで古池たちに教えれば、貴婦人を救出できるか。

急いでタクシーをつかまえねばと再び手を挙げたとき、佐倉は背後に人の気配を感じた。

しまった、と思ったときには、佐倉は背中をドンと押され大通りのど真ん中に転がり出ていた。トラックが目の前にいた。突っ込んでくる。佐倉は宙に吹き飛んでいた。

地面に叩きつけられるまでの三秒間、佐倉の背中を押した人物が踵を返し路地に消えるのを見た。黒ずくめの恰好をしていた。確か、柏原を拉致した老子学園のスリーパーだ。

もう彼らは眠ってはいない。

日本で活動を始めている。

佐倉は地面にたたきつけられた。急ブレーキの音が方々から聞こえるが、車は急に止まれない。佐倉は次々と跳ね飛ばされタイヤに踏み潰されていく。やっと周囲が静かになった。頭を持ち上げようとしたが、全く力が入らなかった。頭蓋骨が割れているのか、脳みそみたいなピンク色のひも状のものが、額の上から垂れさがっているのが見えた。

「古池よ……」

恐らくは作業車の中から衝撃を受けてこの結末を見ているだろう男に、佐倉はひっそりと、教えてやる。

「スリーパーは目覚め、活動を始めたのだ」

そして次に眠るのは、どうやら自分のようだ。

美月はまだブルーポール南青山のCスタジオにいた。

古池が佐倉をつまみ出し、南野と共に作業車で追尾に入ると、スタジオは美月と律子だけになった。

美月は今日見たものを受け入れたつもりだったが、膝は震えっぱなしだった。律子が「どうぞ」とパイプ椅子を広げてくれたので、いま、スタジオの片隅で膝をこすり合わせるようにして座ったまま放心していた。

律子は淡々とスタジオ内を片付けていた。床に膝をつき、佐倉の皮膚と溶けたタイヤが混ざり合った奇妙な付着物を、ヘラみたいなものでこそぎ落としていた。

「十三階の作業員はそんなことまでするの？」

「普段は〈掃除班〉がしますが、いま彼らはいないので」

「――ごめんなさい。私のせいね」

律子はなにも答えない。

「あの。訂正させてほしいことがあるの。私、あなたのご主人と本当に寝てないわ」

律子はヘラで人の皮膚だったものを削《けず》りながら、ふっと笑った。

「クリーンで透明な政治がモットーの議員が、嘘はよろしくないですよ」

「本当よ」

思わず美月は立ち上がっていた。本当は――どれだけ結ばれたかったか。憎んでいると古池は言ったが、本当にそうなら男女はあんなふうに絡まらない。愛と憎しみは紙一重なのだ。古池も自分自身の気持ちに気がついているはずだが、妻子を想い、あんな言い方をしたのだろう。美月は結局、傷つくしかないのだ。古池が愛してくれたとしても、自分はこの女には勝てないのだと。

「本当に、あなたの夫と――」

「私の夫にあそこをべろべろ舐められて、よがっていたじゃない」

絶句して、美月はたじろいでしまった。つい立ち上がり、言い訳する。

「確かにそういうことをしてしまったけれど、最後まではやってないの。ギリギリでお互いに踏みとどまった。そもそも、なぜ知っているの。監視でもしていたの？」

律子の表情を見て、美月はぞっとした。憐憫《れんびん》と侮蔑を薄《うす》ら笑いに乗せて、美月を見上げている。

「やっぱり。スケベなことをしたのね」

美月はみるみる顔が赤くなる。

「いまのはハッタリ⁉」

「夫はスパイなのよ。尾行も監視もできるはずがない。そもそもなんで寸止めしたの？　最後までヤッちゃえばよかったのに」

美月は律子の言葉に耳を疑った。

「あの人、上手よ」

律子がヘラで削り取った皮膚とタイヤが混ざり合った物体を雑巾で拭い取りながら、ニヤつく。とてもいやらしい顔だった。

「一度のセックスで三度はいかせてくれるわよ。女性に尽くすセックスをしてくれる。どうして寸止めなんかしたのよ、もったいない」

律子は立ち上がったが、それでも美月が見下ろせるほどに小さい。なぜか天井をしきりに見上げている。美月はその背中に問う。

「あなた何様のつもり。マウントでも取っているつもりなの？　どれだけ夫が他の女と寝ようとも、心変わりをすることは絶対にないと自信に満ち溢れているようだけど――」

「天方議員。身長はいくつでしたっけ」

「百六十七だけど、いまは身長の話じゃなくて……」

「天井に煤《すす》がついているの。きっと佐倉のペニスを燃やしたときの火でついたのね。私じゃ椅子の上に乗っても届かなそう」

美月はため息を返事とし、一旦口を閉ざした。パイプ椅子を持ってくる。ハイヒールを脱いで、ストッキングの足で乗った。律子から濡れたモップを受け取り、腕を伸ばして天井の煤を落としていく。

「申し訳ありません。議員先生に後始末をさせるなんて」

「いいの。私自身の後始末でもあるし……」

答えながら天井を見つめ、ふいに美月は自分が不安定な状況で椅子の上に立たされていることに気がついた。バランスが悪く、ストッキングの足は滑りやすい。体勢だけでなく、国会議員としてもまずい状況だ。傷害事件の証拠隠滅を自ら図ってしまっているのだ。

律子の姿が見えない。背後に回ったか。美月は背筋が粟立った。とてつもない殺気を背後から感じる。

本当は、美月と古池がしたことに激怒しているのではないか？　美月に死んでほしいと思っているのではないか？　だからいま、美月に、名実ともに不安定なことをさせているのではないか……？

いまにも椅子をひっくり返され、痛めつけられる。もしくは写真を撮られて脅《おど》される。そんな恐怖に苛《さいな》まれて震えあがる。思い切って美月は背後の律子を振り返った。

律子は穏やかな表情でそこに立っていた。美月に、にこっと微笑《ほほえ》みかける。

「本当に助かります。私、妊娠しているので」

美月の世界が一瞬で停止した。

蛍光灯に付着していた埃が、はらはらと、美月の顔に降りかかってくる。灰色の雪のようだった。この世が閉ざされてしまうような、強烈な絶望感が全身を硬直させていた。

「二人目。こんな状況で、まだ夫には話していないの。秘密にしておいてくださいね」

「そう……。おめでとう」

灰色の雪が、美月の顔にとめどなくふりかかる。ホテルのレストランの個室で、私のことは諦《あきら》めなさいと真摯《しんし》に古池が言った瞬間の絶望、西川口の薄汚いラブホテルで、結局は憎んでいるという言葉を選んだ古池の顔を見たときの苦しさとは、比べ物にならないくらいの悲しみで美月は全身が震え出していた。

美月と古池は、傷と傷で結ばれている。けれど、自分はどうやってもあの人と愛し合えないのだと思った瞬間、今度は絶望ではないもので胸が張り裂ける。

どうあがいても、古池への想いを絶つことができない。好きで好きでたまらない。勝手にはらはらと涙が落ちてきて、灰色の煤や埃が頰や顎に付着していく。なんと無様な姿を、勝者である女に見せつけているのか——。私を愛してはいけないと必死に踏みとどまっているあの人と、悪魔のような女が絡み合ってできた命があのお腹に宿っている。しかも子供のひとりは既にこの世に誕生し、あの人の名前の一部をもらって、すくすくと育っている。耐えられない。だが他人の家庭を壊すことなど許されるはずがない。壊す力を自分が持っているとも思えなかった。美月はとうとうモップを落とし、両手を顔で覆ってしゃがみこみ、泣いた。

——なにか言ってよ、黒江律子。

あなたが手に入れたものが欲しくて欲しくて仕方のない私を見て、憐憫の言葉のひとつもないのか。私はあなたに奪われ続けてきた。儀間はいい、テロリストに資金を流していた男などどうでもいい、だが——。

彼だけは。

律子はなにも言わず、気配すら感じなかった。

美月は顔を上げた。すぐ脇に立っていたはずの律子がいない。彼女は鏡張りになっている壁の前に突っ立っていた。

——なにかぶつぶつ言っている。

様子がおかしいことは明らかだった。肩をすぼめ、小さな背中を震わせて、しきりにお経のようなものを唱えている。

「どうしたの。黒江さん……？」

「知らない知らない知ってる知ってる！」

律子が突然、地団駄《じだんだ》を踏んで叫び出した。美月は驚いて、思わず足を止める。

「上田の母の病状報告とか横須賀の方の潮流の関係であの新幹線が爆発したんです……」

今度はとても早口に捲《まく》したてる。なにを言っているのか、全くの意味不明だった。

「え？ 違います。はい。はい。はい……いえ、それは誤解なんです……」

まるで鏡の向こうにいる誰かに、説教を食らっているような態度だ。

「アーモンド臭とオレンジですね。確かに死にました。ええ。修行修行修行修行。あっ、河口湖の件ですか？ 捕まえたマグロを解体したら腸が出てきたんです。辺野古の件は全部、祝電をロッカーにしまったせいで……。顎はどうしても見つからなかった。ごめんなさい！」

律子はやけっぱちの金切り声を上げた。

「新幹線の爆発で顎はどこかへ行ってしまったの……」

次の瞬間にはおろおろと泣き出し、律子はぺたりと座り込んでしまった。

美月はどうすることもできない。ただただ、背筋に悪寒が走る。律子に近づくことも、遠
「黒江さん……？」

ざかることもできなかった。

ふいに律子が泣き止んだ。

鏡越しに、目が合う。

美月は悲鳴を上げて、スタジオから逃げ出した。


佐倉の交通事故現場を管轄する赤坂警察署は蜂の巣をつついたような騒ぎだった。死んだのは内閣官房副長官だ。事件性の有無が慎重に調べられ、赤坂署長は午前四時半に署長室に入り対策で大わらわと聞いた。

古池はその横の訓授室で待たされている。目を閉じた。タクシーを止めようとした佐倉が突然大通りに躍り出て、次々と跳ね飛ばされていったあの瞬間が蘇る。古池は作業車の中で五メートルの距離にいた。佐倉が自殺したのか、何者かに背中を押されたのか、作業車からは見えなかった。監視・防犯カメラ映像でも死角に入っていた。

古池は作業車を降り、頭がパックリ割れた佐倉の下へ駆けつけた。救命のふりをして彼のスマホを奪うことで精一杯だった。

いま、懐《ふところ》からそれを出し、最後の発信を見る。天方信哉とあるが、彼の番号とは全く違う。電話をかける。つながらなかった。

佐倉は消されたのだろう。

スパイとなった者には常に、尾行や監視がつく。敵からも、味方からも。敵からは、なにを探りなにを目的にしているのか尾行される。味方からは、裏切っていないか、逃げ出さないかと尾行される。裏切りや逃亡が見えた時点で、即座に口封じするためだ。派手な殺人ではなく、交通事故や自殺を装い、警察が捜査しないようにするのもプロらしい。

佐倉はブルーポール南青山スタジオを出てたったの三分で消されている。古池らが佐倉を拷問し、史氷氷のことを突き止めたとあちらも感づいたようだ。二重スパイになられてはたまらないのでさっさと殺害したのだろう。

事故からもうすぐ一時間だ。史氷氷はいまごろ空港か、船で脱出をはかっているか。すぐさま空港や港に手配を、と各方面に指示を出したが、保釈中の被疑者の采配に誰が耳を貸すか。政府と強いパイプを持ち全ての省庁と人脈があった十三階はいま、公式には存在しない。古池が栗山や新田に相談し、彼らが各省庁に指示するころには、もう史氷氷は出国しているだろう。

十三階が元の体制であったのなら、佐倉を死なせずに済んだ。数百人態勢で動ければ、拷問などせず、行動確認から史氷氷を突き止め、柏原を探せただろう。

ノック音がして、三部が入ってきた。三部は拷問にも佐倉の追尾にも参加せず、新橋庁舎に停めた作業車の中で及川優月と恵子の調査をしていたはずだが——。手にアタッシェケースを持っていた。

「頼まれていた件、分析が終わった。及川優月の方はヒットなし。同じ顔の人間は十三階関係者にはいなかった。ただ、母親の恵子の方だがな」

手のほくろとシミから、対象人物を割り出そうとしていた。三部が書類を突き出す。

「首相官邸対策本部の及川恵子の情報は全部削除してきた」

書類を数枚捲っただけで、古池は打ちひしがれる。

美月から電話がかかってきた。彼女は慌てていた。佐倉の拷問を見ていたときは威厳を保っていて、それなりに落ち着いていた。佐倉の事故死がもう耳に入ったのだろうか——。

「古池さん、すぐに戻ってきて。黒江さんの様子がおかしい」

古池は思わず立ち上がる。太腿から書類が落ちた。一枚の写真がはらはらと舞う。

律子と及川恵子がVサインをして写っている、観光地でのスナップ写真だった。


佐倉を拉致した斉川は律子とバトンタッチする形で、慎太朗の面倒を見ていた。港区内のホテルにいると本人から古池に連絡が入ったのは朝の八時過ぎのことだった。斉川は佐倉の交通事故死の一報を朝のニュースで見たようで「残念です」とひとこと言った。

「これから黒江を病院に連れて行く。もう少し、慎太朗の面倒をお願いしていいか」

「もちろんです」

「日本で改めて部屋を借りるなりなんなりする。お前が探してくれるか。霞が関に出やすい場所で。狭い家でかまわない」

「三人で住めるお部屋ということですか」

「いや……。黒江は、一緒に住めないと思う。恐らく、入院になる」

古池は壁に向かって電話をしていた。振り返り、待合室の椅子に座る律子を見る。律子は隅っこに座り、古池の様子を窺っていた。古池と目が合うや、怯えた様子で目を逸らす。律子は都内屈指の精神科病棟がある世田谷区内の大規模病院に来ていた。十年ほど前に建て替えられた病棟は近代的で開放感がある。こういうところに入院できたら、律子も少しは安らぐだろうか。

「黒江」

大丈夫だよと小さな彼女を抱き寄せる。佐倉を痛めつけていた十三階の女スパイらしい堂々とした様子はもはやどこにもない。古池に身を任せるふうでもなく、彼女はひたすら、緊張していた。

古池は懐から一枚の写真を出した。記者会見場で泣いている及川恵子が写っている。唯一、両手が写っている物で、三部が記した赤い二つの丸の中に、右手のほくろと、左手のシミが見える。

「彼女の正体がやっとわかった。お前の協力者だな?」

儀間祐樹のもとへ投入されていたとき、律子の母親役をやっていた女性だったのだ——。

古池は一枚の写真を見せる。律子とその女が大分県別府市の血の池地獄の前でVサインをしている写真だ。長谷川亜美《はせがわあみ》という律子が演じた女の『母親』役を務めていた及川恵子は、両手を体の前で重ね、微笑んでいる。肉眼ではよくわからないが、分析の結果、ほくろもシミも同じ位置にあることがわかった。

「及川優月は毒殺だった。ストリキニーネらしい。アルカロイド系の毒物だ。マチンという植物から生成できる。だがマチンは南米には生息していない。東南アジアではいくらでも生えているらしい。スリランカとかインドとか。ポート・ブレアにも」

律子は小刻みに震えはじめた。手首をくっつけて膝の間からだらりと垂らしている。見えない手錠で繋がれているようだった。

「何時の飛行機？」

彼女は意味不明な質問を始めた。

「コロンビアには、何時ごろ到着する？　現地時間じゃなくて、つまり……あと何時間で」

ピンポーンと電子音が鳴った。律子は怯《おび》えたように肩を縮こませる。

「行きたくない」

「俺も一緒だ、大丈夫」

律子は穴のあくほど古池を見つめている。

「……あなたが、するの……？」

一体なんの話をしているのか。なにが見えているのか。ポート・ブレア滞在中から律子は幻覚に悩まされている様子だったが……。

「お願い、許して。顎のない女のせいなの」

待合室モニターの呼び出し音が鳴り、番号が点滅している。律子の番号だった。行こう、と肩を抱いて立ち上がらせようとしたら、強烈な抵抗にあった。

「行かない。その飛行機には乗らない！」

診察室の扉が開き、看護師が「古池律子さーん」と呼ぶ。古池は手を挙げたが、律子はそのすきに古池の腕をすり抜けて、逃げ出してしまった。あっという間に男女の看護師四人に追いつかれ、とらわれる。専門の病院だから、患者の逃亡の対応に慣れている。

錯乱状態に陥った律子は細い手で男性看護師を平手打ちし、女性看護師を蹴り倒した。鎮静剤を打っていいか、と診察室から出てきた医者に許可を求められる。古池は頷くので精一杯だった。

これまで律子には、本当にひどいものを、たくさん見せられてきた。テロリストとのセックス、正当防衛による殺人、過剰防衛による殺人――。

だが、今回彼女がしでかしたのは、明らかに計画殺人だった。そして最終的に彼女は、自分の心を殺してしまったのだ。


雄大なアマゾン川に注ぐであろう支流の川の音が、テントの外から聞こえている。

乃里子は煙草の箱を丁寧に開いて平らにした。その裏側にエンピツで思いを綴る。メモや日記は許されないので、煙草の箱を利用するしかなかった。

日本にいたころ、家族のためになにかをしてやりたいと思ったことはほとんどなかった。むしろ、彼らは乃里子の家族であるがゆえ乃里子のキャリアを邪魔してはならないと思っていた。夫はそれでよくても、子供がそれでよくぞまともに育ったものだと思う。必死に働き国に人生を捧げてきた母親を尊敬してくれていたのかもしれない。

お母さん、頑張って。

もしかしたら日本にいた時からずっと背中に浴びていたかもしれない声援に気付かずにいたと思うと、胸が締め付けられた。

乃里子はテントの外に出た。数日前から河原に宿営している。アマゾン川の支流らしいが、川の名前は場所の特定につながるので教えてもらえない。

アポストル将校は水辺に下りて馬の手入れをしていた。川はゆったりと流れている。川幅の広さから殆ど海のように見えた。透明感は一切ないが、泥を巻き込んだ茶色い水ではなく、黒く輝いている。植物から流れ出したタンニンが溶け込んで黒くなっているらしかった。

将校が馬にブラシを当てながら、どうしたと乃里子に問う。

「もう一度、家族と電話をしたい」

「ノー。日本政府が交渉のテーブルから離れてしまった。しばらくは無理だ」

乃里子は目が点になった。

「どういうことだ」

「こっちが聞きたい。シンイチ・コイケは消えた。何度か電話をしているが、彼は対策本部にいないと繰り返されるばかりだ」

家族の声を聞かせてくれたのは、最後の慰めか。とうとう日本政府は乃里子を見捨て、古池を再び収監したのか。

もしくは乃里子を見捨てたのは古池か。十三階の復活に忙しく動いていて、対策本部での捜査活動をおざなりにしているだけか――。

「確かめさせてくれ。私が直接対策本部の人間と話をすれば、状況がわかるはずだ」

アポストル将校は「電話が終わったら出発するぞ」とだけ言い、衛星携帯電話を出した。対策本部直通の番号にかけたあと、無言で乃里子に手渡した。

電話に出たのは若い男だった。

「藤本乃里子だ。頼むから交渉人の古池に代わってくれ！」

「お待ちください」

電話を代わった人物は冷淡だった。

「古池はいま、ここにはいない」

「いい加減にしてくれ！　私はギャングに狙われ首をはねられそうになった。なにがなんでも古池に代われ！　四の五の言わずに古池慎一を呼んで来い！」

「藤本。私の声がわかるか」

はたと乃里子は我に返る。無意識に背筋を伸ばしていた。

「栗山だ」

警察官僚として大先輩の栗山の物言いに、乃里子は鞭で打たれた気分だった。

「ロサ・イー・フセスがお前の首を狙ったという件はカタがついている」

「どういうことです」

「ロサ・イー・フセスに金を流して、お前を襲わせた人物がいた。機密費が使われていた」

「日本政府内に人質の私を抹殺しようとしていた人間がいたということですか⁉」

「佐倉だ」

乃里子は今度は別の鞭で打たれた。愛を囁かれた男に、命を狙われていたとは。しかもギャングを買収して。

「アイツの執務室の金庫を確認した。機密費が五千万円ほど減っていた。金の流れを追ったら、元パラミリターレスで現在はコロンビア政府軍の顧問をやっている男に繋がった。仲介役を四千五百万円で引き受け、ロサ・イー・フセスに五百万円でお前の首をはねて来いと命令したと認めたらしい」

乃里子は笑うしかない。

「ひどい中抜きですね、その政府軍の顧問だかなんだか……」

「佐倉がその人脈をどうやって掘り起こしたのかもすぐに判明した。モサドのようだ。アミットという大佐が、佐倉死亡の一報を知るやすぐさま政府筋に電話をかけてきた」

乃里子は話についていけない。乃里子の命を狙っていた佐倉が死んだ……？

「ちょっと待ってください。佐倉は死んだんですか？」

「ああ。国の情報を中国のスパイにドロップしていたようだ。十三階が拷問してゲロさせ、あちらのスパイを引きずり出そうとしていたが、佐倉は交通事故死した。あちらの工作員による口封じだろうな」

そうですかとしか言いようがない。その短い言葉すら、途切れがちになる。

「藤本」

改めて、栗山に呼ばれる。

「古池はいまその件で手が一杯で、身代金交渉のテーブルにつける状態ではない」

でしょうね、と言った声が震える。

「ちなみに佐倉が中国に流していたのは海上保安庁の機密情報だった。十一管区の巡視船の行動予定から極秘の機関部門、乗組員の身元と人間関係まで、多岐にわたる」

海上保安庁の第十一管区——領有権を巡り中国と睨み合いが続く尖閣諸島を守る部署だ。

「いま海保は第十一管区の管理体制の改変を行わざるを得ない状況だ。船の機関構造を知られた以上、巡視船艇の改造改築が必要だろう。人も入れ替えねばならない。乗組員は確実にスリーパーに狙われる。すでに友情、愛情、金を餌に絡めとられている者がいるかもしれず、海保はパニックに陥っている」

事の重大さに、乃里子は体の内側からガタガタと震え出すしかなかった。

「藤本。お前がどうして佐倉と不倫関係になったのか、知ったこっちゃない。本気で愛していたのかもしれんが、結果、どうだ」

はい、としおらしく言いながら、乃里子はボロボロと涙を流していた。

「お前のその不始末のせいで十三階はズタボロになり、いま神奈川県警の柏原があちらの手に落ちて行方不明。殺害されている可能性が高い。そしてまた、尖閣諸島を守る何千人の海上保安官の命をお前は危険に晒してしまったというわけだ」

乃里子は糾弾を甘んじて受け入れた。アマゾンのどこかの川べりで正座する。

「お前のご家族のこともあって、当初はコロンビア政府軍の救出部隊をバックアップする名目で、身代金に匹敵する支援金を三億円調達し、裏のルートでS‐26に支払うことでお前を解放させようという動きもあった。しかし立ち消えになった」

藤本、と三度、憐《あわれ》みの呼びかけをし、栗山は古池の言葉を踏襲する。

「日本政府はゲリラとは交渉しないし、身代金は一円たりとも払わない。対策本部は今後縮小していくことになると思う。自力で逃げろ、藤本」

岩場の洞窟内で休むゲリラたちはポータブルDVDプレイヤーで映画を楽しんでいた。アポストル将校は乃里子の落胆を察したのか、「気晴らしをしてから出発だ」と乃里子をDVD鑑賞の輪に強引に入れさせた。彼らがゲラゲラ笑いながら見ていたのは、映画『アナコンダ』だった。よくこんなものをアナコンダが生息している場所で笑いながら見られるものだ。乃里子はやけになって、リアルではありえないくらい巨大な怪物になったアナコンダを笑い、それに巻かれ成敗された悪人を見て「ざまあみろ！」と叫んでみせた。

ふと、この悪党は古池にとって私のことかしらと思う。古池は乃里子がしでかしたことの後始末に追われ、身代金交渉のテーブルにつく余裕すらないという。

――ごめんよ、古池。でも大丈夫、私はアナコンダがリアルに生息する密林にいるのだ。いずれこんなふうに、アナコンダに巻かれて丸呑みされるという天罰が下るさ……。

午後、宿営地を出発した。自身の荷物とブランケットや皿を担ぎ、ニキータとアメリの後ろを歩く。途中、ヘラクレスオオカブトが密集する木を通り過ぎた。乃里子の手のひらよりも大きい。日本では一匹数万円で取り引きされるそれを、長男の寛人が幼稚園のころに欲しがっていたのを思い出す。

とんびの二倍くらいの大きさがありそうなコンドルが優雅に空を飛んでいる。家族で海水浴に行ったとき、幼い美智が手に持っていたお菓子をとんびに奪われ火が付いたように泣いたのを思い出す。

山を登り谷を下り、川を渡り、岩場を抜ける間、家族のことばかりを考えた。乃里子が人生の時間の殆どを費やしてきた『仕事』のことは一切、思い出せなくなっていた。ほんのひと握りしかない家族との時間の断片を、コロンビアのあまねく自然によって思い出させられているようだった。それは、恐らくはもう二度と生きて日本の地に帰ることはないだろうという絶望からくる人生の郷愁の境地なのかもしれなかった。

なにを食べても味がしない。煙草をもらってもスカスカだ。仮宿とした密林内の狭い平地で炊飯のための焚火を見つめ、夕方のコーヒーをもらっても、心に沁みいるものはなにもなかった。それでも乃里子の体は生きている。尿意や便意がそれなりにやってきた。

見張りのアメリとニキータにトイレを告げた。

乃里子は清潔そうな木の葉を十枚くらい選び、仮宿を抜けた。人目がないのを確認し借りたシャベルで穴を掘った。下着を下ろして穴の上にしゃがみこんだ。視線を感じ、顔を上げる。木の枝からぶら下がる二つのつぶらな目と、視線が合った。ナマケモノだ。じっと木の上から、乃里子の排便の様子を見ている。危害を加えてくる様子はない。乃里子は見られるままになった。揶揄はしてみる。

「女性が排便するところをのぞき見するとは、さてはスカトロ趣味でもあるのか?」

一人でツッコみ、笑ってみる。木の葉で尻を拭いて排泄物の上に捨て、シャベルで埋めた。立ち上がる。ナマケモノと視線の高さが同じになった。彼か、もしくは彼女は、まだ同じ体勢で木にぶら下がる。

「なにか私に言いたいことがあるみたい」

ナマケモノに問いかけながら、とうとう自分もナマケモノに難癖をつけるまでに落ちたかと自嘲する。

「潔く切腹でもしたらいいと思っているんだろう」

ナマケモノは二本の鎌のような形をした鉤爪で、尻をかきはじめた。

「私はどうして生きているんだろうね。なぜ腹が減って、便や尿が出るのだろう。お前はどうだ。木の上でのんびり暮らす人生に、疑問を抱いたことはないのか?」

ナマケモノは尻をかくのをやめ、またじっと、乃里子を見る。

「私はなおも、生き続けるべきだろうか」

あほらしい、ナマケモノに人生哲学を尋ねるとは。だが、なにか答えてくれそうな気配で、ナマケモノは無言でこちらを見ている。まるで世捨て人、仙人のようだった。

「私はどうすべきか……」

ナマケモノが不意に身を翻《ひるがえ》した。足よりも長い手で枝から枝へ飛び移り、あっという間に木々の間にいなくなってしまった。

「まだ懺悔《ざんげ》は終わっていないんだけどね」

ナマケモノですら退屈な問いかけだったのかもしれない。ふんっと自嘲し、踵を返した目の前に、鋭い牙と、先端が割れた舌が迫っていた。

黄色い目が冷酷に、乃里子を見据えている。それは樹木の枝に胴体を巻き付け、首を前にもたげて乃里子に狙いを定めていた。

アナコンダ……？

乃里子は絶叫し、逃げ出した。映画で見たアナコンダよりずっと小さいが、乃里子の太腿と同じくらいの太さがあり、長さも恐らくは十メートル近くありそうだ。複雑に樹木に絡まっていた。いかにも「私はわるーい毒蛇ですぜ」と言わんばかりに、レロレロと舌を泳がせ、鋭い牙から唾液を滴らせていたのだ。

乃里子は「アナコンダだ！」とゲリラたちに叫びながら、もと来た道を駆け下りた。

人の気配はなく、いつもは銃器を持って助けに来てくれるアメリやニキータの姿も見えない。ＡＫ47を構える音もしない。

一度立ち止まって周囲を見渡そうとしたとき、シャーッとなにかが耳元をかすめた。ヘラクレスオオカブトが飛んでいったのかもしれないし、アナコンダかもしれなかった。コンドルかもしれないし、毒をもったヤドクガエルが飛びはねたか。軍隊アリが木立を上る音か。昔から爬虫類や虫が苦手だった。立ち止まったらそれらに全身を覆われるような強烈な嫌悪感と恐怖感に包まれ、乃里子は叫びながらジャングルの急斜面を下った。

「誰か！　アナコンダだ、助けて！」

木々の枝をかきわけ、灌木をへし折り、密林を下りる。両足を車輪にしたつもりでいっきに斜面を下りて行った。

ふいに農道に出た。

目の前にぶどうの木が並ぶ。幾何学的なその配置は明らかに人の手によるものだった。助かった、とへなへなとくずおれそうになる。

「アナコンダが出た、助けてくれ！」

乃里子は叫びながら、畝《うね》を走り、ぶとうの木々の向こうにある平屋建ての小屋の扉を叩いた。猟銃を持った農園主が出てきて、乃里子を見て目を丸くする。いきなり銃口をつきつけられた。

「おい！　私じゃない、アナコンダを……！」

「あなたはＳ－26の人質だろう！　逃亡はだめだ！」

S-26の息がかかった農園か。

スペイン語だったが、乃里子は英語で返す。

「頼む、逃亡じゃないんだ。巨大なアナコンダが出て、ゲリラの一群を襲っているかもしれない、本当なんだ。私は偶然トイレをしていて……」

あちらは乃里子の英語が理解できないようだった。スペイン語で、戻れ戻れと銃口で乃里子をせっつきながら追い立てる。乃里子は今度、スペイン語で訴える。

「本当だ、太くて大きな蛇だった。早く彼らを助けに行ってくれ。あんなものに巻き付かれたらソシオが死んでしまう!」

乃里子は叫びながら、はっとする。

ソシオ――仲間、だと……?

自分が自然に発した言葉を妙に思いながら、乃里子は再びスペイン語で仲間を助けてと叫んだ。

農園主は信じたようだった。猟銃を背中に担ぎ、槍のようなものと束にしたロープを手に、小屋から飛び出してきた。乃里子は自分が転がり出てきた獣道を指さし、「この先だ」とスペイン語で促す。農園主は木々の間に消えた。

小鳥がさえずり、やわらかな日差しがぶどうの葉を揺らしていた。小屋の扉は開けっ放しで、表にはバイクが停まっていた。

乃里子は三百六十度、周囲を見渡す。

誰もいない。

乃里子は玄関の段差に腰掛けて、農園主が戻ってくるのを待った。

ふいに小屋の脇から鳥が羽ばたいていった。コバルトブルーの体で、赤い極彩色がお腹に見えた。胴体よりも長いしっぽが空を舞うさまはどこか羽衣伝説のようでもある。乃里子は南米にいるのに、なぜか古代の日本にいるような気分になった——そうだ、あれはケツァールという世界で最も美しいといわれている鳥だ。コロンビアに赴任することになったとき、落胆を飲み込んだ乃里子に、夫が図鑑を見せてくれた。

「手塚治虫の『火の鳥』のモデルになっているといわれている鳥なんだって。目撃できたら、幸福になれるとか」

乃里子は立ち上がった。

小屋の中に忍び込み、無我夢中でバイクの鍵を探す。冷蔵庫が目についたので、そこにあったペットボトルのコーラを飲み干す。大きなおくびが「ゲエ」と乃里子の口から出た。生きている。私は生きて日本に帰る。棚の上の小さな引き出しを開けているとき、食卓のテーブルの上に出しっぱなしになっている鍵を見つけた。YAMAHAのロゴが入っている。こんなところで日本企業の製品に出合えたことに感動する。世界に誇る日本技術の素晴らしさよ、と心の中で万歳三唱し、乃里子はヤマハの鍵を掴み取った。扉の外に出てバイクに跨る。鍵穴に鍵を入れて回し、足でエンジンバーを思い切り蹴る。発進した。直後に獣道から飛び出してきた人を轢きそうになって、急ブレーキをかけた。

アメリだ。

「ノリコ、大丈夫！」

アメリは、まさか乃里子が逃亡すると思っていなかったようだ。アナコンダ、アナコンダと叫びながら山を駆け下りたから、きっとゲリラたちが乃里子を心配して探し回っているのだろう。

乃里子も、大便をしに行っただけで、決して逃亡を企てていたわけではない。むしろ、彼らを仲間と思っていたのだが――。

乃里子の心変わりを、アメリは敏感に感じ取ったようだ。即座にＡＫ47を構えた。

「バイクを降りて！」

「………」

「早く！　両手を上げて跪け！」

「武器を捨てるのはそっちだよ、アメリ」

目を剝いて敵意を見せるアメリに、乃里子は言い聞かせる。

「パン・アメリカン・ハイウェイ」

「………」

「チョコ県の分断箇所を繋ぐ。お父さんの夢だったんだろう？」

アメリはほとんど表情を変えず、乃里子にじりじりと、近づいてくる。

「ならばあなたが叶えればいい。武器を捨て、学校に行き、勉強をするんだ」

アメリが何か言い返そうとしたので、乃里子は遮る。ペンに勝る剣はないと教える。

「私がついている。武器を捨て、学校に行きなさい」

「私ひとりが勉強したところで――」

「私は日本政府からやってきた大使館の参事官だ。ODAというのを知っているか、途上国への援助。私が日本に帰り、政府に掛け合い、コロンビア政府に拠出金を出させよう。パン・アメリカン・ハイウェイを繋ぐ金を、私が必ずもぎ取ってくる。あなたはそれまでに武器を捨て、勉強をすることだ。お父さんのような測量士になって……！」

アメリはゆっくりと銃口を下ろした。乃里子は胸ポケットをまさぐる。コロンビアに追いやられても、ゲリラに誘拐されても捨てられず、無駄に持ち歩いていた最後の一枚の名刺を、アメリに与えた。

「これが私の連絡先だ」

裏面は英語表記になっている。警察庁警備局警備企画課、理事官執務室の番号が記されている。十三階校長の直通番号を、泥で汚れた指で指す。

「国番号は、81」

アメリはずいぶん長い間、名刺を見つめていた。やがて決心したように顔を上げる。

「OK。パロマ・ジョセフィーナ・ヘルナンデス・ガルシア」

彼女の本名のようだ。長いが、乃里子は一回で覚えた。

「パロマ。必ず戻る」

「ゴー、ファスト!」

乃里子はバイクを発進させた。


官房長官の定例記者会見の様子が、夜のニュースでかなり詳細に報道されていた。

古池は築地市場跡地近くのウィークリーマンションで、慎太朗に夕食を食べさせていた。

二週間前の佐倉の交通事故死以来、仕事の手が離せず、夜間保育終了ギリギリの時間になって慎太朗を迎えに行き淋しい想いをさせていた。

斉川はこのマンションの一室で慎太朗を引き渡してくれたきり、連絡がつかなくなってしまった。

今日、古池は十七時前には迎えに行き、久々に親子で夕食を摂っている。

慎太朗は離乳食が始まったころにはもうインドにいたから、スパイシーな風味に慣れている。日本の醬油の味付けを臭がり、一度、納豆を食わせてみたらべーッと吐き出す始末だった。どうしてこんな臭いものを食べさせるのだ、とアブアブしながら目で抗議するさまがおかしくてたまらなかった。

「藤本乃里子参事官の救出作戦にあたっては、現地コロンビア政府、並びにコロンビア警察の多大なる協力があったことをここに述べ、改めて政府より、感謝の意を伝えます」

乃里子は現地時間の七月十九日未明に、アマゾン川支流であるカケタ川沿いにあるラ・タグアという町の警察署の駐車場にバイクで突っ込んできたところを保護された。病院で検査を受けたところ健康状態は良好だった。現地警察や政府、大使館の事情聴取を終え　明日の便で一旦東京に戻ってくる。今頃エル・ドラド空港かどこかで日本政府の会見の詳細を知り、ひっくり返っていることだろう。

　彼女は自力で脱出したのに、官房長官が日本政府の機関がコロンビア側と力を合わせて救出したかのような発表をしているのだから。

　この記者発表のシナリオを書いたのは古池だ。

　テレビの中で、記者から質問が飛んでいる。

「コロンビアでの外国人誘拐事件というのは長期間にわたり交渉が難航することが多いといわれていますが、一か月半でのスピード解決でした。救出が成功したことについて、天方美月議員肝入りの内閣情報調査室の情報機関、内外情報調査部の活躍があったという話ですが」

　この記者は、政府御用達の人物だ。政権に都合のいい質問しかしない。官房長官は顔色一つ変えずに、言う。

「具体的にどの機関が救出に動いたかについては、ここでお答えすることは差し控えさせていただきます」

　古池は夕食を終えて洗い物を食洗器にぶちこんだ。食べこぼしでぐちょぐちょになった慎太朗の前掛けを洗い、食べかすだらけのテーブルや床を拭く。慎太朗はワニのぬいぐるみを抱き、指しゃぶりを始めた。指しゃぶりをしているのを見たのは初めてだった。古池がその指を引き抜こうとしたら、意外に強い力で吸い付いていて、なかなか離さない。

「どうした。まだなにか食いたいか?」

慎太朗は口から指を離し「ママ」とひとこと言った。

「そうだな。ママはいつ帰ってこられるかな」

慎太朗を抱き上げて一緒に風呂に入った。古池が自分の髪を洗っている間に、慎太朗はびしょ濡れのまま風呂から出て行ってしまう。古池もカラスの行水だ。素っ裸のまま、慎太朗をバスタオルで包み上げ、ごしごしと体をふく。全ての報道番組を見たが、佐倉隆二内閣官房副長官の交通事故死について触れる番組はなかった。佐倉の死から二週間経ったが、当日に十五秒ほどのスポットニュースで扱われたのみだった。事故で負った頭部外傷以外にも、下腹部にひどい火傷の痕があったが、赤坂署長が官邸の意向を受けてその事実は握りつぶしてくれた。

政権の中枢に中国のスパイがいたとは発表できない。美月の経歴に傷がつくし、大国となった中国側と真正面から衝突するのは日本にとって得策ではないからだ。

表面上はお互いになにも知らぬふりをして、スパイ同士の諜報合戦という『影の戦争』が始まるのみだ。それは、真に国家間が戦争という波に乗らぬようにするための裏の攻防でもある。

古池は慎太朗の歯を磨いてやり、一緒にベッドに入る。仮住まいとなるこのウィークリーマンションは必要最低限の家具と生活用品しかなく、がらんどうだった。

南野から電話がかかってきた。今日は慎太朗との時間を優先したので、律子の見舞いに行けなかった。南野に着替えの差し入れと病状を聞きに行ってもらっていた。南野は律子の状態を「どんどん悪くなっている」と正直に伝えた。

「そうか」

古池は瞼が落ちてきた慎太朗の尻をポンポンと叩いて寝かしつけながら、短く答えるしかない。工作員として成長するにつれ無感情になっていった南野が、珍しく感傷的な声で続ける。

「それから、妊娠三か月だそうです。こちらは、経過順調だとか」

第六章　ユダ計画

古池は隅田川の悠然とした流れを見下ろしていた。都内屈指の大病院のテラスで、美月を待っている。ここのホスピスで、美月の父である天方信哉元総理大臣が最期の時を過ごしている。父親の世話は、天方家の家政婦にやってもらっているらしいが、美月は着替えの入った紙袋を持っていた。

今日は報告も兼ねて、古池も見舞いにお供する。かさばる荷物を持ってやろうとしたが、美月は断った。

「ごめんなさいね。父のお見舞いにつき合わせて。こんな暇があるなら、奥さんの病院に行きたいわよね」

「いいえ。私の方でも天方元総理と積もる話があります」

「あら。どんな？」

「内緒です」

美月はふっと笑ったが、エレベーターで二人きりになった途端、厳しい顔になった。官房長官の発表が納得いかないという。

「本当にあれでよかったの？　事実上、私が作った内外情報調査部は役立たずだった」

「佐倉が中国の工作員の存在を悟られぬため十三階を潰し、あえてトロい組織を作ったということでしょう」

「コロンビア事件はあなたを中心とした十三階が解決したようなものよね？」

「買い被りすぎです。未だ及川優月の正体はわかっていませんし——」古池は息を吐くように嘘をついた。「藤本参事官は自力で戻ってきただけです。我々は佐倉の件を暴くので精一杯、十三階はこれからです」

「そうだけど——。私、正直に全て話して国民と十三階に謝罪すべきだと思うの。役立たずの内外情報調査部が活躍したなんて、口が裂けても言いたくない」

「ご冗談を。我々は影の部隊であり、組織の存在が明るみになることをよしとしません」

美月はエレベーターの扉の隙間を、じっと見つめている。

「いま、十三階が消滅し内外情報調査部の活躍が評判になっていること——これほど十三階にとって喜ばしいことはないのです」

美月が睨むように古池を見上げた。

「これだけのことを国家のため国民のためにしているのに、世間に認知されることも賞賛されることもないなんて——」

「我々はそんなことを望んでいません」

「命を賭して戦っているのに、誰も知らないし感謝もしない。それでいいの？」

「それが本来の十三階のあるべき姿です」

いまは十三階再編の絶好のチャンスだった。美月のバックアップを受けて、元十三階作業員を少しずつ現場に戻らせている。また、全国都道府県警にいる公安部員の中から特に外事に詳しいものを集め、公安調査庁からも人を募集し、対中国の諜報部門を大きくする。予算を拡充してもらい、最新機材を導入する。これは通常なら左派政党に嗅ぎつけられ順調には進まないが、内外情報調査部の裏に隠れていれば、批判も浴びにくい。公安一課に在籍していた南野や三部、柳田もすでに新しい部署に就いている。南野と柳田は伊豆七島から警視庁公安部へ復帰し、外事課四係へ異動した。中国に対するカウンターインテリジェンスを担当する部署だ。三部は再任用という形で同じ部署に入った。

「この一年は本当に大変な日々でしたが、十三階にとって最高の結末を迎えたといっても過言ではないのです」

美月が古池を上目遣いに見た。

「本当に？　私の罪悪感を少しでも軽くしてやりたいとか思って言ってない？」

古池は返答に困り、無言で美月を見下ろした。美月は国会議員の顔に戻り、訴える。

「組織再編にあたり、ひとつ、十三階内部局に増やしてほしい班があるの」

「なんでしょう」

「〈救出班〉。必ず作って」

エレベーターが停まり、扉が開いていた。美月は『開』ボタンを押しながら先に出た。

「投入作業員がトラブルに巻き込まれたとき、ありとあらゆる作戦を練って救出する。その知識と技術を持った捜査員を訓練する〈救出班〉を常設してほしい」

美月は扉を押さえて訴える。古池はエレベーターから出たが「簡単ではありません」と答えた。

「お気持ちは嬉しいですが、まずは情報流出の件で海保が負う損害を具体的に算出し、あちらの組織再編を手伝うのが先です。老子学園を廃止させるための証拠集めも必要です。アドレス作業、場合によっては投入と――」

「そんなのは後でしょう。まずは柏原さんの救出が先！　政府は国民をひとりもとりこぼさない。たとえそれが国家のために死ぬと誓った者であってもよ」

白い壁がまぶしすぎるほどのホスピスの廊下を、美月が一歩踏み出す。余命わずかな者たちが最期の時を静かに過ごす場所で、美月は続ける。

「いまモサドのアミット大佐と連絡を取っているの。佐倉に一杯食わされたとはいえ、ロサ・イー・フセスの件で日本政府に謝罪の意を持っている。そのアミット大佐のもとに、十三階の誰かを研修にやれない？」

アミット大佐は幼少期に祖父によって国外へ誘拐され、モサドによって母国に連れ戻されたという特異な逸話を持っている。成人後は自ら志願して国のために戦い、現在はモサドの幹部となっている。そしてモサドには世界で唯一、ＣＩＡもＫＧＢも十三階も持たない部署がある。

〈救出班〉だ。

「これまでモサドの〈救出班〉がどのように潜入スパイを助け出してきたのかを勉強してきてほしい。その道を学ぶ人員がひとり欲しいの。アミット大佐も了承してくれている」

古池は何度も頷いていた。

「南野を行かせます」

美月は大きな目をくりっと輝かせた。

「私も同じことを思っていたの。やはり、彼よね」

「本人にとっても名誉なことかと思います」

対中国の防諜戦線から一人抜けることになるが、その代償は十三階の未来に大きな実をつけるだろう。

美月がバックアップし、アミット大佐から学んだ南野が救出班を創設し、機能し始めたとき——十三階の駒として人生を捧げる作業員たちの命と家族の想いを、どれだけ救うことになるだろう。

古池は……。

少し感涙していた。

命の灯が消えかかった父親の病室へ向かう美月の背中には、希望しかないようだった。早くに母親を殺人という形で失くし、三十を前にして父親を病気で失おうとしている。古池に失恋し傷ついてもいるだろう。だがその背中に孤独や悲哀が見えない。ただまっすぐ前を見据える純粋な強さがあった。それは十三階の未来なのだろうか。天方美月という屈託ない愛情で満ち溢れた者が照らす『未来』や『救い』によって、この先一人でも、十三階で命を落とす者や心を病む者、涙を流す家族が減るのであれば……。

古池は甘んじて彼女を受け入れ、また彼女と共に十三階の再編に尽くすべきだった。

天方美月は十三階の太陽だ。

常に日陰にいて太陽の光を見ずに来た十三階に、まさか陽が昇る日が来るなどと思いもよらず——古池は感動を無言で噛みしめた。

天方信哉元総理の個室に入る。伝えなくてはならないことがたくさんあった。

天方信哉は古池と美月が見舞った日の晩、永眠した。享年七十だった。遺族と民自党による合同葬が検討される中、七月二十五日に行われた親族関係者のみの通夜への参列を古池は遠慮した。未だ身分は保釈中の被疑者だ。交渉人としての任務が終われば、検察に出向いて取調べを受ける。十三階事件については相変わらず黙秘を通していた。国家の機密に関わると繰り返す。二か月前まで検察はかなり厳しい態度で臨んでいたが、改めて取調べを再開させてからは形式的だ。空気の抜けた風船と話しているようだった。

その日はどうしても慎太朗の預け先が見つからなかった。年度途中から保育園に入れるのは難しく、一時保育をあちこち頼んでなんとか凌いでいる状態だった。検察に事情を話すと

「今日は処分決定の事由を告げるのみで、三分で終わりますから、子連れでどうぞ」とあっさり言われた。

古池は東京地検に出向き、検事室に座った。慎太朗が六法全書を引き出したり、花瓶をひっくり返しそうになったりするのに慌てながら、不起訴処分を受け、晴れて自由の身になった。事由を検察は「証拠不十分」とした。

不起訴処分を受け、懲戒免職処分の撤回と復権を求めに警察庁の人事課に出向く必要があったが、子連れだ。今日は午前中に天方元総理の葬儀があったこともあり、霞が関もばたばたしているだろう。古池は慎太朗を片腕に抱きながら、霞が関省庁を見せて回った。退屈そうなので、外務省の中庭に慎太朗を連れていった。自然豊かな場所で育ったからか、人の手で完璧に整えられた庭も、慎太朗には物足りないようだ。「虫さん、いない」と残念そうな声ばかりが聞こえる。陸奥宗光の銅像を前に、古池の下に逃げてくる。

「あれは偉い人だよ。お前も将来、銅像を建ててもらえるくらい偉い人になれよ」

それとも、父母のように影の道を歩むのか――。

「慎太朗は大きくなったらなにになるんだ?」

「ママとけこんする」

「そうか。しかしパパはママと離婚しないぞ。どうする」

古池さん、と頭上から女性の声で呼ばれる。五階の窓から、美月が手を振っていた。

議員会館に託児所があると聞き、特別に小一時間ほど慎太朗を預かってもらうことにした。美月のハイヤーに乗せてもらって外務省から議員会館へ移動し、託児所に入る。同年代の子供たちが遊んでいるのを見て、慎太朗は目を輝かせその海に飛び込んでいった。美月が慎太朗の汚れたスニーカーを靴箱に入れてやっていたので、古池は慌てて断った。

「葬儀が終わったばかりでしょうに。もう執務に復帰ですか？」

「初七日まではと思っていたんだけど……。柏原さんの件で葬儀の最中に連絡が来たの」

警視庁の鑑識課がブルーポール南青山の下水管を調べていた。その鑑定結果が出たのだという。虫歯の治療に使われるインレーという詰め物の一部が発見されているという情報は、古池の耳にも入っていた。柏原が通っていた歯科医院に問い合わせ、一致するか照合している真っ最中だった。

美月と二人でエレベーターに乗り、四階で降りる。一年前、ここで初めて出会ったときのことをふと思い出し――古池は改めて腕時計を見た。今日は七月二十六日だった。

一年前の今日、古池は美月と初めてここで出会ったのだ、爆弾という洗礼の中で――。

美月と共に辿る奇妙な運命を感ぜずにはいられなかった。いまこの瞬間も、古池と美月が政治と諜報の場で辿るであろう長い道のりの一部を切り取ったものでしかない。この先になにがあるのか、なぜか焼けるような焦燥に駆られる。

改めて彼女の執務室に入り、古池は美月が差し出した書類を見た。南青山のスタジオの下水管から発見されたインレーが柏原のものと一致したということだった。長いため息をつき、古池は美月を見た。

案の定、彼女は泣く寸前だった。

「柏原さんの残された家族に、私はなにをしてやれるかしら」

「それはあなたの仕事ではありません。殉職警察官家族は警友会が支えます。寡婦が亡くなるまで、そして子が成人するまでそれなりの遺族年金が支払われますし……」

「柏原さんの奥さん、妊娠がわかったばかりらしいの」

不妊治療中だったらしい。知らなかった。

「小学生の上のお子さんは、どうしても三人目がほしいって、柏原さんを困らせていたみたい。念願叶って赤ちゃんが生まれて来るのに、お父さんがいなくなってしまうなんて……」

父親の葬儀を午前中に終えたばかりの美月が、見ず知らずの警察官家族のために泣いている。ここまで他者を思いやる政治家に、古池は会ったことがない。国民一人一人への確かな愛情を持つ彼女を、古池は静かに見つめる。

美月はハンカチで目元を丁寧に拭ったあと、古池に尋ねる。

「南野さんは？」

「来月にもイスラエルに行く予定で、モサドと調整中です」

美月は中止するかと提案した。

「柏原さんは亡くなった。佐倉の言う通り、本当にあのスタジオで命を落としたのよ。〈救出班〉を作ったところで――」

「それでも、作りましょう」

古池はきっぱり主張した。

「十三階には必要な班です。私にとっても」

古池は改めて一歩前に出て、彼女の前に立て膝でしゃがむ。執務椅子の手すりに置かれた美月の醜い左手を取る。怖かっただろう、痛かっただろう。自分の手だから毎日これが目に入り、あの日の恐怖と屈辱を日々心に刻んでいるはずだった。そしてこの美月が負った傷に、古池の右胸の傷も呼応するのだ——怖かったし、痛かったし、屈辱的であったと。あの拷問から生き延びたあと、古池は妻子を守ることに精一杯で、自分が心身に負った傷にかまっている暇がなかった。周囲はこれを勲章のように称え、自分で笑い話にしてきたが、本当はそうじゃないだろうと——美月の左手が、あの日、西川口のラブホテルで教えてくれた。

「天方議員。改めまして。去年の夏、この執務室で起こった爆破騒ぎにつきまして、当時の十三階秘書官として部下が起こしたこと、深くお詫び申し上げます」

美月はすでに泣いていたが、更に目を赤くする。長らく心からの謝罪を要求していた。古池がようやく見せた誠意に感涙しているようだった。

「……いまならハイヒールのひとつやふたつ、舐めますが」

ひっそり囁くと、美月はかわいらしく噴き出した。古池もつい笑ってしまった。美月は不思議そうに古池の笑顔を眺めていた。普段、必要にかられたときに演技で笑うことしかしない。この種の笑みは、家族の前でしか出さないものだった。

「改めまして」

古池は再び表情を引き締め、遅かれ早かれ総理大臣の座に就くことになるであろう権力者を前に、ひざまずく。

「これからは十三階作業員として、命がけであなたをお守りいたします。あなたも今後、国民の安全と国家の安寧のため、命を尽くしてください」

美月はぴんと背筋を伸ばし、女王のように古池を見下ろした。ひとつ、重々しく頷く。だがすぐにその表情が緩み——一瞬、古池の両手に指を絡ませてきた。

「…………」

「…………」

美月は手を引き抜いた。彼女は常に、他人の痛みに寄り添う。

「身重の奥さんとご長男君を、大切に」

古池は深く一礼し、執務室を出た。

三日後、古池は警察庁に呼ばれ、警察庁警備局警備企画課の秘書官として復職を果たした。古池が置いていった文房具類は段ボール箱の中に保管されていたようで、同席した警備企画課の課長が古池に返却してくれた。「新たな執務室を」と課長が古池を十三階フロアに連れて行く。

「実は君が使っていた執務室、いま管理官が使っていてね」

「出ていってもらえないのですか？」

「というより、校長室が空いているだろう。そこを使ったらどうだ」

「新たな校長が遅かれ早かれやってくるでしょう。まだ適任が見つからないのですか」

「すっかりいわくつきのポストになったからね。三代前のときに北陸新幹線テロ、二代前は自殺、一代前はコロンビアで誘拐だ」

全てに律子が関わっている——古池は警察官僚が冗談めかして言ったことに愛想笑いはしたが、心の中は後ろ暗さで溢れた。

「上の方の話じゃ、しばらく校長は置かないという話だ。栗山主幹はともかく、寺尾や藤本は身から出た錆《さび》だろ。校長たるものが組織を危機に陥《おとしい》れる不始末を二代連続で犯したわけだから、むしろ不要論も出ている」

課長はニヤッと笑いながら古池を振り返り、肩を叩いた。

「実質、お前が十三階のトップだ」

課長は校長室の扉の前まで古池を見送り、立ち去った。

古池は段ボール箱を両手に抱えたまま、しばし、なんの札も出ていない校長室の扉を前に、立ち尽くす。

四十六歳にして上れるところまで上り詰めた。感慨はない。それを求めるスパイ人生ではなかったからだ。テロを防ぎ国を守る。ただそれだけのために地を這《は》い現場で命を張ってきた。扉を開けた先にある光景は古池が追い求めたものでもなんでもなく、棚から牡丹餅《ぼたもち》で降ってきたものでしかない。

――やれやれ。俺のスパイ人生はジェットコースターか。一昨日まで肩書を奪われた被疑者で三か月前までは拘置所生活だったのに。

段ボール箱を抱え、古池は、十三階を統べる者だけが許可なしに出入りできるその部屋へ、一歩、足を踏み入れた。

見覚えのある女の尻が出迎えた。

紺色のタイトスカートにジャケットを着用した彼女は、白いブラウスをより際立たせる小麦色の肌をした手でセミロングの髪を耳にかけた。水差しを持つ手を止めて、古池を振り返り、ニタリと笑って見せた。

「遅かったじゃないか」

藤本乃里子だ。なにをしに来たのか。古池は無言で、執務デスクに段ボール箱を置く。

「今日からお前がここを使うと聞いてね。引継ぎを。まずは観葉植物だ」

乃里子は枯れた葉っぱを取りのぞきながら、我がもの顔で指示する。首から赤いストラップの入館証を下げていた。部外者証だ。

「そういえば、黒江は二人目を妊娠中だってね。元気なのか?」

地獄耳め。どこから聞きつけてきたのか。

「おかげ様で経過順調です」

古池は目を合わせず、文房具類を引き出しにしまう。使い古した印鑑を改めて見たとき、かつて失った日常を完璧に取り戻したのだという感慨がわいてくる。

「お前はそんなに冷たい態度を私にとっていいのかしら？　こっちは自力でゲリラから脱出したというのに、十三階の――いや、お前の筋書きを飲んだんだ。内外情報調査部の暗躍で特殊部隊に救出されたかのような発表を官房長官にさせただろう」

「納得がいかぬのなら、暴露本でも出したらどうですか」

それいいね、と愉快そうに乃里子は笑う。ワニと戦ったとか、ナマケモノと語らったとか、アナコンダに追い回されたとか、火の鳥を見たとか、嘘っぽい武勇伝をペラペラと語り出した。

三部が書類を持って入ってきた。乃里子がいるのを見て形だけ敬礼し「また後で来る」と未決ボックスに書類を置いて、立ち去った。

古池は改めて、執務デスクに座った。朱肉の蓋を開け、未決ボックスに入れられた書類を捲《めく》っていく。

乃里子はソファに座り、メンソール煙草に火をつけた。脈略なくコロンビアのＯＤＡについて語り出した。

「実は、パン・アメリカン・ハイウェイを完全に繋げるという巨大構想があってね」

北米・中米・南米を繋ぐハイウェイの建設に関わるのだと、威張《いば》りちらす。必死に威厳を保とうとしているように見えた。

「パン・アメリカン・ハイウェイを繋ぎたいと思っている国家などあるんですか？　分断箇

所はパナマとコロンビアの国境地帯で手付かずの自然が残る湿地帯でしたよね。環境保護や持続可能な開発目標がこれだけ強く叫ばれるいま、人の手が入っていない豊かな湿地帯を台無しにしてハイウェイを通すなど、誰が得をするんです？」

乃里子は目をひん剝いて古池を睨む。

「だとしても、私は戻る」

「コロンビアにですか？　誘拐されてひどい目に遭ったんですから、希望を出せば警察庁の内部局に戻れると思いますよ」

「約束したのだ。右派によって傷つけられゲリラとなった少女に、必ず戻ると約束した。チョコ県に橋をかけ、分断されたパン・アメリカン・ハイウェイを繫ぐと！　パロマ・ジョセフィーナ・ヘルナンデス・ガルシア！」

「は？」

「いまの名前を脳みそに刻んでおけ。彼女から電話があるかもしれない。必ず大使館の私のデスクに繫ぐんだよ！」

乃里子はプリプリと尻を振って、校長室を出て行った。

疫病神が戻ってこないことを三分待って確認し、古池は受話器を上げた。三部に内線をかけたが警視庁のデスクにはいなかった。スマホに電話をかけた。中央合同庁舎2号館と3号館の通路にあるコーヒーショップにいるというので、自分の分もと頼み、執務室にすぐ戻るよう指示した。

「別にいいけどよ、コーヒーくらい事務員に頼めばいいじゃんよ」

「どこにいるんだ。何番に電話すればコーヒーが来るんだ？」

「知らねぇよ。元校長に聞けよ」

「もう帰った。パン・アメリカン・ハイウェイを繋げるとかで大忙しらしい」

「なんじゃそりゃ」

五分で三部が戻ってきた。乃里子の前では出さなかった書類を古池に突き出す。履歴書と警察官の異動歴を示す正式書類だ。

あれも落ち着き、これも落ち着いた。

コロンビア事件の落とし前をつけるときが来ていた。

古池の手元に、勝部《かつべ》葵《あおい》という二十七歳の元島根県警警察官の身上書がある。もう死んだ女だった。律子にストリキニーネを盛られ、衣類をはぎ取られ、首を斬られてコロンビアのサバンナに置き去りにされたのは、警察官だった。


翌週、古池は身の回りのことを整え、単身でポート・ブレアに戻ることにした。慎太朗の預け先探しにてこずった結果、美月を頼ることになった。彼女の口添えで議員会館の託児所を利用させてもらい、夜間から朝にかけては天方家御用達の家政婦が古池の自宅で面倒を見てくれる。他人を自宅に入れることはスパイにとって非常に危険なことだ。家政婦や家庭教師を雇うときは数か月かけて素行調査をするのが基本だが、そんな暇はない。総理大臣の家に三十年出入りしていた家政婦なら信頼できる。古池は感謝で美月に頭があがらなくなりそうだ。

慎太朗が母親の次に恋しがっている斉川は、消えてしまった。精神科病棟にいて悪化する一方の律子のスマホには斉川の番号はなかった。誰にもなにも言わず、佐倉を拉致するという最後の任務をこなし、斉川は煙のように消えてしまった。

彼はもう二度と、十三階に姿を現すことはないだろう。

古池はプーケット行きのタイ航空のビジネスクラスに席を取った。人目がないことを確認し、タブレット端末に入れた情報を見返す。現在、飛行機は四国上空を飛んでいる。北に目をむければ、島根県警が管轄する島根県と、竹島が見えるだろうか。

及川優月こと勝部葵の遺骨はコロンビア政府を通じて日本に返還され、首相官邸の対策本部に簡易的に作った祭壇に置かれた。途切れぬ線香の煙に包まれている。

勝部葵の父は漁師で、母親は保守の活動家だった。竹島から最も近い、島根県沖にある隠岐島出身だった。この母親は九歳のときに、竹島にかつて生息していて絶滅したニホンアシカの最後の目撃者として地元では有名だった。『メチ』と呼ばれ愛されていたニホンアシカは戦後竹島を実効支配してきた韓国人が精力剤のために乱獲して絶滅したともいわれている。

勝部葵の母親は『メチ子』とあだ名されて育ち、現地の反韓運動の象徴的な存在になった。デモや集会に連れ出されることも多かったようだ。地元の漁師と結婚したが、出産しても幼い葵を連れて抗議船に乗るなど活動にのめり込み、離婚された。

勝部葵は母親のもとで育てられ、『メチ子の娘』として抗議活動の現場に連れていかれ、超保守の道を歩むようになった。葵が十歳の時、母親は抗議船から落水して溺死している。単なる事故だったようだが、勝部葵は竹島やニホンアシカだけでなく我が母も韓国に奪われたと思い込んだらしい。一九九〇年代後半、バブル景気終焉後、日本経済が傾き始めたころに、勝部葵は愛国精神を着々と一人育んでいた。メチ子の娘として、父親が新たに作った家庭の隅っこで「活動なんかやめれ」と抑圧されるほど愛国思想を膨らませ、高校を卒業して島根県警の警察官になった。早くから警備部の人間の目に留まる人材だったはずだ。彼女は卒業配置を終えて二十五歳で刑事になると、警備部で公安捜査の基礎を学んでいた。彼女は、十三階が当時喉から手が出るほど欲しがった『若さ』と『女性』という性質を持っていた。警備専科教養講習に推薦されたのは当然の流れだった。

彼女は去年の七月に上京し、警察大学校に入っている。警備専科教養講習にて警察学校より百倍厳しい座学と術科の訓練を受け、教官によって人格を完全否定され、新たに国家の駒となる人間として生まれ変わった。だが羽ばたく直前の七月二十六日、十三階事件が起こった。

十三階は消滅し、彼女は警備専科教養講習の修了証を貰えぬまま、失意のうちに、島根県警に戻っている。いつもの警備部公安課の席で物足りなさそうに仕事をし、天方美月を呪って内外情報調査部を口汚く罵っていたという。

十二月、彼女は一身上の都合で退職している。警察業務に失望したのだろうと周囲は言ったが、辞めるときは嬉々としていたという証言もある。

退職後の彼女を知る人は一人もいなかったが、勝部葵のパスポート情報が、全てを物語っていた。十二月二十日、古池逮捕の翌日であり、勝部葵が退職した翌日でもあるこの日、彼女はインドに入国している。降り立ったのはムンバイの国際空港だった。チェンナイから追尾をまいた律子が最後に目撃された町だ。三日後にはポート・ブレアに移動し、一週間も滞在している。さぞかし律子と意気投合したことだろう。

年明けから勝部葵はポート・ブレアを月に一度は訪れるようになり、三月以降は月に一度、コロンビアにも出向いていた。既に及川優月として東京のNGOに就職を果たしているころだ。彼女の最後の足跡は、五月二十日にあった。コロンビアに勝部葵のパスポートで入国している。入国者リストを徹底的に洗っていた柳田が、「島根県警の元警察官がいる。しかも九十日間の観光ビザが切れたのに出国していない」と目をつけたことから、彼女の調査が始まった。NGOの履歴書の写真と勝部葵の警察手帳の写真を顔認証にかけ、勝部葵本人と確認された。

男の目では別人に見えた。及川優月は赤毛のショートボブ。勝部葵は黒い髪を後ろに束ねて、銀縁眼鏡をかけている。眉毛は薄い。及川優月はブラウンの太い眉と、くっきりとした二重瞼で、まつげも長い。化粧品で二重を作り、つけまつげでもしたか。勝部葵は奥二重で黒目は小さく白目が目立つ顔だが、及川優月は黒目強調コンタクトレンズをしていて、より目がちに見える。勝部葵の唇は薄くくっきりとした富士山型だが、ルージュで塗りつぶしたかヒアルロン酸でも注入したか、及川優月の唇は分厚い。

勝部葵は自ら犠牲を買ってでたのか。

それとも、律子に口八丁手八丁で騙されたか。十三階復活のためにとでも言われたか。コロンビアに行かされ、誘拐殺人を装って本当に殺害されてしまった。


ポート・ブレアの斉川が住んでいた家は『FOR RENT』の看板がかかっていた。古池と律子、慎太朗が暮らした家はそのまま残っていた。

調査も必要だが、いつまでもここを借り続けるわけにもいかない。古池は律子が残していった書類を探りながら、玄関先にデスクや食器、小物類を次々と出した。段ボールの切れ端に『TAKE FREE』と書いて掲げる。慎太朗のお気に入りのおもちゃをいくつかバッグに放り込む。庭に備え付けのバーベキュー台で火を熾《おこ》した。律子が残した書類は全てスマホで撮影し、焼き払った。

冷蔵庫の中身がかなり残っていた。野菜や肉は全て腐っている。柏原の失踪で慌てて日本に帰った様子が窺える。この冷蔵庫を始めベッドやダイニングテーブルは備え付けだと賃貸契約書類に記してあった。だが、古池は首をひねる。

冷蔵庫の横にでんと存在感を放つ食器棚だ。古池よりも背が高く、やたらめったら大きくて、キッチンの動線を邪魔する食器棚だった。古池はたまにこの食器棚に足の小指をぶつけていた。

備え付けリストにはない。だが古池が初めてこの家に来た時からあった。律子が購入しここに置いたのだ。

古池は食器棚周辺の床を見る。家具を引きずった跡が何重にもついていた。古池はその線に沿って、食器棚を横に押し出した。

引き戸が現れた。パントリーのようだ。戸を引く。ウォークインタイプではあるが、成人男性一人が中に入るのがやっとの空間だった。左右正面に棚板があったようだが、全て取り外され、ひとまとめに脇に立てかけられていた。

壁一面に画像、書類、大中小の付箋が貼られ、正面の模造紙には人間関係を記すチャートが記されていた。中央に記された名前は『及川優月』だった。その下には『名前候補』なるメモも添えられ、『月』がつく名前が列挙されていた。コロンビアで殺害される勝部葵の偽名に『月』をつける必要があったのは、天方美月がテロ被害と引き換えに手に入れたものに対するアンチテーゼか。

実際の勝部葵はまだ二十六歳だが、及川優月は美月と同じ二十九歳でなくてはならないと思ったのか、『29years old must!!』と英語で書かれていた。ポート・ブレアでは家族や斉川と話すとき以外は英語を使っていたからだろう。パントリーの壁に貼られた言葉の半数が英語だ。

積みあがった書類の山を前に、古池はしゃがみこむ。ファイルを取りページを捲る。『機密性3情報』のヘッダーがついた書類は警備専科教養講習の二〇二〇年度受講者リストだった。

『女女女。目立つ！』『同情を集めやすい』

こんな走り書きがあった。二十人いる中で女性は三人しかいない。勝部葵が選ばれたのは、家族関係の希薄さと恋人ナシ、友人少数、この三点からのみだった。

同情を集めやすいというメモを見るに、この選別の時点で十三階の人身御供《ひとみごくう》になってもらう——つまりは、コロンビア事件をでっちあげるために殺害するつもりだったのだと、古池は察する。

壁に貼られたチャートには及川優月の架空の生い立ちが列記されていた。『母子家庭！』と思いついたように記した下に『父親はどんな人か』『初恋は』なども追記されている。及川優月という架空の人物にこまかいエピソードを積み上げていくことでリアルな人物像を作りあげていく過程が、そのまま残されていた。清貧さに美徳を感じる日本人受けしそうなディテールが溢れている。

右手にはコロンビアの地図と、首都ボゴタの拡大図がある。エル・ヒバロという麻薬カルテルの情報を貼り付けている。国境周辺のサバンナの詳細図も手にいれ、死体遺棄場所として適当な場所を考えた痕跡があった。そこにはこんなメモが付箋で貼られている。

『見た目、強烈な死体であること』

『斬首 or バラバラ』

『レイプ、全裸？』

そしてメモを横断する形で大きな赤い丸が描かれ、地図に直接、こう記されていた。

『日本政府要人が一刻も早く来訪せざるを得ないほど超かわいそうな死体‼』

昔から律子は、「超」という言葉をよく使う。無邪気さが残っているのに、計画していることは残忍だ。古池は胸糞が悪くなってくる。

入って左手の壁には、古池が二年前に記した報告書の一部のコピーがずらりと貼られていた。広井愛花を殺害し、埋めたときのもので、その正確な場所が緯度経度で記されている。新島警察署刑事課の直通電話番号が貼られていたが、『匿名の一一〇番通報の方が素人っぽくてbetter』とも赤字で記されていた。

なるほど――。

古池は妻に嵌《は》められ逮捕されたようだ。

なぜ逮捕してほしかったのか――。

この残忍な計画を推し進めるため、同居する古池が邪魔だったからに他ならない。十三階を復活させるために。どれほど残酷で冷淡な男であっても絶対に決断できないし、実行もできない計画を緻密に計算し、実行するために、古池が邪魔だったのだ。

古池は自分自身に思い当たるふしがある。

去年の十月に霞が関から追い出され、ポート・ブレアに流れてから、敗北したショックでなにも手につかなかった。働きもせず、十三階復活の計画を練るでもなく、夫婦の貯金を切り崩して、慎太朗に愛情を注ぐことで時間をやり過ごしていた。律子はなにも言わなかったが、焦燥はあっただろう。女の方がリアリストなのだ。

十三階という『骨』を抜かれ、プー太郎になった夫を一度牢屋にぶち込んで荒療治しようと思ったか。家でうじうじしている夫は、計画の邪魔でしかなかったのだ。

だから律子は一人、策略を練り始めた。

清貧な社会正義溢れる若い女性の誘拐を装い、残虐な最期を迎えさせることで、まずは『内外情報調査部の失敗』を演出する。これだけで、美月と佐倉が作った部署のポンコツぶりを政府高官だけでなく国民に強く印象付けることができる。

そして、この誘拐事件を呼び水として外務省高官を海外におびき寄せ、再び誘拐させて今度はそれを『十三階』に捜査させて成功に導き、十三階の復活を狙う——。

内外情報調査部に失敗させ、十三階に成功させる。

たったこれだけのために、律子は南米を舞台にした壮大な連続誘拐事件を企て、一人の女性警察官を犠牲にしたのだ。

新島警察署の番号の下には、古池にどう対応すべきかという細かいメモが大量に残っていた。古池に話したこと、話すべきこと、秘密にすべきこと、与えるべき情報、この四つの項目に情報を分けて、事態の推移を見守っていた。誘拐されたのが外務大臣ではなくダミーだった乃里子だとか、古池が交渉人に指名されたとか、突発的に予想外のことが起きてもそのたびに細かく軌道修正している状況が見える。

二件目の邦人誘拐事件を『十三階』に対応させるかどうかは、律子がコントロールできることではない。幸運にも乃里子が誘拐されただけだ。この点だけで、律子は政府の対応を五十パターンも考え、それぞれに十三階がどう関わって活躍するように見せるのか対策を練っていた。

律子が誘拐事件の解決の糸口になりうると読んだのは、S－26のアポストル将校の〝弱み〟だった。彼のプライベートが丸裸にされていた。彼の兄が現在は政党となったFARCの幹部で、アポストル将校はその妻と不倫関係になっているらしく、兄に対する反発心や嫉妬心から再び武器を持ちゲリラに返り咲いたという情報を得ていた。こうしたゲリラ側の情報をうまく日本の対策本部に流して交渉を優位に進めさせて人質を解放させるつもりだったようだ。

しかし、この情報は古池のもとにも、対策本部にも届いていない。古池が交渉人になったことで、却って律子は情報を出しにくくなったのかもしれない。なにもしなくても夫なら解決すると思ったか。

古池の保釈は全くの吃驚《きっきょう》だったわけではなさそうだ。さすがに交渉人に指名されたことは予定外だったようだが、直接的ではなくとも間接的に古池が事件解決を導くであろうことを律子はしっかり『パターン23』で予想していた。

いくつもの矢印が『古池さん』という文字に向かっている。その根元にあるのは殆どが『天方美月』だった。古池の逮捕以降、天方美月が足しげく東京拘置所を訪れ、差し入れをしていたことも把握していた。柏原に内偵を頼んでいたのだろう。タラバガニの缶詰とか、ボールペンの話まで記入されていて、美月の古池に対する『恋愛感情』をうまくこの件に利用できると考えていたようだ。

律子の美月に対する感情は全く見えない。この壮大な計画を達成するためのただの『駒』としか見ていないのか。それは勝部葵もそうだし、及川優月の母親役を務めたかつての協力者もそうだ。そして外務大臣も、代わりに誘拐された乃里子も。

唯一、冷徹に計画を立てていく彼女の感情がかき乱されているように見えるのは『古池さん』という文字とその周辺にペタペタと貼られたメモ書きだった。

『ごめんなさい』『最低な妻』『人殺し』『人を、殺す、計画的に、冷徹に』『やめる？』『慎太朗を汚す行為』『十三階の裏切り者』『古池さんに捨てられる』

だが律子はこの計画を止められなかった。

『十三階がなくなったら国は滅びる』

国を守りたいが、古池を愛するが故の猛烈な葛藤が文字で大量に綴られた末、『顎のない女』が登場する。

『彼女にしんちゃんを連れ去られる夢を見た』『やらないと、十三階を復活させないと、顎のない女がやってくる』『しんちゃんが危ない』『子供の命のために、勝部葵を殺すのか？』

十三階を復活させねばならない——その強烈な使命感と、ひとりの女性として夫を裏切りたくないという思いが、律子の心をめちゃくちゃに切り刻んだ。バラバラの心をなんとか機能させるために生み出されたのが、『顎のない女』だったのだ。

この怪物によって息子の存在を脅されているから、仕方なく、激烈な手段を使って十三階を復活させたのだと自分を正当化したが、古池に嫌われたくない、愛され続けたいと願ううちに、とうとう壊れてしまった。

古池の革靴が紙切れに触れる音がした。手のひらサイズの大きな付箋が数枚、落ちていた。アルファベットで大きく『J』とある。別の一枚は『P』で、他にDやAも見つかった。古池は天井を見上げる。同じような付箋がところどころに貼りつけられていた。古池は背伸びして全ての付箋を回収した。床に並べ直していく。

PLAN　JUDAS

プラン・ユダ。ユダ計画。

ユダとは、裏切り者のことか。

栗山は拳を振り下ろし激高した。テーブルの上の冷めたコーヒーが揺れる。

「なにがユダ計画だ……！」

隣に座る久間は老眼鏡を外したところだった。無言で懐に手をやり、目薬を差す。蓋をして再び内ポケットにやりながら瞬《まばた》きを繰り返すことで、気持ちを落ち着けようとしているようだ。

「筋書きを書いたのは黒江律子だったか。もっと賢い女かと思っていたが――」

古池は警視庁の副総監室の隣にある会議室にいる。かつて十三階を仕切った元校長であり、警備部門の重鎮だった二人は、現在、立て直し中で校長がいない十三階を監督している立場だ。

古池が実質トップにいるとはいえ、今後、律子をどう処分するのか、官僚の意見を仰がねばならなかった。古池は「妻がしたこと」と深く詫びをいれたのち、久間の意見に沿う。

「私も、十三階の関係者が登場人物に多すぎることが引っかかっていたのですが――」

「黒江はそれを意図していたわけではなかったのか」

「ええ。周囲に十三階が仕掛けたことかと邪推されやすくなり、却って計画が頓挫しかねません。外務大臣ではなく藤本参事官が誘拐されたときも、交渉人に私が指名されたときも、焦って計画を変更していく変遷が、自宅のパントリーに残っていました」

黒幕は古池のすぐ隣にいたのだ。隣どころか、腕の中にいた。

「動機は十三階の復活――内外情報調査部に失敗させ、十三階を活躍させて、霞が関や永田町で十三階復活の気運を高めさせる――ただそれだけか？」

久間が問う。古池は頷いた。

「ただそれだけのために、勝部葵という若い女性警察官の首をはねたのか？」

栗山が興奮気味に問う。栗山は律子に一目置きながらも、十三階の校長時代は大胆な行動に出る律子に振り回され、しょっちゅう怒鳴り散らしていた。当時にタイムスリップしたかのように、栗山は頬の筋肉を怒りで震わせている。

「正確に申し上げれば、彼女の力で人の首をはねるのは無理です。五月下旬に二人は別々にコロンビア入りし、恐らくは勝部葵には別のシナリオを見せてサバンナへ連れ出し、そこで毒殺したようです。首はのこぎりなどの刃物で切り落としたのではないかと」

「余計に残酷だ……」

栗山は悲鳴のように嘆く。

「思い切って斧やマチェテを振り下ろして一発で斬首するならまだしも……。一体どういう精神状態で、人の皮膚にのこぎりの刃を当てて押し引きができるというのだ」

「そこまでしないと、コロンビアという地球の裏側まで日本政府要人を呼ぶことができないと思ったのでしょう」

「そもそもそんな僻地で誘拐事件を起こさなければいいことでは？　なぜ彼女はコロンビアを事件の舞台に選んだのだ」

久間が納得したくない様子で、古池を問い詰める。

「日本では計画実行が不可能だからでしょう。当時十三階は消滅し、人員も機器も予算もなく、組織で動くことはできませんでした。その状況下で、一件目で内外情報調査部に失敗させて二件目で十三階に成功させるという連続した大きな事件を起こすという工作を考えたとき、邪魔になるのが、日本の治安のよさと日本警察の実力です」

とくに政府要人には二十四時間体制でＳＰがつく。律子本人と彼女が動かせた柏原、戸井田、斉川を使ったとしても、ＳＰの裏をかくのは難しいだろう。

「そもそも、柏原と戸井田が律子の計画に賛同していたとも思えません」

事実、戸井田はユダ計画への関与を完全否定している。

「なおかつ、都心には相当数の監視・防犯カメラがあります。緊急配備が敷かれれば、警視庁四万人の警察官が誘拐された政府要人を血眼《ちまなこ》になって探し出そうとしますし、人員と装備を持ち専門技術で訓練された捜査一課の特殊捜査係相手にコンゲームを繰り広げることになります。確実に負け試合になる。だから、日本警察や日本国家の主権が届かない第三国で計画を行う必要があった。世界百九十六か国の中で、日本との関係が薄く、治安が悪くて、邦人誘拐の実績がある国を厳選していくと、誰でもコロンビアに辿り着きます」

コロンビアを舞台にすることの最大の利点は、日本政府高官の訪問実績が少ないことだ。外務省や在コロンビア日本大使館も、要人の外遊頻度が少ないので警備体制に穴があきやすいのだ。

「そもそも第一の誘拐事件、及川優月の件が呼び水になっての外務大臣緊急訪問ですから、要人の警備体制がお粗末になるのは避けられません。事実、政府高官がダミーを引き受けざるを得ず、SPは三人しかいませんでした。黒江はそこまで読んで、誘拐を実行したのです」

「待て。誘拐したのは黒江ではなくS‐26だろう？　黒江はS‐26をどうやって動かしたのだ？　資金も利害関係もないだろう」

「実際にS‐26と交渉した痕跡は見えません。大使館の機密情報を流しただけでしょう。黒江ほどの工作員なら防犯カメラの突破や鍵の開錠は簡単です。S‐26に流すだけで、勝手に誘拐してくれると思ったに違いありません」

S-26はこの一年前に邦人企業の支社長を誘拐した〝実績〟があるのだ。

「大使館の機密情報を盗んでいたのは黒江だった――すると初期の段階で及川優月の嘘の入国リストや偽造パスポートのコピーを官邸の対策本部に送ってきたのも、黒江か」

「そういうことでしょう。遺体の場所を現地警察に匿名の電話で伝えたのも彼女です」

「及川優月の誘拐からしばらくコロンビアに滞在していたということか？　しかし、改めて取った入国者リストの中に、黒江律子――本名の古池律子の名前はなかったぞ」

「儀間亜美《あみ》のパスポートを使っていました」

栗山と久間は知らないのだろう、ぴんとこない様子で古池の説明を待つ。

「かつて儀間祐樹という、左派テロリスト議員の下へ黒江が投入されて偽装結婚したときに、十三階が作った本物のパスポートです」

久間は呆《あき》れ果てた様子で「なるほどな」とテーブルを指で叩く。十三階は作業員を投入するとき、本物のパスポートや免許証を発行させる。

「及川優月の母、恵子はどのようにしてパスポートを手に入れたんだ」

及川恵子は外務大臣と共に出国しコロンビアに入国しているのだ。政府専用機だとはいえ、偽造パスポートを出したらすぐにばれると栗山が問う。

「及川恵子は本名でした。パスポートの問題で、本名にせざるを得なかったのでしょう」

『優月』という名前は、天方美月から。

『及川』という苗字は、協力者女性の本名から取ったものだったのだ。

「その及川恵子とは、一体何者なんだ。長らく黒江が協力者として使っていたようだが」

及川恵子の素性も既に辿っている。

「黒江の姉は五年前、飲酒運転事故に巻き込まれ亡くなっています。姉夫婦の車に突っ込んでいったのが野島幸人《のじまゆきと》という男で、この母親が及川恵子でした」

姉は妊娠中で、新婚の夫は県議会議員として地元では有名だった。この飲酒運転事故で野島幸人の両親は針の筵となって離婚、一家離散となっていた。母親は野島恵子から旧姓の及川恵子となり、一人静かに暮らしていたところを律子に〝見つかった〟のだろう。

息子のしたことを悔やみひっそりと生きていた及川恵子の自宅を訪れ「こんにちは」と冥《くら》い瞳を輝かせて巧みに絡めとっていったであろう律子の顔が、簡単に想像できる。

久間が少し、鼻息を荒くする。

「斉川も、ということか」

古池は頷いた。三姉妹だった律子は姉と妹をどちらも不幸な形で亡くしている。その原因を作った人物たちを巧妙に利用していた構図が浮かび上がってくる。

「斉川はユダ計画を知っていた可能性が高いです。いま彼が完全に姿を消しているところからして、そう見るのが自然かと。律子の指示に黙って従う他なかったのでしょう」

ポート・ブレアには勝部葵が訪れている。律子は下準備のために何度もコロンビアに行っているし、計画を実行するために長らく留守にする必要もあった。その間の慎太朗の子守は斉川がすることになる。

「彼に黒江を止めることは不可能です。あらがえるはずがない。及川恵子同様、斉川は黒江の妹の死に責任があります」

栗山は首を横に振りながら呟く。

「隣人は黙らせることができるが夫は無理、だからお前を逮捕させたというのか？」

「ええ。新島警察署にも確認を取りました。匿名のタレコミが海外からの電話であり、女性の声だったということです」

一人の未来ある女性を計画的に殺すなど、絶対に、あってはならない。そんなことまで許したら、もはや十三階は十三階ではなくなる。それこそ美月がかつてそう罵ったような、ただの犯罪集団だ。

久間は絶句、栗山は喚くしかない。

「十三階復活のために夫を裏切り、逮捕させる。そして人を殺す――まともな人間のすることじゃない！」

そもそも律子がまともだったとは思わない。彼女は長い工作員人生で少しずつ壊れていた。だが仕事は的確にこなすし、子供の面倒をよくみていて、妻、母親としては満点だった。古池の逮捕直前に律子が流した涙はなんだったのか。まさかこんなことをしでかすほどに心を病んでいたと、古池はどうやって気付けただろう。

「まともな人間――いまさら」

久間が肩を揺らして笑う。

「これまで黒江が何人殺してきたか」

栗山は声を震わせ、訴える。

「寺尾や儀間についてはまだ同情の余地があります。寺尾は黒江に銃口を向けて引き金を引く直前だった。儀間にいたってはハサミを凶器に出産したばかりの黒江に襲い掛かってきたんです。正当防衛だ。鵜飼真奈の件は……百歩譲って、子供の居場所を突き止められたくないという過剰防衛に入る。しかし、勝部葵だけはどう考えても違う！」

栗山は古池に向き直り声を荒げる。

「今回は、緻密に冷酷に計算した上で何の罪も汚点もない若い女性警察官を毒殺し、のこぎりで首を斬った……！　その上、ドローンに撮影させるつもりで局部を晒させ、最終的にその遺体は野生動物に食われたんだ。ここまで死者を冒瀆《ぼうとく》した工作はないぞ！」

古池は彼女の夫として、上官のまっとうな怒りを受け続けるほかなかった。

黒江律子を工作員としてスカウトし、教育したのは古池だ。そして夫として誰よりもそばにいたのに、この計画に気付くことすらできなかった。

古池は立ち上がり、最敬礼した後、懐から辞表を出して上官二人の間に滑らせた。

栗山が悲痛な目で辞表と古池を見比べる。久間は憮然と目を歪めただけだ。

「お前はこれが最善と思うのか」

「そう思って——」

「妻の不祥事で懲戒を受ける警官などいないし、職務から去った男もいない。辞表を書いて頭を下げるべきは黒江律子だろう」

「彼女は懲戒免職を受けたまま、復権を果たしていません。復帰できる精神状態ではありませんし、永遠に無理でしょう。私が許しません」

古池の断固とした口調に、男二人は黙り込む。久間が辞表を手に取り、古池に問う。

「彼女の病名は」

「重度の統合失調症だそうです」

「いつから罹患している」

「わかりませんが、私と暮らし始めた去年の秋には、すでに『顎のない女』の幻覚が見えていました。医師によると、幻覚が見えるようになるのはかなりの重症だそうで、おそらくはその半年以上前から発症はしていたはずだと」

サンディエゴで三人で暮らしていたころだ。突然、日本に呼び戻されることとなり、律子は慎太朗と国境で強引に引き離された。

「いまの病状は？」

栗山がため息を挟み、同情的な目で問う。

「妊娠中で、投薬治療や電気ショック療法などを試すことができません。改善するどころか、再び息子と引き離しましたので、悪化しています」

「具体的に」

久間が身を乗り出した。

「ユダ計画を知った十三階幹部に粛清《しゅくせい》される幻覚を見ているようです。毎日明け方の四時半に」

「明け方の四時半？」

「鵜飼真奈の生まれた時刻です」

その生にピリオドを打ったのが自分自身だったからこそ、律子はその生の瞬間に囚われ、『顎のない女』を生み出し、彼女に強いられているという体《てい》で逃げ場を作りながらユダ計画を立て、実行したのだろう。

久間が突如、古池の辞表を握りつぶした。

「刑法第三十九条、責任能力の欠如が適用されるんじゃないか？」

栗山は一瞬、軽蔑の眼差しで官僚の先輩を見た。だが、抗《あらが》いはしなかった。

「黒江が勝部葵にしたことは、三十九条の『心神喪失者の行為は、罰しない』に該当するだろう」

久間が軽く言ってのけた。あまりに強引なシナリオだが、栗山は黙り込んでいる。

「ましてや、ユダ計画が実行されなかったら、いまごろ佐倉や中国のスパイはなにをしていたのかな」

古池は答えなかった。

「五年後――いや三年後には、尖閣は中国のものになっていただろうよ。お前の妻は究極の手段を使って我が国固有の領土を守ったといえるんじゃないか」

栗山は納得しかねる様子で、額の汗をハンカチでぐるりと拭った。古池の辞表を手の中に握りつぶし、久間が身を乗り出す。

「古池」

「はい」

「十三階はいま、校長がいない。しばらくは誰かを据え置くつもりもない。次に先生——秘書官までいなくなったら、誰が十三階を立て直し、新体制を作って率いていくのだ。救出班を作るんだろう。南野がいまそのためにイスラエルにまで研修に行っているんだぞ」

古池は深く、頷いた。

「ましてや、中国との影の戦争が始まっている。既に佐倉が情報流出させてしまった。あちらは本気で尖閣を取りに来ている。戦争にならぬため、海保に機関砲を撃たせぬため、また撃たれることのないよう、我々影の部隊が死力を尽くすときなのだ。これ以上、警察上層部は十三階事件のごたごたを引きずりたくない」

古池は納得し、ひれ伏した。

「引き続き、十三階を統べる立場として、職務に全身全霊を注ぎます」

久間は椅子から立ち上がった。

「怪物はお前がなんとかしろ」

栗山も立ち、苦々しく古池を見た。

「お前が生み出したんだ」

久間は辞表をゴミ箱に捨てることはなく、持っていった。怪物の処理に失敗があればすぐに首をはねられると古池は肝に銘じた。


古池は律子の担当医の診察室で、一本の動画を見せられた。

入院患者の安全のため、室内を二十四時間監視カメラで確認していることについて了承はしている。律子が眠るベッドは画面の左手に見える。時計が四時二十五分を差したとき、医者が動画を止めて、古池を見た。

「妊娠中ということで、錯乱や職員に対する暴行があったとしてもなるべく拘束はしないでほしいということでしたが」

「ええ……妻がなにか、ご迷惑を?」

「いえ、我々は大丈夫なのです。奥さんは昼間は落ち着いていますし、カウンセリングにも積極的に参加してくれています。ただ毎日明け方に問題行動がありまして、これがちょっと胎児に影響がないか心配しています」

古池は緊張で喉を鳴らしながら、動画の続きを見た。四時二十八分三十秒、始まった。

「やめて、お願い許してっ」

律子は飛び起きて、そのままベッドの下に転がり落ちた。妊娠しているのに——古池はもうひやひやする。

「拘束が必要というのは、コレのせいですか」

「ええ。毎朝ベッドから転げ落ちるんです。投薬できませんから、胎児を守るために拘束が必要かとは思うのですが、奥さんの精神に強烈な負担がかかるのも確かで」

どうしてやればいいのか――。

映像の中、律子はベッドの脇に跪いている。窓辺に頭を向けて頭を垂れている様子が、カーテンの隙間から漏れる薄暗い朝日に照らされる。拘束されていないのに、律子は後ろ手に手錠をかけられているような恰好になった。肩がガクガク震えて、頭は微動だにしない。誰かに銃口をつきつけられる幻覚でも見ているような恰好だった。

「簡単じゃなかったの――」

律子は泣きじゃくった。

「慎太朗のためだったの……!」

律子は途端に手を自由に動かし、カメラが設置されている出入口の方へ向き直る。宙に向かって、命乞いを始めた。

古池は唇を嚙みしめる。「息子」ではなく「慎太朗」と言った。まさか彼女の幻覚の中で彼女を粛清しようとしているのは――。

律子はいきなり背後に吹き飛ぶ。床に倒れ、手をついて這い……今度は空中に向かってひどい罵倒を始めた。

「裏切ったのは、あんたじゃないか！　天方美月と手を組んで……！」

古池は一度強く目を閉じた。

律子は、古池に粛清されているのだ。

また律子は大きく上半身をのけぞらせ、胸を押さえながら右を下にして倒れた。

「この体勢も、妊娠中期に入ると子宮に負担がかかります」

医師が心配そうに言った。

律子の左胸の上で重ねられる両手の関節ひとつひとつに強烈な力みと震えが見える。そこから血が流れていないことがむしろ不自然に見えるほどリアルな仕草だった。痛そうに、心細そうに絞り出す。

「殺さないで、妊娠しているの、お願い……」

やがて律子は動かなくなった。お腹の子供の父親に心臓を撃ちぬかれ、死んだらしかった。

十分待ったが、微動だにしない。

「気絶しています」

医師が言った。

「起こせば目覚めるのですか?」

「いいえ。七時頃まで起きません。目覚めると、また怯《おび》えはじめます」

「怯える?」

「ええ。組織を怒らせてしまった、殺される、コロンビアには行きたくないと。毎日ここの医師や看護師たちに泣きながら懇願します。ポート・ブレアに戻りたい、と」

古池は一冊のノートを渡された。毎日明け方になにが見えているのか、なにをされるのか、律子自身がカウンセリングの中で記したものだという。

古池はページを捲った。

『私が殺されたときの状況をお話しします』という書き出しだった。

結局、古池は夜間の拘束を拒否した。その代わり、自分はしばらく姿を見せないと医師に伝える。律子が心配だったし、愛しているから、これまで週に三度は見舞っていた。早く帰ってきてほしい、また三人で暮らしたいと新居の場所を教え、鍵をお守りに持たせて勇気づけていたつもりが、怯えさせてしまっていたのかもしれない。慎太朗との面会のみにして、古池はしばらく律子の前から姿を消すことにした。

落胆したまま古池は病院を出ようとして、三部と出くわした。

「お見舞いに来たんだが……」

三部なら大丈夫だろうかと古池は思ったが、医師は同じ職場の人間は面会謝絶であると告げた。

古池は三部と共に病棟の屋上に上がった。人工芝の広場があった。古池は傍らのベンチに座る。煙草を吸いたかったが、病院だから我慢した。

「ありがとう、三部」

「なんだよ、改まって」

「お前だけだよ。みんな黒江を怖がって口にすることすら憚《はばか》っているのに、見舞いにまで来てくれた」

「柳田は泣いてたよ」

「……そうか」

「南野は早く研修を終えて東京に戻りたいと言っていた。黒江さんが心配だと」

律子を慕ってくれていたかつての黒江班の面々の想いに、古池は奥歯を嚙みしめる。

「北陸新幹線爆破テロに始まり——いろいろあったな」

「ああ」

「いろいろありすぎたよ、全く。りっちゃんも悪かったが、お前さんだって俺たちだって、十三階みんなが悪かったよ。男が絶対にできない、決断できない工作を彼女は傷つきながらも遂行してみせる。強烈に苦しむとわかっているのに体制の擁護者としての責任を全うする。結局さ、俺たち男は——」

三部は振り絞るように続ける。

「アイツは女だからという便利で簡単な言葉を使ってさ、りっちゃんが抱えているものから目を逸らして、利用してきたんだ」

律子を壊したのは、確かに十三階だ。

「勝部葵を犠牲にさせたのも十三階だ。いまの十三階は彼女たちの犠牲の上に成り立っている、皮肉なことに最良な形で——」

でもさ、と三部は言うと、とうとう嗚咽を漏らして、泣き崩れそうになった。古池はひたすらに堪えて三部の肩を叩いた。三部はハンカチで目頭を拭い、やっと絞り出す。

「最後のとどめをさしたのは、俺なんじゃないかなと思ってさ……」

「なんでだ。お前はなにも悪くない」

「いや、あんたは知らないだろ。去年の夏、マルタイのアジトで作業しながら、りっちゃんが俺に訊くんだ。いまの私達はどう、って」

古池と律子は交際期間もなく結婚したが、誰にも渡すまいという暗黙の了解がお互いにあった。三部は犬のマーキングをしあっているカップルだと揶揄したことがあった。

「結婚して子供まで生まれたいま、私と古池さんはどうだと。勝ち誇ったように聞いてくるもんだから、俺は冗談半分で、釘を刺してやったんだ」

三部は改めて言う。

律子が古池を捨てたら悲劇、でも古池が律子を捨てたら惨劇だ、と——。

「りっちゃん、グサッときているようだった。冗談だったんだけど、それくらい、りっちゃんはあんたへの愛情が凄まじかったし、恐れていたんだと思うんだ。あんたに捨てられたらどうなるかと……。それもあって、ユダ計画を進めながらも、あんたに知られた時の恐怖に苦悶して、でも十三階を復活させなくてはならないという使命感の間で、心を削られていったんだ」

古池は引き絞るように泣く三部の肩を叩いた。真夏の入道雲を見上げ、静かに言う。

「三部。黒江はさ――統合失調症なんか、発症していないんじゃないかと思ってるんだ」

三部は肩を震わせながら、「どういうことだ」と古池を見据える。

「毎晩同じ時間というのが引っかかる。きっと幻覚を見ているふりをして、窓の向こうのどこかから監視している誰かに、合図でも送っているんだ」

新たなる通信手段、暗号かもしれない。黒江は常にそうだった。

「男たちを凌駕してどんどん作戦を一人で進めていく。そんな彼女を信頼して特命を与えた総理大臣だっていた。きっと俺たちの知らぬところで、どこかの大物政治家に秘匿任務を遂行するように依頼され、直轄の作戦に身を投じているのさ」

彼女はこれまでも、自分が関わる作戦を他人に漏らしたことはない。

「彼女は恐らく投入中なんだ。俺たちは終わるのを待つしかない。いままでも、これからも」

言いながら古池は、涙を流していた。部下の前で泣くのは、初めてだった。

律子の入院から三か月経ち、イスラエルに研修に行っていた南野が帰国した。新たに〈救出班〉の創設に向けたマニュアル作りと人員のリクルートに精を出していたら、あっという間に十月になっていた。

よく晴れた日、古池は静岡市にある興津の実家に慎太朗を連れて帰ることにした。

両親を古池のスパイ人生に巻き込むわけにはいかなかったので、実家には寄り付かないようにしていた。両親には一応、入籍したことを伝えたし、律子が慎太朗を妊娠中だったころ、実家に連れ帰ったこともある。それきりだった。生まれたことは知らせたが、仕事で海外にいるとだけ伝えていた。

慎太朗は一歳十カ月だ。よく歩き、走り回り、おしゃべりも上手になってきた。

「ほら、慎太朗。出かけるぞ。お片付け」

古池は、慎太朗がクッションフロアの上に出したプラレールを片付けた。トーマスの列車のカーゴに大量のトミカのミニカーを搭載し、山手線車両で後ろから押して走らせようとしていた。慎太朗は「ヤダ遊ぶっ」と駄々をこねてひっくり返り、テレビ台に頭をしこたま打ってギャン泣きした。

「全くお前はもう……」

抱き上げ、後頭部をさすってやりながら、キッチンに入って保冷剤を探す。毎日仕事に行く前も、帰ってきた後もこの調子だ。四十六歳にしてシングルファーザーも同然の古池はクタクタだった。

「この間、みぃちゃんが買ってくれたアイス残ってたかな」

みぃちゃんとは、美月のことだ。慎太朗がそう呼ぶようになった。正直なついているとは言えないし、美月は慎太朗とどう接していいのかわからないらしく、二人の間には微妙な距離がある。美月が家を訪ねることは滅多にないが、いろいろと理由をつけては古池を外務省の執務室に呼び出し、慎太朗のために差し入れをしてくれた。タッパーに詰めたおかずを渡してくれる日もある。議員宿舎で一人暮らしのいま、おかずを作りすぎてしまうらしかった。慎太朗が母親を恋しがって泣き止まないと旧知の家政婦から聞けば、おもちゃや絵本を買ってきてくれた。

先週末に美月が自宅を訪ねてきたときに買ってくれたアイスクリームを口に入れてやると慎太朗はようやく泣き止んだ。

「さあ。出かけるか。もう片付けは帰ってからにするか？」

「ママとこ？」

「今日はじいじとばあばのとこだ」

「だれー」

「ヒロシとアヤコ。パパの、パパとママだ」

「パパのぉ？」

「そうだよ。パパの弟もいるんだ。耀司《ようじ》」

「よじ」

「耀司。呼び捨てはだめだぞ。おじさんって呼ぶんだ」

音がおもしろかったのか、「ようじ、ようじ」と慎太朗はくるくると回って踊り、ほっぺに涙を乗せたまま、玄関へ走っていった。靴を履かせてやっていると、インターホンが鳴った。玄関扉ののぞき穴から来訪者を確認した。

美月だ。

古池は「どうした」と扉を開けた。

「出かけるところだった？　今日は後援会の人と歌舞伎の鑑賞に行く用事があって、築地を通りかかったものだから……」

美月は紙袋を二つ、提げていた。ひとつにはビニール袋に包まれたタッパーが入っていた。筑前煮だった。自分では作らないし、総菜もつい慎太朗に合わせてハンバーグやオムレツなど洋食になりがちだ。酒の肴になりそうで、そそられる。

煮物なら冷蔵庫で数日はもつだろう。古池は受け取り、タッパーを冷蔵庫にしまって、玄関に戻った。

美月は玄関にしゃがみこみ、慎太朗に新品の靴を履かせてやっていた。どこかで買ってきたらしい。

「サイズ、ぴったりだと思うんだけど。どうかな～？　ワニさんの絵がついてるんだよ」

古池は慌てた。

「すまない――」

慎太朗の足からワニのワッペンのついたスニーカーを脱がせ、箱の中に詰めて美月に返した。

「おかずも助かる、おもちゃも本も慎太朗が喜ぶと思う。でも靴だけはやめてくれないか」

「でも……いつ見ても汚れてるんだもの、破れてボロボロだし」

「わかってる。わかってるから……」

慎太朗はワニのスニーカーを欲しがったが、古池は強引に抱き上げ、トミカを何個か持たせて機嫌をとった。マンションの前で美月と別れた。

夕方、興津の実家に到着した。

両親がソワソワした様子で表玄関に出て、長男と孫の到着を待ちわびていた。無口な父親は白髪の数がだいぶ増えていたが、古池の車を見て、「オーライ、オーライ」と車庫入れの誘導をしてくれた。そういえば、車で実家に帰るのは初めてだった。おしゃべりで口うるさい母親の文子《あやこ》は「やだーっ、これ小さいときの慎一じゃないっ！」と叫んで、助手席の窓にしがみついてきた。母親を巻き込んでしまいそうだったので、仕方なく一度停車し、助手席のロックを外した。慎太朗は文子の迫力にびびって、固まってしまっている。文子はチャイルドシートのベルトを外して、誘拐するかのような勢いで慎太朗を抱いて家の中に連れて行った。慎太朗が泣きわめく声に、古池は笑ってしまう。車庫入れをして、車から降りた。

「お帰り」

「ああ——遅くなって」

父と息子の会話はそれで一旦終わった。玄関へ向かう途中、二世帯住宅として増築した家屋の窓のカーテンが全て取っ払われ、中が空っぽになっていることに気が付いた。次男一家がここに住んでいたはずだが……。

「耀司んとことは、いろいろあってな」

父親がぽつりと言う。

古池と律子も大変な数年を過ごしたが、この二世帯住宅にもきっと壮大なドラマがあったのだろう。

増築部分と繋がるカーテンのない渡り廊下を、競争するように走る文子と慎太朗が見えた。慎太朗は、よくしゃべる元気なばあさんに興味をそそられたらしかった。リビングではなくて空っぽになった二世帯住宅の方に連れていくとは。文子にここに一緒に住めと言われそうだ。

悪くはないかな、と古池は考え直す。古池が霞が関へ新幹線通勤すればいいだけだ。律子が退院したら、富士山の麓で心を休ませればいい。青く深い駿河湾沿いの興津地区なら、心おだやかに暮らせるだろう。

慎太朗と文子を追い、古池は増築部分に入った。二人はがらんどうの洋室の真ん中にしゃがみこんでいる。スニーカーショップかと見まがうほどに大量の靴箱が壁際に積み上げられていた。全て律子がサンディエゴやポート・ブレア時代に買いあさったものだ。慎太朗はスニーカーの箱を次々と開け、好きなものを選び始めていた。

「いましんちゃんは足のサイズ、いくつなの？」

「十四センチだ」

文子は慎太朗の手を引き、該当する箱を次々と床の上に出していく。海外で買ったものばかりで、箱に書かれたサイズ表示はインチだ。あらかじめ文子はそれが日本のサイズのどれにあたるのか調べ、箱に油性ペンで数字を書き入れていた。

古池が息子を連れて、靴を取りに戻るのを、待ち構えていたのだろう。

スニーカーマニアの律子は子供を産んだあと、自分のスニーカーを買うのをぱったりとやめて、息子の物ばかり買うようになった。まだ首も据わらないうちからファーストシューズを何足も買いあさり、自宅のシュークローゼットは慎太朗が未来に履く靴で溢れていた。古池の革靴を置くスペースがなくなるほどで、それが原因でよく夫婦喧嘩をしたものだった。

「律子さんは？」

蛍光ブルーのスニーカーを慎太朗に履かせてやりながら、文子が問う。

「二人目を妊娠中なんだ。遠出は難しい」

文子は「よかったじゃない」とだけ言い、多くを訊こうとはしなかった。

開け放した洋間の引き戸から長廊下を通じて夕日が差し込んでいた。この家で、家族五人――いや六人で暮らし、次男一家が両親とやらかしたような大喧嘩に悩まされるような平穏な日々を妄想する。

スマホがバイブした。

着信表示のディスプレイを見て、慌てる。律子が入院している病院からだ。

律子が脱走したという。

エピローグ

古池は慎太朗を実家に預け、ひとり、車で東京に戻った。病院の周囲を車で回って律子を探そうと思っていたが、途中で思い直し、一旦、築地の自宅に帰ることにした。

病院によると、錯乱した末の脱走ではないようなのだ。「煙のように消えてしまった」と担当看護師は話していた。

律子なら精神科の病室の鍵など秒で開けられる。病棟に出入りする看護師や医師の動き、勤務日程を把握し、誰の目にも留まることなく脱出する技術と知恵を持っている。

十三階の女なのだ。

古池は築地の自宅マンションに入った。

灯りがついている。律子が病院で履かされている小さなサンダルが置いてある。その安っぽいピンク色のサンダルは、公衆浴場とか古臭い旅館の共用便所にでも並んでいる類の代物だった。

古池は放心状態のまま、リビングに入った。音楽が流れている。『フライ・ミー・トゥ・

ザ・ムーン』だ。律子とこの曲で踊った夜に、慎太朗ができた。この曲は古池と律子の、おぞましくも愛おしいテーマ曲だった。

ダイニングテーブルに、料理がたんと並べられていた。古池がサンディエゴ時代に好んで食べたナチョスとアボカドのサラダ、トルティーヤスープがある。ポート・ブレア時代に慎太朗がよく食べたロッティとじゃがいもでできたサブジ、古池が酒のつまみにしていたスパイシーな味付けのチキンロリポップまで作ってあった。

「お帰りなさい」

律子の声が対面式のキッチンから聞こえる。冷蔵庫の扉からちょこんと小さな顔を出して。顎に豊かな肉がつき幸福に満ち溢れた目をしている。両手に冷えたグラスと缶ビールを持って、ダイニングにやってきた。

「やだ。しんちゃんは?」

「……興津だ」

古池は短く答えた。声は震えていた。律子は残念そうだ。

「明け方には病院に戻らないとと思って。病院の人たちに迷惑をかけたくないし、騒ぎが大きくなるのもまずいでしょう? 入院が長引くことだけは避けたいもの」

グラスと缶ビールを置いて、律子は再びキッチンに戻る。

「しんちゃんに会いたかった。近々、病院の面会に連れて来てくれる?」

律子がノンアルコールビールとグラスを持って、ダイニングの脇に立つ。

「少しずつよくなっているふりをしているから、いずれ家族の面会時間を増やせると思うし」

少しずつよくなっている、ふり……？

古池は頭の中が真っ白どころか、真っ黒になっていた。幻覚も、心神喪失も、全部演技だったのか。ユダ計画をやり遂げるため。心神喪失と偽り、罪に問われないため。

十三階の男たちを黙らせるため。

古池は自分を落ち着かせようと、震えるため息を吐く。どれだけの十三階の男たちがお前のために涙を流してきたと思っているのか。どれだけ心を削り、お前を許してやる道筋を見つけて、納得できない気持ちに強引に蓋をして、若い女性警察官を犠牲にしてしまった無念を押し殺してきたのか――。

『フライ・ミー・トゥ・ザ・ムーン』は終わっていた。終わりでよかったのに、律子はテレビのリモコンを取り、動画サイトの『もう一度見る』を押す。

終わりでよかったのに……。

「ま、いっか」

なにがいいのか。

「二人きりも」

律子はエプロンの裾を翻《ひるがえ》し、脱力している古池に向き直る。古池の首に手を回し、体を密着させ、「踊りましょう」と背伸びして耳元で囁いてきた。

「あなた、校長になったんですって？」

「校長ではない。先生のままだ」

まともに返事をしている自分がおかしかった。無意識に妻の腰に手を回して抱き寄せ、彼女に合わせて自然とステップを踏んでいる自分は、あまりに滑稽だった。

「だけど十三階のトップに上り詰めたことには変わりないでしょう。素晴らしいわ。あなたは全部手に入れたのね」

全部手に入れたのはお前だろう、黒江……。律子の腰を抱き寄せた手が彼女のやわらかい尻の感触を伝える。ずいぶんふくよかになっていた。古池の下腹部にあたる腹に生命が持つ力強さと弾力を感じた。律子はもうすぐ妊娠六カ月だ。「そうだ」と律子は嬉しそうに古池の頰を両手で包んだ。放心状態で明後日《あさって》の方向を見ていた古池を、自分の方に向かせる。

「赤ちゃん。女の子ですって」

お兄ちゃんになるのよとしんちゃんに伝えておいて……。律子は古池に囁き、やがて頰にキスをした。そのまま古池の髭が伸びかけた頰に唇を滑らせ、やがて古池の唇に吸い付いてきた。古池はされるがまま唇を開き、舌も唇も彼女に預けた。

魂を吸われているようだった。

古池は、抗う気力が全く残っていなかった。

彼女に踊らされ、男としての精力をどんどん奪われながら、古池はぞっとするのだ――この女の血を引く女がもう一人腹の中にいて、来春にも誕生するのだということに。

黒江。なぜ、いまこのタイミングで戻ってきた。黙っていてくれたらどれだけ古池は幸せだったことだろう。精神疾患を装って罪に問われぬようにしたことを墓場まで持っていってくれたら、きっと俺たち家族は来春にも新たな命を迎え、家族四人、幸せに暮らしていけたんじゃないか？

なぜ、焦るように戻ってきてしまったんだ。なぜ騙し通してくれなかったんだ。なぜ途中で、うまくいっていた演技をやめてしまったのだ？

唇を離し、律子の目をのぞき込む。いつも絶望に打ちひしがれ冥い光を放っていた目に、今日は全く別の光が宿っていた。女としての、妻としての必死さだ。便所にあるようなあんなスリッパで慌てて家に戻ることからして、律子が強烈に焦っているのがわかる。

ゴミ箱が目についた。昼に家を出るときは空っぽに近かったそのゴミ箱の蓋が開き、大量のゴミが溢れていた。全部、美月が古池と慎太朗のために差し入れたものだった。昼に受け取った筑前煮もタッパーごと捨ててあった。慎太朗に与えられたぬいぐるみは頭からゴミ箱に突っ込まれていた。慎太朗宛ての手紙も絵本もビリビリに破かれて、ゴミ箱の周辺にちらばっている。

そうか──あれのために、律子は、戻って来ざるを得なかったのだ。

古池は律子に踊らされながら、三部が泣いて言った言葉を思い出す。

律子が古池を捨てたら、悲劇。

古池が律子を捨てたら、惨劇。

美月が買ってきたぬいぐるみは腹が引き裂かれ、綿が飛び出していた。古池はその残骸を遠目に見ながら、自分がいま、惨劇の始まりに立っていると気がついた。

解説

内田剛（ブックジャーナリスト）

二〇一七年『十三階の女』、一八年『十三階の神《メシア》』、一九年『十三階の血』、二一年『十三階の母《マリア》』、二二年『十三階の仇《ユダ》』。ほぼ年一回のペースで単行本が刊行され、それぞれ二年後には順調に文庫化もされている「十三階」シリーズは、読む者を間違いなく虜にし、ますます進化と深化を続ける脅威の物語でもある。

このシリーズ第五弾『十三階の仇《ユダ》』の文庫化によって、この世を震撼させ続けている五作品すべてが、手に取りやすいサイズとなったことは、新たな読者層を獲得できる意味でも吉報だろう。

漂う血の臭い、制御不能なむき出しの感情、人間の中にある動物のごとき本能、荒々しい獣のような咆哮《ほうこう》が全篇から迸っている。シリーズ一作目『十三階の女』の登場から七年。主人公の黒江律子は、想像を遥かに超えた成長を遂げている。

このシリーズには毎回、凶悪な敵役が登場するのだが、もうこれ以上のボスキャラはいないのでは、と思いきや、それはやはり幻想に過ぎなかった。もちろん真正面から対峙できる敵があれば、人間の怨念のような目には見えない敵もいる。ネタバレとなるため、詳しくは明かせないが、その手があったのかとまた今回も唸らされた。

本作はプロローグで前作『十三階の母《マリア》』で発生した「十三階事件」の概要が説明されるが、それに続く「私が殺されたときの状況をお話しします」から始まる〈十三階の女、独白〉に驚きを禁じ得ない。

謎めいた律子の告白シーンから一気に引きこまれる。しかし、小骨が刺さったような違和感が随所から醸し出されている。南国の島国での生活。愛する夫と息子、絵に描いたような幸せな家庭……。

何かがおかしい。こんなはずではない。きっとどこかに地雷が埋まっているはずだ。精神に異常を来した律子にだけ見える「顎のない女」とはいったい誰なのか。どう考えても逃げ出すべきだ。頭の中に危険を告げるアラーム音が鳴り響く。

本作のタイトルは『十三階の仇《ユダ》』である。「仇《あだ》」と書いて「ユダ」と読ませる。「マリア」からの「ユダ」。ここにどんな意味が隠されているのであろうか。

一般的には「ユダ」と聞けば「裏切者」を指すだろう。本作を読み解くポイントは「誰」が「誰」を信じ、いつ、どこで裏切るのかということだ。しかしあらかじめ、覚悟はしておいた方がいい。少しでも違和感が生じれば、その感覚はおそらく正しい。くれぐれも肝に銘じておくべきだ。登場人物すべてを疑った方がいいということを。フェイクニュースが蔓延《はびこ》る現代の必読の一冊であることは間違いない。

前作の終盤で解体を余儀なくされた警察庁の秘密組織「十三階」。作業員の命よりも体制の維持を最優先させるミッションは、現代の社会にはそぐわない。首相の娘である天方美月代議士の提唱する、いわゆる「キレイごと」優先の政策によって、組織は消されてしまったのだ。しかし、本当にそれでいいのか。理不尽だらけのこの世は漆黒の闇に満ちている。日常の至る場所がテロの温床にもなっているのだ。本書は危機意識の低い、まさに平和ボケをした日本への警鐘を鳴らす価値ある物語でもある。

律子の通った後には、一本の草も生えない。もはやこれ以上は壊すものが見当たらないほど、圧倒的な破壊に目を奪われるシリーズではあるが、「誕生」と「再生」にも目を向けたい。『十三階の血』で結婚した古池慎一と黒江律子。その愛の結晶といえる息子・慎太朗の「誕生」はストーリーの転機ともなった出来事だ。

そして、本作の最大の読みどころは、黒江律子のおぞましい企みであろう。インド洋上の島にある都市ポートブレアという異国の地で息子を抱きかかえ、愛すべき夫・古池と離れて暮らす彼女の内なる思いは、どのようなものであろうか。夫は逮捕されて日本に送還されてしまうが、律子はひとり計画を練る。目的を達成するためには手段を選ばない。そんな彼女の仁義なき計画に存分に翻弄されてもらいたい。

あえなく解体されてしまった「十三階」。任務とはいえ自分に強い想いを寄せる若い女に絡む古池。その女とはあろうことか、「十三階」を解体した張本人・天方美月であった。律子、古池、美月——宿敵を交えながら泥沼のような三角関係の火花も散る。「十三階」の「再生」に並々ならぬ執念と情熱を注ぐ律子。蠢《うごめ》く肉体と揺らぐ精神、どちらもコントロール不可能だ。

人間にとって誰かを好きになることは、もっともピュアな感情なのだろう。これは言葉によって核心を突くことはできないし、理屈で説明できるものでもない。愛と憎しみは隣同士にあり、強烈な憎悪から狂気が生まれて殺意へと変貌する。純愛を守るためには武器も必要なのだ。これは、もしかしたら極めて鋭く研ぎ澄まされた、至高の愛の物語なのかもしれない。

燃え滾《たぎ》る復讐の炎は誰にも消すことはできない。それがどんなに歪んでいようが、捻じれていようが、律子が信じるのはたったひとつの正義だけである。切り刻まれる肉も流される夥《おびただ》しい血も聖なるものなのだ。彼女にとって、「十三階」こそが「約束の地」であり、それを奪還するためにはどんな犠牲もいとわない。

現代社会は実に様々なハラスメントに満ちている。コンプライアンスも忖度も一切無用の「十三階」シリーズの人気の秘密は、あらゆる束縛から突き抜けることのできる解放感にあるのではないだろうか。

世間の常識、既存の価値観、知性や品格などまったく関係ない。それでも記憶に鋭い爪痕を残し、誰をも満足させる上質なエンターテインメントの世界を再現するスパイ・ストーリーは、まさに今の時代にこそ必要なのだ。

今回の舞台は、日本の政治の中枢だけに留まらない。古池と律子が家族の逃避行に選んだポートブレアから始まり、突如発生した邦人誘拐殺人の現場は南米コロンビアだ。この南米の地にはかつて「十三階」の指揮官だったキャリア官僚の藤本乃里子が日本大使館に赴任していた。この誘拐事件を契機に解体したはずの「十三階」に再びスポットが当てられ、数々の違法捜査で逮捕されていた古池が再び表舞台に立つことになる。

この国から遥か離れた地球の裏側にまでスケールが拡大したことで、視界を大きく広げながら、歪んだ政界の権謀術数を鋭く暴き、欲に塗れた人間の内面までをも容赦なく剝ぎとってみせる。

退屈な日常にピリオドを打ちたければ、迷わず本書を読むべきだ。本物のモンスターに出会える。戦慄の旋律が聞こえてくる。なんとも凄まじい展開。ありとあらゆる禁断領域を軽々と超越し続けるこの物語からは、むしろ爽快感さえも感じられる。なんとも魅力的なストーリーである。

後戻りのできない強烈な読み応え。リーダビリティの高さが魅力の吉川英梨作品の中でも、「十三階」シリーズは別格なのではないだろうか。冒頭の一文からラスト一行に至るまで、読者をまったく飽きさせない。まさに何かが乗り移ったかのような筆の勢いには、出合ったことがない、特別な魔力があるのだ。

印象に残る作品には必ず名場面がある。本作もそんな記憶に刻まれるシーンが随所に現れる。「十三階」解体の黒幕だった官房副長官の佐倉隆二を拉致してからの壮絶な拷問シーンも、むしろ上品な部類のスパイスに過ぎない。ほぼ全編が危険極まりないクライマックスのような高揚感を保つが、本作は弛緩と緊張のバランスもまた絶妙で、より一層の危機感を際立たせている。

佐倉がヴァイオリンの名器を弾きながら、その楽器を律子に見立てて抱きしめて恍惚とする場面や、ゲリラに拉致されて人質となった藤本がジャングルを逃げまわり、ワニと格闘するシーンはもちろん、獄中の古池に愛を伝えるために、天方美月が差し入れるタラバガニの缶詰や、カモメに肉を食われて傷ついた古池の胸の傷跡までもが滑稽に見えてくる。「律子が古池を捨てたら悲劇、古池が律子を捨てたら惨劇」という言葉が古池の部下から出てくるが、破滅に向かう悲劇に違いないはずなのに、どこか喜劇の舞台のような味がするのだ。運命を達観したようなユーモアに、圧倒的な人間臭さが感じられる。本来は、清廉潔白であるべき正義が漆黒の闇に覆われ、澱みきった悪の方が逆に生々しい人間の営みにさえ感じさせられる。

ラストの余韻も特筆ものだ。まるで最恐のホラー作品を読んだように鳥肌が立ち、「ユダ計画」の真実を知ったとき、ジワジワと込み上げるような身震いがする。本物の恐怖を体験したければ迷わずにこの一冊を薦めよう。目を塞いだ指の間から見るべき物語。今夜はとびきりの悪夢を見られそうだ。

正視できないバイオレンス。次々と繰り出される心臓破りの展開は、まさに大胆不敵にして油断大敵。規格外のハードなアイディアと、猛烈な中毒性を持つ唯一無二の作家・吉川英梨は、これからいったいどこへ向かうのか。目を離さずに次作を待とう。

・本書は二〇二二年五月に単行本刊行されました。

双葉文庫

よ-20-05

十三階《じゅうさんかい》の仇《ユダ》

2024年9月14日　第1刷発行

【著者】
吉川英梨《よしかわえり》

【発行者】
箕浦克史
【発行所】
株式会社双葉社
〒162-8540 東京都新宿区東五軒町3番28号
［電話］03-5261-4818(営業部)　03-5261-4831(編集部)
www.futabasha.co.jp（双葉社の書籍・コミックが買えます）
【印刷所】
大日本印刷株式会社
【製本所】
大日本印刷株式会社
【カバー印刷】
株式会社久栄社
【DTP】
株式会社ビーワークス

【フォーマット・デザイン】
日下潤一

ISBN978-4-575-52788-9 C0193
Printed in Japan